Thomas Enger

WER HEUTE LÜGT,
IST MORGEN TOT

DER AUTOR

Thomas Enger, Jahrgang 1973, studierte Publizistik, Sport und Geschichte und arbeitete in einer Online-Redaktion. Nebenbei war er an verschiedenen Musical-Produktionen beteiligt. Sein Thrillerdebüt »Sterblich« war hierzulande wie auch international ein sensationeller Erfolg, gefolgt von vier weiteren Fällen des Ermittlers Henning Juul. »Wer heute lügt, ist morgen tot« ist sein erster Jugendroman. Er lebt zusammen mit seiner Frau und zwei Kindern in Oslo.

Mehr über cbt/cbj auf Instagram unter @hey_reader

THOMAS ENGER

WER HEUTE LÜGT, IST MORGEN TOT

Aus dem Norwegischen von
Gabriele Haefs

Sollte diese Publikation Links auf Webseiten Dritter enthalten,
so übernehmen wir für deren Inhalte keine Haftung, da wir uns diese
nicht zu eigen machen, sondern lediglich auf deren Stand
zum Zeitpunkt der Erstveröffentlichung verweisen.

Dieses Buch ist auch als E-Book erhältlich.

Verlagsgruppe Random House FSC® N001967

2. Auflage
Erstmals als cbt Taschenbuch Oktober 2019
© 2017 Thomas Enger
Die Originalausgabe erschien 2017 unter dem Titel »Killerinstinkt«
bei Kagge Forlag AS, Oslo
Veröffentlichung durch Vermittlung von NORTHERN STORIES
© 2019 für die deutschsprachige Ausgabe
cbj Kinder- und Jugendbuchverlag
in der Verlagsgruppe Random House GmbH,
Neumarkter Str. 28, 81673 München
Alle deutschsprachigen Rechte vorbehalten
Übersetzung: Gabriele Haefs
Umschlaggestaltung: Grafiker: Geviert, Grafik & Typografie,
Andrea Hollerieth
unter Verwendung eines Fotos von © Shutterstock (Malivan_Iuliia)
MP · Herstellung: UK
Satz & Druck: GGP Media GmbH, Pößneck
ISBN 978-3-570-31266-7
Printed in Germany

www.cbj-verlag.de

1

»Nervös?«

Die Gerichtsdienerin im Gerichtshaus von Nedre Romerike blickte mich mit einem vorsichtigen Lächeln an. Ich hörte auf, meine feuchten Finger ineinander zu verschränken.

»Ist das so deutlich zu sehen?«, fragte ich. Die Gerichtsdienerin lächelte ein bisschen breiter. Sie hatte seit mindestens einer Viertelstunde neben mir gesessen, aber erst jetzt sah ich, dass ihre Zähne gelb waren.

»Sagst du das erste Mal vor Gericht aus?«

»Ja.«

»Ein ganz besonderer Fall«, sagte sie.

»Ja«, erwiderte ich.

Ich hatte nicht viel über das erzählt, was geschehen war. Die Polizei hatte mich natürlich noch einmal vernommen, aber Bitten um Interviews mochte ich nicht nachgeben. Ich hatte keine Lust, im Fernsehen oder Radio aufzutreten oder etwas zu Leuten zu sagen, die ich gar nicht kannte.

Jetzt allerdings blieb mir keine Wahl mehr.

Ich hatte versucht, mich so gut wie möglich vorzubereiten, aber alles, was ich über Gerichtsverhandlungen wusste, stammte von Netflix, und ich hatte so das Gefühl, dass die Wirklichkeit doch ein bisschen anders aussah, jedenfalls in Norwegen. Die Unsicherheit war einer der Gründe, warum ich in den letzten Nächten nicht sehr viel geschlafen hatte, und die vielen Erinnerungen, die ich jetzt noch einmal würde durchleben müssen.

Die Tür vor mir öffnete sich. Ein Mann in Uniform bedeutete mir mit einem Kopfnicken, dass ich ihm folgen sollte. Ich holte tief Luft und stand auf. Sah die Gerichtsdienerin an.

»Und jetzt zu dir«, sagte sie und lächelte mich aufmunternd an. Ich zupfte meine Hosenaufschläge gerade, knöpfte mein Sakko zu und zog ein wenig an den etwas zu kurzen Manschetten meines Hemdes.

»Und jetzt zu mir«, sagte ich.

Ich fragte mich, ob ich es schaffen würde, alles zu erzählen, und wie ehrlich ich wohl sein könnte. Aber ich hoffte, dass dann alle zu Hause in Fredheim und auch im Rest des Landes besser verstehen würden, was an den kalten, nassen Oktobertagen im vergangenen Herbst bei uns im Dorf geschehen war.

Der Uniformierte führte mich durch eine breite Tür und in einen großen Saal. Und dann war es wirklich wie im Fernsehen; Gesichter, die sich zu mir umdrehten, eine plötzliche erwartungsvolle Stille, die bald einem

Murmeln wich. Ich fand einen Punkt vor mir und fixierte ihn, war froh darüber, dass ich bis zum Zeugenstand einige Meter gehen musste. Das Geräusch meiner Schritte gab mir noch etwas, worauf ich mich konzentrieren konnte.

Ich hob den Blick und sah Mama, sah, wie schrecklich das alles für sie war, dass sie versuchte, sich von den bösen Wörtern, die sie heute früh auf dem Weg zum Gericht gehört hatte, nicht zermürben zu lassen.

Ich nahm im Zeugenstand Platz und drehte mich zum Saal um. Erst jetzt ging mir auf, wie viele Menschen gekommen waren, um mir zuzuhören. Der Saal war vielleicht halb so groß wie ein Handballplatz, aber er war gesteckt voll mit Leuten, alle Reihen waren besetzt. Einige standen sogar ganz hinten. Zuerst konnte ich niemanden erkennen, ich sah nur ihre Köpfe, aber das wurde besser, nachdem ich mich gesetzt hatte. Und Atem holte. Dann konnte ich die Presseleute ausmachen, auch den Kommissar, Yngve Mork, neben ihm Rektor Brakstad, Kaiss und Fredrik saßen ebenfalls da, zusammen mit anderen, die ich aus der Schule kannte. Nun drang eine Stimme durch das Gemurmel und Getuschel zu mir durch, und ich begriff, dass ich nun dem Gericht meinen Namen nennen sollte. Ich wandte mich dem Richter und den beiden Schöffen zu.

»Even Tollefsen«, sagte ich und räusperte mich ganz kurz – ich musste mich zum Mikrofon vorbeugen, damit mich alle hören könnten.

»Wie alt sind Sie, Even?«

»Achtzehn.«

Ich registrierte zwar die Richtung, aus der die Fragen kamen, aber nicht, wer sie stellte. Ich dachte nur daran, dass ich so gut antworten musste, wie ich nur konnte, auf eine Frage nach der anderen. Dann würde es bald vorüber sein.

Oder vielleicht doch nicht?

Ich hatte irgendwo gelesen, wenn man sich nur dafür entschied, weiterzuleben, würde das Leben auch wieder seinen Gang aufnehmen. Ich begriff nur nicht, wie ich es je schaffen sollte, zu dieser Entscheidung zu gelangen.

Ich wurde aufgefordert, dem Gericht zu erzählen, wo ich wohnte und was ich von Beruf sei. Ich sagte, ich wohnte im Granholdvei in Fredheim und ginge noch zur Schule.

»Gesamtschule Fredheim?«

»Richtig.«

»Und Sie leben bei Ihrer Mutter Susanne Tollefsen.«

»Ja. Mit Tobias, meinem jüngeren Bruder. Mein Vater, Jimmy, ist gestorben, als ich noch klein war.«

Ich wusste nicht viel über die Staatsanwältin, die diese Fragen stellte, außer dass sie mit Nachnamen Håkonsen hieß. Sie war klein und schlank, sah fast aus wie ein Mann in ihrem schwarzen eng sitzenden Anzug. Sie trank einen Schluck Wasser aus dem Glas, das vor ihr stand. Ich hätte das auch gern getan, aus meinem Mund kamen Schmatzgeräusche, wenn ich etwas sagte. Dann musste ich schwören, die Wahrheit zu sagen. Das tat ich und schluckte danach hart.

»Mari Lindgren«, sagte die Staatsanwältin. »Können Sie dem Gericht sagen, in welcher Beziehung Sie zu ihr gestanden haben?«

Ich holte Luft und versuchte, daran zu denken, wie mir zumute gewesen war, als ich an jenem Morgen aufwachte. Schon damals hatte ein Teil von mir gewusst, dass etwas Schreckliches passieren würde. Ich hatte es am ganzen Körper gespürt.

»Sie war meine Freundin«, sagte ich. »Wir waren seit einer Weile zusammen.«

»Aber am 17. Oktober vorigen Jahres waren Sie kein Paar mehr, oder?«

Ich schüttelte den Kopf.

»Für die Gerichtsstenografen die Frage bitte hörbar beantworten«, sagte die Staatsanwältin.

»Äh, nein«, sagte ich.

Die Wahrheit war, dass Mari zwei Tage zuvor mit mir Schluss gemacht hatte. Sie hatte mir mitten in der zweiten Halbzeit des Spiels Chelsea–Leicester eine SMS geschickt:

Even, du bist wunderbar, aber wir können nicht mehr zusammen sein. Sorry.

Das war alles.

Ich hatte natürlich eine Erklärung verlangt, aber sie hatte mir nie geantwortet – weder als ich anrief noch als ich eine weitere SMS schickte.

Jedes Mal, wenn ich es bei ihr zu Hause versuchte, war sie immer gerade nicht da.

An jenem Montag, dem 17. Oktober, konnte ich sie auch in der Schule nicht ausfindig machen. Ich versuchte, mit ihrer Mutter zu sprechen, aber die sagte nur, sie wisse nicht so recht, wo Mari stecke oder was passiert sei.

Erst später ging mir auf, dass Cecilie Lindgren mich belogen hatte. Und dass mehrere von Maris Freundinnen mich anlogen, weil wirklich keine von ihnen mir helfen wollte, sie zu finden. Dass Mari sich ganz einfach *vor mir* versteckte.

»An dem Abend gab es eine Schulaufführung?«

Die Staatsanwältin ließ es wie eine Frage klingen. Ich wollte schon nicken, riss mich aber zusammen und sagte »Ja«.

»Aber Sie waren nicht dabei?«

Ich beugte mich wieder ein wenig zu dem Mikrofon vor.

»Nein.«

Ich hätte an dem Abend in der Schulband spielen sollen, aber ich brachte es einfach nicht über mich, auf der Bühne zu sitzen und in den Saal zu blicken, um dann vielleicht Mari zu entdecken. Ich wusste, dass sie für die Schülerzeitung berichten würde, wusste, dass ich es nicht schaffen würde, mich auf die Musik zu konzentrieren, wenn ich sie erst gesehen hatte. Ich wollte auch den anderen den Abend nicht verderben, deshalb sprang Imo, mein Onkel, für mich ein. Er war der musikalisch Verantwortliche für die Aufführung, das war also kein Problem. Imo entschuldigte mich damit, dass ich krank sei, was von der Wahrheit auch nicht so weit entfernt war. Ich fühlte mich wie gerädert. Lag nur in meinem Zimmer und starrte die Wand an, während ich auf einen Anruf von Mari wartete.

Aber sie rief nicht an.

Das alles versuchte ich dem Gericht zu erklären.

»Sie haben an dem Abend das Haus also nicht verlassen?«, fragte Staatsanwältin Håkonsen.

»Nein, ich war zu Hause in meinem Zimmer.«

Die Richterin schaute kurz in ihre Unterlagen, ehe sie den Blick wieder zu mir hob, ihre Brille gerade rückte und sagte: »Erzählen Sie dem Gericht, was am nächsten Tag passiert ist, so wie Sie es erlebt haben.«

Und das tat ich.

Ich hatte es nicht ausgehalten, im Bett zu liegen zu bleiben und mich von einer Seite auf die andere zu wälzen, deshalb war ich aufgestanden, obwohl es noch so früh war. Ich hatte eine Unruhe im Leib wie noch nie. Es war, als ob irgendetwas in mir versuchte, mir eine Sache zu erzählen, die ich gar nicht wissen wollte.

Dieses scheußliche Gefühl ließ mich auch nicht los, als ich geduscht und gefrühstückt hatte, aber ich versuchte mir einzureden, es liege sicher an zu wenig Schlaf oder ich sei trotzdem unterzuckert.

Ich ging hinaus auf den Flur und zog meine Jacke an. Betrachtete mich einige Sekunden im Spiegel und fragte mich dabei, ob ich Mari etwas getan hatte. Ob ich etwas Falsches gesagt hatte. Ob sie mich nicht mehr leiden konnte. Ich fuhr mir mit der Hand durch die Haare, ich hatte genug Gel darin, nun lagen sie ungefähr so, wie ich das wollte – glatt nach hinten und in den Nacken gekämmt. Ich wusste, dass ich ziemlich gut aussah. Ich war eins fünfundachtzig, hatte fast kein Gramm Fett am Leib, war gar nicht blöd und absolut überdurchschnittlich umgänglich. Glaube ich. Ich sagte mir, dass es mir nicht schwerfallen würde, eine neue Freundin zu finden.

Aber ich wollte keine neue Freundin.

Ich wollte Mari.

»Gehst du zur Schule?«

Ich drehte mich um. Tobias kam die Treppe aus dem ersten Stock heruntergeschlurft. Als ich ihn dort oben an der Treppe sah, dachte ich, wie sehr er sich im vergangenen halben Jahr verändert hatte. Er hatte sich ebenfalls die Haare wachsen lassen, und ab und zu – wenn er kein Basecap trug – band er sie oben auf dem Kopf mit einem Gummi zusammen. Er hatte ständig eine Trainingshose an, die ihm dann fast von seinem knochigen Leib rutschte, und immer verbarg er den Kopf unter der Kapuze seines Shirts. Selbst wenn er die Schirmmütze trug.

»Du nicht?«, fragte ich.

Langsam kam er herunter und stand dann vor mir. Er hatte die Hände in den Hosentaschen.

»Do-hoch.«

Er sah mich an, während ich eine Regenhose anzog. Draußen schüttete es – ein harter, prasselnder Regenguss. Ich hob wieder den Blick zur Wanduhr.

»Dann musst du dich beeilen«, sagte ich. »In fünfunddreißig Minuten klingelt es ja schon.«

Tobias gab keine Antwort. Schlurfte nur langsam in die Küche.

»Wir haben übrigens keine Milch mehr«, rief ich hinter ihm her. »Und Cornflakes auch nicht, glaub ich.«

Tobias zog nur wortlos die Tür hinter sich zu. Ich fragte mich, ob er wirklich zur Schule wollte, ob ich vielleicht ein bisschen warten und dafür sorgen sollte, dass er sich auf den Weg machte. Mama war bei Knut, deshalb waren wir uns selbst überlassen. Wie so oft. Aber dann dachte ich wieder an Mari, und deshalb zog ich die Regenjacke über und lief hinaus in den strömenden Regen.

Die Gesamtschule Fredheim liegt drei Kilometer von unserem Haus entfernt, und ich fahre immer mit dem Rad, egal, wie das Wetter ist.

Ich hatte mir die Kapuze eng um den Kopf gezogen, und das sperrte die Geräusche teilweise aus. Licht und Farben aber hatten es leicht, an dem dunklen Oktobermorgen Aufmerksamkeit zu erregen.

Deshalb hielt ich schon an, als ich noch einige Hundert Meter von der Schule entfernt war. Aus der Ferne sah es ein bisschen aus, als ob jemand die Wolken über dem großen, flachen Gebäude buntgemalt hätte. Das blinkende blaue Licht drängte sich durch die Bäume zwischen Schule und Parkplatz, und irgendwo in der Ferne hörte ich ein gehetztes Heulen, das immer näher kam.

Ich fuhr den Hang zur Schule hoch und stieg vom Rad, als ich sah, dass es unmöglich wäre, an den vielen Menschen vorbeizufahren. Überall um mich herum standen Schüler, Lehrer, uniformierte Polizisten, Männer und Frauen in Sanitäterkleidung. Die Schule war mit rotweißem Band abgesperrt.

Viele von den Schülerinnen und Schülern umarmten einander. Einige weinten. Ich hatte das Gefühl, dass sich etwas Schweres und Hartes auf meine Brust legte.

Ich sah Tic-Tac, den Hausmeister der Schule, der in der offenen Hecktür eines Kombiwagens saß und mit einem Polizisten redete. Beide machten düstere Gesichter. Ich hielt Ausschau nach Oskar, Kaiss oder Fredrik. Konnte sie nicht sehen.

Ich entdeckte Rektor Brakstad, der alle anderen um einige Zentimeter überragte, und lief zu ihm.

»Bitte«, sagte ich. »Was ist denn los?«

Der harte Regenguss hatte dem Rektor die Haare an die Kopfhaut geklatscht. Seine großen, dicken Brillengläser waren von innen beschlagen, aber ich konnte seine Augen trotzdem sehen. Wie dunkel sie waren.

»Hallo, Even«, sagte er und schaute sich um. Als er nicht weitersprach, wiederholte ich meine Frage und fügte hinzu: »Ist ein Unglück passiert, oder was?«

»Ich weiß nicht so genau«, sagte Brakstad – seine Stimme zitterte ein bisschen. »Die Polizei hat mich aus der Schule gejagt, als ich gekommen bin.«

»Aber ...«, begann ich, verstummte dann aber. Ich lauschte einfach dem Regen, der auf meine Jacke und meine Kapuze prasselte. Ich streifte die Kapuze ab, um besser hören zu können, aber ich verstand nur Bruchstücke von dem, was um mich herum gesagt wurde.

»... Tic-Tac die Polizei angerufen ...«

»... überall Blut ...«

Ich drehte mich um und sah einen Polizisten, der das Absperrband anhob. Er ließ zwei Männer und eine Frau darunter durchgehen, die von Kopf bis Fuß in weiße Schutzkleidung aus Kunststoff gehüllt waren. Es sah aus wie eine Filmszene. Einer der Männer trug einen kleinen schwarzen Koffer.

Eine Stimme drang zu mir durch.

»... lag im Musiksaal ...«

Ich drehte mich wieder zu Brakstad um, aber der starrte nur zurück. Ich konnte seinen Blick nicht so richtig deuten, die tief liegenden, traurigen Augen bohrten sich in meine.

»Wer?«, fragte ich und versuchte zu schlucken. »Wer ist umgebracht worden?«

Gleich darauf fiel mein Blick auf Ida Hammer. Maris beste Freundin. Die Blicke aller fielen auf sie, weil sie schrie. Sie ließ sich zu Boden fallen und *schrie,* und für einen Moment hörte ich nur noch das. Ida krümmte sich auf dem regennassen Asphalt und heulte. Einige ihrer Freundinnen standen neben ihr und versuchten, sie auf die Füße zu ziehen. Ich merkte nicht, dass ich mein Fahrrad losließ, ich hörte nur den Knall, als es auf den Boden schlug.

Ich wandte mich noch einmal Brakstad zu und erkannte in seinen Augen das, was ich nicht sofort verstanden hatte, nun aber mit voller Wucht über mich hereinbrach.

Mari – *meine* Mari –war tot.

2

»Sie *wussten*, dass es Mari war?«, fragte die Staatsanwältin. »Wie konnten Sie das wissen?«

»Das konnte ich eigentlich nicht«, antwortete ich. »Aber ich habe es gespürt.«

Håkonsen schien zu erwarten, dass ich meine Antwort präzisierte, sie schaute auch zum Richter hoch, aber als der sich nicht räusperte und auch nicht auf andere Weise zu verstehen gab, dass ich mehr sagen sollte, fragte Håkonsen: »Was haben Sie dann gemacht?«

Ich hatte mich vorgebeugt, um mich zu erbrechen, aber aus meinem Mund war nichts herausgekommen.

Verzweifelt versuchte ich, auf eine Stimme in meinem Kopf zu hören, die sagte: »Du irrst dich, Mari ist gar nicht tot, das ist jemand anderes.« Und für einen Moment trug dieser Gedanke den Sieg über die anderen davon – ich konnte mich aufrichten und denken: *Ganz ruhig, sie taucht gleich auf, scheißegal, ob sie nicht erklären will, warum sie mit dir Schluss gemacht hat – das ist nicht so wichtig.*

Bald wird sie durch den Regen den steilen Hang hochkom-
men und dann wird sie zu ihren Freundinnen gehen und sie
alle werden um irgendeine andere weinen.

Aber ich konnte Ida und ihre an den graublauen, nassen Himmel gerichteten Schreie nicht verdrängen. Und
auch nicht ihre Schläge auf den Asphalt.

Oskar kam zur mir herüber, ich registrierte ihn jetzt
zum ersten Mal.

»He«, sagte er und zog seine weißen Ohrstöpsel heraus.
»Was für ein Dreck.«

Rektor Brakstad trat ein wenig zurück und stellte sich
neben einen Lehrer. Ich merkte, dass die beiden mich an-
sahen.

»Hast du etwas gehört?«, fragte ich.

Oskar seufzte und sagte: »Bisher nur Gerüchte.«

»Ist es … ist es Mari …?«

Ich drehte mich halbwegs um und zeigte auf den Eingang. Oskar ließ meinen Blick nicht los, schüttelte aber
den Kopf und sagte, er wisse nichts. Noch immer gab es
etwas in mir, das mich davon zu überzeugen versuchte,
dass ich träumte, dass nichts hier wirklich sei. Aber ich
musste eine Antwort haben. Jemand musste es mir einfach sagen.

Ich entdeckte Tic-Tac, der noch immer neben einem
Einsatzwagen stand, nun aber allein. Er rauchte hektisch.
Ich ließ mein Fahrrad liegen und lief zu ihm hinüber.

»Tic-Tac«, sagte ich. »Was zum Teufel ist da drinnen
passiert?«

Tic-Tac war eigentlich ein großer, bulliger Mann. Doch jetzt sah er aus, als wäre er ein Luftballon, in den jemand reingepikst hatte. Er hing vornüber. Hatte Mühe, sich aufrecht zu halten.

Der Hausmeister hob den Kopf, sah mich an und erklärte: »Ich darf nichts sagen«, und dabei wies er mit dem Daumen auf die Polizisten.

»Aber verdammt noch mal, Tic-Tac.«

Der Hausmeister zog wieder an seiner Zigarette und ließ sie auf den Boden fallen, trampelte wütend darauf herum, obwohl sie in einer Pfütze gelandet war. Er schaute zu mir hoch. Und ich begriff, was immer er dort drinnen gesehen hatte, hatte ihn fertiggemacht. Tic-Tac war erschüttert. Seine Hände zitterten. Dass er ein wenig bebte, war an sich nicht ungewöhnlich – deshalb wurde er schließlich Tic-Tac genannt. Doch nun zuckten seine Gesichtsmuskeln ab und zu, wie im Krampf.

Ich versuchte, mit einer etwas wärmeren Stimme zu sprechen.

»Alle wollen das wissen, Tic-Tac. Wer liegt dort drinnen?«

Er tastete unbeholfen nach der Zigarettenpackung in seiner Innentasche. Fing an, sich eine zu drehen, aber seine Finger wollten nicht aufhören zu zittern.

»Ich hab nur Johannes gesehen«, sagte er leise.

»*Johannes?*«

Tic-Tac machte »Pst« und sah mich strafend an. Ich begriff gar nichts mehr. War Mari also doch nicht tot?

Johannes Eklund war der Sänger der Band. Der unbestrittene Star der Schulaufführung. Ich trat noch einen Schritt näher an Tic-Tac heran und wartete darauf, dass er erzählte.

»Er lag auf der Treppe zwischen dem Erdgeschoss und dem ersten Stock.«

Tic-Tac versuchte, immer neue Zuckungen in seinem Gesicht unter Kontrolle zu bringen.

»Da war ... verdammt viel Blut. Wo sie dieses Mädchen gefunden haben, weiß ich nicht.«

Dieses Mädchen.

Ich glotzte.

In der Schule lagen zwei Tote.

Johannes.

Und ein Mädchen.

Ich drehte mich um und schaute in die Runde. Ich hatte das Gefühl, dass alle mich anstarrten.

Ich hielt es dort nicht mehr aus, deshalb ging ich einfach los, schnell, und bald rannte ich hinab zum Parkplatz und hinaus auf die Straße; ich nahm die Beine in die Hand – ich konnte nur den Regen und meinen gehetzten Atem hören, das Geräusch der Tropfen, die mein Gesicht peitschten, schließlich hatte ich ein solches Tempo erreicht, dass ich plötzlich vornüberkippte; ich konnte mich gerade noch mit den Händen abstützen. Ich rutschte über den Asphalt. Schrammte mir die Haut auf. Blieb liegen und rang um Atem, und dann fing auch ich an zu schreien.

Ich schrie in den Asphalt hinein, es war mir egal, dass sich Steinchen in meine Lippen bohrten und dass meine Hände bluteten. Ich lag einfach nur da und weinte.

Dann hielt neben mir ein Wagen. Ich drehte mich ein wenig um und sah das Gesicht einer Frau, die den Kopf aus dem Auto streckte und fragte, ob ich Hilfe brauchte. Ich konnte mich mit Mühe auf die Ellbogen stützen und den Kopf schütteln.

»Bist du sicher?«, fragte die Frau.

Ich musterte meine blutigen, aufgescheuerten Hände. Konnte nur kurz nicken, während ich an Mari dachte, mich fragte, ob auch sie geblutet hatte. Zum Glück fuhr die Frau dann weiter und ich setzte mich auf. Hob mein Gesicht in den Regen und spürte, wie das Wasser in meine Augen platschte.

Als ich endlich aufstand, schien an meinem Körper ein schweres Bleigewicht zu hängen. Ich musste die Hände zu Hilfe nehmen, um mich aufzurichten. Dann machte ich mich auf den Heimweg. Drei Kilometer sind lang, wenn nichts mehr geht, wenn du nicht einmal deine Beine unter dir spürst oder weißt, was du tust.

Ich lief einfach nur weiter.

Als ich zu Hause die Tür aufschloss, streifte ich die Regensachen ab, stolperte in mein Zimmer und ließ mich aufs Bett fallen. Dort blieb ich ganz still liegen.

Bis es an der Tür klopfte.

3

Das Klopfen verriet mir, dass es Imo war. Mein Onkel klopfte immer dreimal, mit gleichkurzen Zwischenräumen, und das letzte Klopfen war immer ein wenig härter als die beiden ersten. Er öffnete die Tür, ehe ich »herein« rufen konnte. Ich brachte es nicht über mich, mich umzudrehen, starrte nur die Wand an, die sich zwei Zentimeter vor meiner Nase befand.

»He, Champ«, sagte Imo seufzend.

Ich holte Luft und ließ sie langsam durch meine Nasenlöcher entweichen. Der Bruder meines Vaters hieß Ivar Morten, aber alle nannten ihn schon Imo, so lange ich mich zurückerinnern konnte. Er kam langsam herein, zog die Tür aber nicht hinter sich zu. Blieb nur mitten im Zimmer stehen.

»Ich bin sofort zur Schule gefahren, als ich davon gehört hatte«, sagte er. »Aber ich habe dich nicht gesehen, und da bin ich davon ausgegangen, dass du hier bist.«

Ich drehte mich nun doch um und sah ihn an, versuchte, nicht wieder loszuweinen. Wie immer trug er nur eine kurze Hose, dunkelgraue Wollsocken und eine offene marineblaue Regenjacke. Unter der Jacke spannte sich ein ungebügeltes weißes T-Shirt über seinem Bauch. Imo war einer von denen, die behaupteten, niemals zu frieren. Solange das Thermometer über null blieb, weigerte er sich, etwas anderes anzuziehen als Shorts.

Imo kam einige Schritte näher und setzte sich auf das Bett. Legte mir eine Hand auf die Schulter und drückte leicht zu. Einige Tropfen fielen von seinem üppigen dunkelbraunen Schopf und landeten auf meiner Bettdecke.

»Wie geht es dir?«, fragte er.

Ich gab keine Antwort, weil ich nicht wusste, was ich sagen sollte.

»Kann ich dir irgendwas holen?«, fragte er. »Cola oder … irgendwas?«

Ich schüttelte den Kopf.

Imo zog die Hand zurück, stand auf und öffnete das Kellerfenster. Die kühle Luft füllte den Raum.

»Ist dein Bruder zu Hause?«, fragte Imo.

»Weiß nicht«, antwortete ich. »Sicher. Vielleicht. Ich weiß es nicht.«

Mein Onkel zog das Fenster wieder zu, setzte sich in den Sessel in der Ecke und griff zu der danebenstehenden Gitarre. Sein Daumen berührte die E-Saite, und die ließ einen tiefen Ton durch das Zimmer schweben. Dann liefen seine Finger lautlos über die Saiten, ohne dass er versucht hätte, das Griffbrett anzusehen. Obwohl ich wusste, dass er improvisierte, klang es doch wie eine komplette Melodie.

»Ist das … weißt du, ob wirklich Mari tot ist?«

Imo dämpfte die Lautstärke, indem er die Handfläche über die Saiten legte.

»Das habe ich in der Schule gehört«, sagte er. »Ich habe mit einer Polizistin gesprochen, die auf dem Schulhof stand. Sie wollte es nicht zu hundert Prozent bestätigen, aber … alles weist darauf hin, dass es Mari ist.«

»Haben sie etwas darüber gesagt, wie sie getötet worden ist?«

Imo stellte die Gitarre weg und stand auf.

»Nein«, sagte er. »Darüber weiß ich nichts. Aber es ist offenbar gestern Abend nach der Aufführung passiert. Apropos … die Polizei will mit dir sprechen. Ich habe mich mit Kommissar Mork verabredet; der kann jetzt jeden Moment hier sein. Du kennst doch Yngve Mork, oder nicht?«

Daran, dass die Polizei sicher mit allen Kräften versuchte, herauszufinden, *wer* Mari und Johannes umgebracht hatte, hatte ich noch gar nicht gedacht.

»Sie haben zuerst deine Mutter angerufen, da sie dich ohne ihre Einwilligung nicht vernehmen dürfen. Sie wollte wissen, ob ich mit dir reden könnte, eventuell bei der Vernehmung dabei sein, wenn du das möchtest.«

Ich setzte mich auf.

»Soll ich das also?«

Ich dachte einige Sekunden darüber nach, dann schüttelte ich den Kopf.

»Alle werden glauben, dass ich es war«, sagte ich.

»Warum sollten sie?«

»Deshalb.«

Ich griff nach meinem Telefon, das auf dem Bett gelegen hatte, und zeigte Imo, was ich Mari am Vorabend geschrieben hatte.

Früher oder später finde ich dich, Mari. Und dann wirst du meine Fragen beantworten, ob du nun willst oder nicht.

»Bestimmt hat die ganze Schule mitbekommen, dass ich gestern versucht habe, sie zu finden. Dass ich überall nach ihr gesucht habe.«

»Sie war also nicht in der Schule?«

Ich schüttelte den Kopf.

Mir ging auf, dass die Polizei diese SMS vermutlich schon kannte. Dass sie wussten, dass Mari mit mir Schluss gemacht hatte. Ich stand wahrscheinlich ganz oben auf ihrer Liste der Verdächtigen. Deshalb wollten sie mit mir sprechen.

Das war auch nicht schwer zu verstehen. Ich hätte für beide Morde ein Motiv haben können. Johannes hatte einen wahnsinnigen Erfolg bei Mädchen. Mari konnte sich in ihn verliebt und deshalb mit mir Schluss gemacht haben. Ich wäre nicht der erste eifersüchtige Ex, der zum Mörder wurde.

Ich konnte mein Herz gegen meinen Brustkasten hämmern hören. »Du warst doch gestern den ganzen Abend hier«, widersprach mein Onkel. »Stimmt das nicht?«

Und ehe ich antworten konnte: »Es liegt doch auf der Hand, dass du es nicht gewesen sein kannst.«

Ich fuhr mir mit der Hand durch die Haare, schob meine Füße über den Fußboden.

»Du brauchst einfach nur die Wahrheit zu sagen«, sagte Imo. »So wie es war, dann geht sicher alles gut. Komm jetzt, steh auf. Die Polizei kann jeden Augenblick hier sein.«

4

»Und dann kam die Polizei zu Ihnen. In Ihr Haus im Granholtvei.«

Staatsanwältin Håkonsen schaute zu mir hoch.

»Ja.«

»Wie lange wohnen Sie schon dort?«

Ich war nicht sicher, ob ich die Frage verstanden hatte. Oder – verstanden hatte ich sie schon, ich begriff nur nicht, warum das wichtig sein sollte. Ich beschloss, trotzdem zu antworten. Eine Frage nach der anderen, wie gesagt.

»Zu diesem Zeitpunkt war es etwas über ein Jahr.«

Håkonsen nickte, als ob gerade das eine Auskunft sei, über die sie erst einmal genauer nachdenken müsste.

»Sie hatten auch früher schon einmal in Fredheim gewohnt, stimmt das nicht?«

»Doch. Als ich klein war. Gleich nach dem Tod meines Vaters sind wir dann nach Solstad gezogen.«

»Wann war das?«

»Da war ich wohl etwa sieben.«

Håkonsen dachte noch eine Weile nach.

»Wir werden später noch darüber reden, warum Sie zurückgezogen sind, Even, aber jedenfalls kam dann Kommissar Yngve Mork am Dienstag, dem 18. Oktober, am Vormittag zu Ihnen nach Hause. Am Tag nach der Schulaufführung. War Ihre Mutter zu diesem Zeitpunkt von der Arbeit gekommen?«

»Nein.«

Ich wusste nicht viel über Yngve Mork, als er bei uns zu Hause anklopfte, aber ich hatte schon gehört, dass er nicht lange zuvor seine Frau verloren und gerade erst wieder angefangen hatte zu arbeiten. Ich ging zwar davon aus, dass ihm die Trauer noch arg zu schaffen machte, aber an jenem Morgen war ihm das nicht anzusehen.

Er kam allein, dieser hochgewachsene, kräftige Mann. In Uniform sah er ziemlich beängstigend aus. Er gab mir die Hand. Seine war kalt und nass, der Händedruck hart und fest. Seine Finger pressten sich auf meine frischen Schrammen. Ich hatte sie nicht gereinigt, nachdem ich mich vom Asphalt aufgerappelt hatte. Hatte mich nicht einmal gewaschen.

Wir setzten uns in die Küche. Mork starrte mich lange an, dann wollte er wissen, wo ich am Vorabend gewesen sei und ob jemand bestätigen könne, dass ich zu Hause geblieben war.

»Tobias vielleicht«, sagte ich und räusperte mich. »Mein Bruder. Er ist eigentlich immer hier, aber ... ich weiß nicht, ob er wusste, dass ich auch hier war. Sein Zimmer liegt im ersten Stock. Meins im Keller.«

»War deine Mutter nicht zu Hause?«

»Nein, ich glaube, sie war bei Knut. Ihrem Typen. Ich habe heute noch nicht mit ihr gesprochen.«

»Nicht?«

Mork schüttelte seine Armbanduhr unter dem Hemdsärmel hervor.

»Nein, also … nein.«

Einem Polizisten meine Beziehung zu meiner Mutter zu erklären, war nicht leicht. Seit ich gelernt hatte, Rührei zu machen, und vor allem, seit wir wieder nach Fredheim gezogen waren, war ich mehr oder weniger allein zurechtgekommen. Also sagte ich einfach nur Nein. Sollte Mork doch seine eigenen Schlussfolgerungen ziehen. Doch es gefiel mir nicht, wie er mich anstarrte. Als ob er mir kein Wort glaubte.

»Aber bestimmt gibt es zweihundert Zeugen dafür, dass ich gestern Abend *nicht* in der Schule war«, fügte ich eilig hinzu.

Mork gab keine Antwort, sondern fragte, warum Mari mit mir Schluss gemacht hatte. Ich erklärte, wie wenig ich wusste, zeigte ihm sogar die SMS, die Mari mir geschickt hatte. Wie weit das meine Aussage stärkte oder nicht, ließ Mork sich nicht ansehen, er sah mich weiterhin einfach nur an, schien mich zu bewerten.

»Wie war dein Verhältnis zu Johannes Eklund?«, fragte er dann.

»Das war schon in Ordnung«, sagte ich und schluckte. »Wir sind gut miteinander ausgekommen.«

»Weißt du, ob er eine Beziehung zu Mari hatte?«

Dieser Verdacht war mir an dem Tag auch schon gekommen.

»Das … glaube ich nicht«, sagte ich. Mari hatte mir nie den Eindruck vermittelt, dass sie andere außer mir wahrnahm. Ich glaubte auch, dass Johannes ein bisschen mit Elise zusammen war, aber Mork machte sich nicht einmal die Mühe, ihren Namen zu notieren. Ich fragte mich, ob er einer von denen war, die sich alles merken können.

Wir sprachen ein bisschen darüber, warum ich an dem Abend nicht mit der Band gespielt hatte. Ich erklärte das, so gut ich konnte.

»Hast du dich verletzt?«, fragte Mork plötzlich. Ich sah die Schrammen an meinen Händen an und mir wurde glühend heiß.

»Ja, ich …«

Zu sagen, dass ich auf die Fresse gefallen war, weil ich zu schnell für meine Beine rannte, kam mir komisch vor, aber es war die Wahrheit, und Imo hatte gesagt, an die sollte ich mich halten. Deshalb erzählte ich, was passiert war, selbst wenn es als Erklärung seltsam klang. Wie wenn Erwachsene sich geprügelt haben und behaupten, ihnen sei leider das Rasiermesser ausgerutscht.

Mork ließ sich ein wenig zurücksinken, während er mich weiterhin musterte. Er hatte Schweißringe unter den Armen. Ich glaubte, dass auch ich welche hatte, und hoffte, dass sie nicht zu sehen wären.

»Kannst du mir irgendetwas erzählen, das uns vielleicht weiterhilft?«, fragte Mork dann. »Etwas, das vielleicht zu der Klärung beiträgt, warum Mari und Johannes gestern Abend ermordet worden sind?«

»Ich hatte gehofft, *Sie* könnten *mir* etwas sagen«, erwiderte ich. »Ich habe nicht die geringste Ahnung, was passiert ist.«

»Du weißt nicht, ob sie irgendwelche Probleme hatte?«

»Mari?«

Ich schüttelte den Kopf.

»Mari war das liebste Mädchen auf der Welt.«

Ich konnte seinen Blick nicht erwidern, deshalb starrte ich die Tischplatte an.

»Du weißt nicht, ob sie sich an den vergangenen Tagen mit irgendwem gestritten hatte?«

Ich hätte fast gefragt: »Außer mit mir?«, aber das konnte ich mir zum Glück verkneifen. Ich zuckte nur mit den Schultern.

Wir sahen einander einen Moment lang an.

»Wie ist sie gestorben?«, fragte ich.

»Die Untersuchungen sind noch nicht abgeschlossen«, sagte Mork. »Sie muss zudem obduziert werden, und erst danach werden wir eine eindeutige Antwort haben.«

»Obduziert«, sagte ich. »Dann wird sie also ... aufgeschnitten?«

»Ja.«

Ich sah Mari vor mir, nackt, kalt, unter einem sterilen weißen Laken. Mit bleicher Haut, blauen Lippen. Eine Person in weißem Schutzanzug stand vor ihr, das Skalpell erhoben. Mir stülpte sich der Magen um.

»Sie haben also keine Verdächtigen«, fragte ich.

Mork sah mich lange an, ehe er sagte: »Vorläufig nicht.« Ich glaubte ihm nicht.

»Aber hat denn niemand etwas gesehen?«, fragte ich und hörte die Verzweiflung in meiner Stimme. »Ich meine – da müssen gestern Abend doch mindestens zweihundert Personen gewesen sein?«

Mork sah mich wieder lange an. Er gab keine Antwort.

5

»Auf die Aufführung kommen wir noch zu sprechen«, sagte Staatsanwältin Håkonsen. »Nicht zuletzt darüber, wer wann was gesehen hat, aber Sie hatten also das Gefühl, dass Ihre Lage gar nicht so gut war. Haben Sie deshalb diese Eintragung auf Facebook vorgenommen, sobald Herr Mork gegangen war?«

Die Staatsanwältin hob das Kinn und suchte meinen Blick. Ich nickte, ehe ich Ja sagte, und dachte daran, wie seltsam und leer ich mich nach der Vernehmung gefühlt hatte.

Ich war wieder in den Keller gegangen und hatte mich auf mein Bett gelegt, unsicher, was ich jetzt tun sollte. Es kam mir so unwirklich vor, dass Mari tot war. Ich fragte mich, ob ich deshalb nicht die ganze Zeit verzweifelt schluchzte.

Ich blieb liegen und spielte an meinem Telefon herum. Meine Kumpels hatten mir Mitteilungen geschickt, sie wollten wissen, wie es mir ging und ob ich Besuch wollte.

Ich gab keine Antwort, sondern ging auf Facebook und stellte fest, dass irgendeine Freundin eine Erinnerungsseite für Mari und Johannes eingerichtet hatte und dass bereits eine Menge Bilder und Erinnerungen gepostet worden waren. Zum Glück hatte niemand etwas über mich geschrieben. Noch nicht jedenfalls.

Ich scrollte mich durch die Bilder. Sah Mari, die sich vor Lachen krümmte. Die nachdenklich in die Kamera blickte. Sich irgendetwas am Horizont ansah. Das typische Klassenfoto war auch gepostet worden. Mari als kleines Mädchen. Mari, die Ida Hammer umarmte. Alle hatten geschrieben, wie sehr sie sie gemocht hatten, wie sehr sie ihnen fehlte. Einige versprachen sogar, Mari und Johannes zu rächen. Diese Kommentare hatten haufenweise Likes bekommen.

Die Bilder von Johannes waren ziemlich ähnlich: Auf der Bühne, mit dem Mikro vor dem Gesicht, mit Bühnennebel im Hintergrund, die rechte Hand zum Rock-on-Zeichen erhoben. Viele Hunderte hatten auch diese Fotos gelikt.

Ich hatte keine Lust, irgendetwas zu liken. Ich hatte auch keine Lust, meine Gedanken oder Erinnerungen mit irgendwem zu teilen. Mich beschäftigte Yngve Morks Blick und die Vorstellung, dass mich schon ganz Fredheim in Verdacht hatte oder bald haben würde – wenn die Polizei die Sache nicht schnell aufklären konnte.

Deshalb schrieb ich:

Viele von euch wissen vermutlich, dass Mari und ich bis vor wenigen Tagen zusammen waren. Viele von euch glauben sicher auch, dass ich sauer und traurig war, weil sie Schluss mit mir gemacht hatte. Ich will ganz ehrlich zugeben, dass ich es war. Aber ich hätte ihr niemals, NIEMALS, etwas antun können. Ich habe Mari sehr lieb gehabt. Und Johannes war ein Mensch, den ich mochte und in vielerlei Hinsicht bewunderte. Die Welt ist ohne die beiden ärmer, und ich werde sie nie vergessen.

Das war ein bisschen pompös, aber das war mir egal. Ich wusste, dass viele lesen würden, was ich geschrieben hatte, und ich blieb noch eine Weile auf der Seite und sah, dass immer mehr Likes kamen. Das half ein bisschen.

»Aber nachdem Sie sich auf Facebook verteidigt haben, waren Sie dann auch noch bereit, sich von Ole Hoff von der *Fredheimpost* interviewen zu lassen.«

Die Stimme von Staatsanwältin Håkonsen ließ mich zusammenzucken. Die Art, wie sie das sagte, ließ mein Verhalten ziemlich seltsam klingen.

»Das stimmt«, sagte ich und räusperte mich. »Ich hatte das Bedürfnis, über Mari zu sprechen, glaube ich. Um ein bisschen Ordnung in meine Gedanken zu bringen. Mich zu verteidigen. Und ich kannte Ole ja; er ist der Vater von Oskar, meinem besten Freund.«

»Aber er wollte mit Ihnen nicht nur über Mari sprechen?«

Ich fuhr mir mit der Hand durch die Haare, merkte, dass sie jetzt feucht waren.

»Nein.«

Ehe Ole damals zu mir kam, duschte ich und zog saubere Kleider an. Ich fühlte mich ein bisschen besser, war aber noch immer total kraftlos.

Ole arbeitete schon länger bei der *Fredheimpost,* als ich überhaupt auf der Welt war. Ich fand ihn sympathisch, er war immer freundlich, jedenfalls, wenn ich zu Besuch war. Er war Oskar gegenüber ein bisschen streng, aber vielleicht gehörte sich das so für Eltern.

Ich erwartete ihn auf der Treppe und gab ihm die Hand, auch wenn mir das ein bisschen seltsam vorkam. Ole hatte vorn und an den Stirnecken ziemlich Haare verloren, sich für einen Mann von Mitte vierzig aber gut gehalten. Mir fiel auf, dass auch er mich forschend musterte, allerdings auf andere Weise als Mork. Als ob er wissen wollte, wie es mir ging, und nicht, ob er einen Doppelmörder vor sich hatte.

»Even«, sagte Oskar vorsichtig. »Wir können das auch ein andermal machen.«

Ich sagte: »Nein, nein, kein Problem«, und führte ihn ins Haus. Wir setzten uns in die Küche. Ole legte die Hände auf die Tischplatte und schaute sich um.

»Wie geht's mit dem Fußball?«, fragte er.

»Na ja«, sagte ich und schaute auf. »Die Saison ist ja jetzt vorbei.«

»Aber ihr trainiert sicher trotzdem?«

»Klar doch«, sagte ich. »Dreimal die Woche.«

»Dann musst du ja doch ganz schön viel pendeln?«

»Ja«, sagte ich und zögerte ein wenig. Lillestrøm lag ein paar Dutzend Kilometer von Fredheim entfernt. »Aber daran bin ich gewöhnt. Und Imo fährt mich ziemlich oft, das ist im Grunde also kein Problem. Wenn ich erst den Führerschein habe, wird es noch besser.«

»Bist du noch immer in der Nationalmannschaft für die unter 17?«

Ich zuckte kurz mit den Schultern.

»Weiß nicht, da hat es schon länger keine Treffen mehr gegeben.«

»Eines Tages wirst du als Profi spielen.«

Ich lächelte. Merkte, dass es sehr guttat, zu lächeln.

»Bei welcher Mannschaft würdest du am liebsten spielen?«, fragte Ole nun.

»*United* natürlich.«

»Leeds, meinst du?«

Ich schnitt eine Grimasse.

»Es gibt nur ein *United*, Ole, das weißt du.«

Wir lächelten einander an. Dann wurden wir wieder still. Ich senkte den Kopf.

»Wir müssen das hier ja nicht als Interview bezeichnen«, sagte Ole nun. »Wenn dir das unangenehm ist.«

»Nicht doch«, sagte ich. Ich hatte mich eigentlich darauf gefreut, allen erzählen zu können, dass ich mit den Morden nichts zu tun hatte.

Ole wollte, dass ich etwas über Mari sagte, und das tat ich; ich erzählte, wie wir uns kennengelernt hatten, in der Schule, an einem ganz normalen Dienstag vor etwas über sieben Wochen. Sie sprach mich in der Pause an und fragte, ob sie mich für die Schülerzeitung interviewen könne.

»Mich?«, fragte ich.

»Ja?«

»Warum denn?«

»Eigentlich aus mehreren Gründen.«

»Aus mehreren Gründen?«

Es war meine Stärke, Frauen mit lässigen, eleganten Antworten zu imponieren.

»Du spielst doch ziemlich genial Fußball ...«

Ich wiegte bescheiden den Kopf.

»... du spielst in einer echt coolen Band ...«

Ich versuchte ein *Tja-ich-weiß-ja-nicht-so-recht*-Gesicht zu machen.

»... und ...«

Sie schaute mich ein bisschen nervös an, als ob sie nicht so recht wüsste, ob sie weiterreden sollte oder nicht.

»... und du hast ja schon mal in Fredheim gewohnt. Vor vielen Jahren.«

Sie biss sich kurz auf die Lippe.

»Ich wüsste gern, wie es ist, wieder hier zu sein. Nicht zuletzt ...«

Sie schlug die Augen nieder.

»… wie es ist, auf *die* Schule zu gehen, in der dein Vater gearbeitet hat.«

Dass die meisten an der Schule, auch die Lehrer, wussten, wer ich war, lag ebenso an Papa wie am Fußball und an der Band. Ich war gerade sieben gewesen, als der Wagen mit Papa am Steuer von der Straße abgekommen und in eine Baumgruppe mit tödlich dicken Stämmen geschleudert war. Mama hatte neben ihm gesessen.

Laut Zeugenaussagen war das Auto vor dem Unfall hin und her geschlingert, weil Papa ohnmächtig geworden war. Mamas Versuch, bei neunzig Stundenkilometern das Lenkrad an sich zu reißen, war nicht gut ausgegangen.

Nach der Beerdigung waren wir aus Fredheim weggezogen, weg von allem, nach Solstad, einem noch kleineren, etwa vierzig Kilometer entfernt gelegenen Dorf. Aber dann war Oma gestorben und Mama hatte das schöne alte Haus in Fredheim im Familienbesitz halten wollen, deshalb hatte sie fast am selben Tag unseren Kram zusammengepackt, und im vergangenen Jahre waren wir im Frühsommer hergezogen. Ich hatte das wirklich ziemlich blöd gefunden, denn in Solstad besaß ich viele Freunde, aber ich wusste, dass das für meinen Bruder nicht galt, und es meiner Mutter eigentlich gar nicht gut ging, deshalb blieb mir keine Wahl.

Mari meinte, es könnte ein guter Artikel werden, eine Art Porträt des heimgekehrten Sohnes. Vielleicht könnten es sogar zwei Artikel werden, behauptete sie.

Derweil stand ich, der große Mr Herzensbrecher, nur da und brachte kein einziges Wort heraus. Ich wurde nicht zum ersten Mal interviewt, das war es nicht. Es war nur etwas an Mari, das … ich weiß nicht … mich sofort traf.

Sie hatte helle Haut und ein herzförmiges Gesicht. Ihre Haare waren dunkelbraun und ein bisschen verwuschelt, als ob sie gerade erst aufgestanden wäre und sich nicht die Mühe gemacht hätte, sich zu kämmen, ehe sie von zu Hause weggegangen war. Sie gab sich keine Mühe, um mich dazu zu bringen, sie zu mögen, was vielleicht der Grund war, warum ich es tat. Sofort. Zugleich sah sie ein bisschen verlegen aus. Ein bisschen nervös. Als ob sie gerade ihren ersten journalistischen Auftrag bekommen hätte und nicht so recht wüsste, wie sie damit umgehen sollte.

Wir hatten uns an dem Tag gleich nach der Schule getroffen, und damals nannte sie zum ersten Mal ihren vollständigen Namen – Mari Elisabeth Lindgren. Als ob sie halb norwegisch und halb schwedisch wäre und einen Bruder namens Kalle Blomquist hätte.

Ich hatte gedacht, wir würden nur eine Viertel- oder höchstens eine halbe Stunde reden, aber am Ende wanderten wir drei Stunden lang durch den Ort. Es war so schönes Wetter, voller Sonnenschein, noch immer warm, und lange hell. Sie fragte und bohrte, wollte alles Mögliche wissen. Am Ende stellte dann ich ihr ebenso viele Fragen – nach *ihrem* Leben. Sie wolle Schriftstellerin werden, sagte sie. Oder Journalistin. Jedenfalls etwas, bei dem sie schreiben könne. Es war leicht, mit Mari zu reden.

Und dann wurde sie immer wunderbarer, je länger ich mit ihr zusammen war.

Sie war etwa einen Kopf kleiner als ich. Ich sah sie so gern an, wenn sie den Blick zu mir hob, erwartungsvoll und neugierig.

In der Schule sagten wir von da an *Hallo* zueinander und redeten ein bisschen, wann immer wir uns begegneten. Dann fingen wir an, SMS zu schreiben, zu chatten, uns gegenseitig Bilder zu schicken. Es kribbelte mir sehr bald im Bauch, wenn ich an sie dachte, und dann begriff ich, dass es ihr umgekehrt genauso ging.

Ich mochte ihr warmes, vorsichtiges Lächeln. Und wenn sie richtig lachte, änderte sich ihr ganzes Gesicht – es öffnete sich, die Zähne waren zu sehen, ich hätte so gern ihre Lachgrübchen berührt, die sahen so weich aus. Ich mochte ihre Hände, sie waren ganz klein in meinen. Und so warm. Ich mochte ihre Stimme, vorsichtig, wenn sie Fragen stellte, sicherer, wenn sie meine beantwortete. Sie schien nie Zweifel an etwas zu haben, das sie sagte.

Und sie war lieb.

Ich war zwei Wochen vor dem Aufführungsabend krank geworden, nicht todkrank, aber ich hatte ziemlich hohes Fieber und hämmernde Kopfschmerzen, und mir tat alles weh, wenn ich versuchte, mich zu bewegen. Ich konnte einige Tage lang nicht in die Schule gehen, aber

Mari besuchte mich jeden Nachmittag, obwohl ich sagte, das dürfe sie nicht. Ich wollte sie nicht anstecken. »Ich werde nie krank«, sagte sie. »Das geht sicher gut. Und deine Mutter ist ja nie da, da muss sich doch irgendwer um dich kümmern.«

An einem Tag brachte sie eine Bouillon mit und zwang mich, sie zu essen. Ich kam mir vor, als wäre ich wieder vier Jahre alt. Und als Mari einige Tage später dann natürlich doch krank wurde, war ich damit an der Reihe, sie zu besuchen, obwohl sie nicht wollte, dass ich sie mit bleicher Haut sah, mit trockenen Lippen, kalt im einen Moment, heiß im nächsten. Aber es gab eigentlich nichts, was ich lieber wollte. Und als sie an einem dieser Nachmittage auf meinem Schoß eingeschlafen war, spürte ich ganz tief in mir etwas Warmes und Gutes. Es war ein Gefühl, das ich noch nie gespürt hatte.

Ich war schon mit anderen Mädchen zusammen gewesen, aber nur, weil ich *glaubte*, in sie verliebt zu sein, oder weil ich es lustig fand, eine Freundin zu haben. Mari war die Erste, in die ich verliebt war. Richtig verliebt.

Als ich das alles über Mari erzählt hatte, schwieg Ole eine Weile, ehe er sagte: »Even, weißt du, ob …«

Er zögerte kurz, ehe er hinzufügte: »Hat Mari in den letzten Tagen, ehe sie ermordet worden ist, etwas über … mich gesagt?«

Ich runzelte die Stirn, sah, dass es Ole unangenehm war, gerade diese Frage zu stellen. Er zog eilig eine Visitenkarte aus dem Lederetui seines Mobiltelefons.

»Die Polizei hat so eine in ihrer Jackentasche gefunden«, sagte er und reichte sie mir.

Es war Oles Visitenkarte.

»Ich habe natürlich ab und zu mit Mari gesprochen«, sagte er nun. »Weil sie ja in der Schwimm-Mannschaft war. Aber ich weiß, dass ich ihr nie meine Visitenkarte gegeben habe.«

Ich nahm die Karte und sah sie an. Drehte sie um. Auf der Rückseite stand nichts.

»*Du* hast sie ihr nicht gegeben, oder?«, fragte er.

»Ich? Warum hätte ich das tun sollen?«

»Ich weiß nicht, deshalb frage ich ja.«

Ich überlegte. Mir fiel ein, dass ich einmal von Ole eine Visitenkarte bekommen hatte, als ich bei ihnen zu Hause gewesen war. Unmittelbar vor den Länderspielen gegen Malta und Italien. Ole wollte, dass ich gleich nach den Spielen in der Redaktion oder lieber direkt bei ihm anrief. Aber ich hatte keine Ahnung, was ich mit der Karte gemacht hatte.

»Mari wollte also mit dir reden – ist das so zu verstehen?«, fragte ich.

»So scheint es«, sagte Ole. »Ich versuche, den Grund zu finden.«

Ich sah ihn an.

»Es braucht natürlich gar nichts zu bedeuten«, fügte Ole hinzu, aber ich hatte das Gefühl, dass es das vielleicht doch tat.

Staatsanwältin Håkonsen hustete und bat gleich darauf um Entschuldigung.

»Ole Hoff war also mehr oder weniger von Anfang an auf irgendeine Weise in die Sache verwickelt.«

Ich hatte so viele Erinnerungen an und mit Ole, und für einen kleinen Moment brachen mehrere über mich herein. Ich musste einige Male schlucken, ehe ich sagen konnte: »Da haben Sie wohl recht.«

6

Meine Wangen waren heiß. Es war anstrengend, vor so vielen Menschen über alles zu reden. Der Stuhl, auf dem ich saß, war hart und unbequem, und ich sehnte mich danach, fertig zu werden. Aber es war noch nicht mal halb zehn, und wir hatten gerade erst angefangen. Mir grauste davor, wie es weitergehen würde, denn jetzt würden wir bald über Mama sprechen müssen.

Staatsanwältin Håkonsen wollte wissen, was passiert war, als ich Ole nach dem Interview zur Tür gebracht hatte.

Ole hatte gerade auf den triefnassen Platz vor dem Haus hinaustreten wollen, als Mama die kurze Allee von der Straße her hochkam. Sie versteckte sich unter einem Regenschirm und hatte unseren winzigen Hund im Schlepptau. Beide liefen, so schnell sie konnten. Sie entdeckte uns nicht sofort, aber als sie uns sah, blieb sie stehen.

Mama war früher einmal eine schöne Frau gewesen;

ich hatte Bilder von ihr aus der Zeit gesehen, als sie Papa gerade kennengelernt hatte. Damals hatte sie lange blonde Haare und schien immer zu lächeln. Ich konnte gut verstehen, dass sich in Fredheim so mancher nach ihr umgedreht hatte.

Damals war sie groß und schlank gewesen, jetzt aber schienen die Kleider ihr fast von den Knochen zu rutschen. Sie hatte sich die Haare schwarz färben lassen und kurz geschnitten, und sie war immer etwas zu stark geschminkt. Als sie vor dem Haus stand und mit düsterer Miene unter dem schwarzen Regenschirm zu Ole und mir heraufschaute, sah sie fast unheimlich aus. Wie eine Person aus einem schwarz-weißen Horrorfilm oder einer gruseligen Graphic Novel.

»Was will der denn hier?«, fragte sie und zeigte mit dem Regenschirm auf Ole, sprach aber mit mir. GP – unser Hund – bellte jetzt ebenfalls los, weil vor unserer Haustür ein fremder Mann stand.

»Mama …«

Ich hatte nie gern Besuch, wenn Mama zu Hause war. Sie konnte so viele Fragen stellen, herumnerven – ich wollte dann eigentlich nur, dass sie wieder ging.

»Hallo, Susanne«, sagte Ole. GP bellte.

»Wir haben nur kurz miteinander geredet«, sagte ich.

»Und warum habt ihr das?«

Ihre Stimme war scharf, vielleicht auch ein bisschen böse – ich war nicht sicher –, und plötzlich kam sie mit schnellen Schritten auf uns zu.

»Weil ...«

Mama zog GP fest an sich und trampelte die Treppe hoch, sie ging dicht an Ole vorbei, ohne ihn anzusehen, ohne Hallo zu sagen. Sie schnappte sich bloß GP, als der unseren Gast begrüßen oder ihm vielleicht auch ins Bein beißen wollte. So wie die Lage war, hatte ich gedacht, dass Mama vielleicht stehen bleiben und mich umarmen würde. Auf jeden Fall hatte ich vermutet, sie würde mit Ole ein paar Worte wechseln, einem Erwachsenen in ihrem Alter, aber sie ging einfach an uns vorbei und schob die Tür zur Seite. Ich hoffte, ich *betete,* dass Ole ihre Alkoholfahne nicht bemerken würde, die sie einhüllte wie der Geruch eines miesen Parfüms. Dann knallte sie hinter sich die Tür zu.

GP kläffte noch eine Weile weiter, aber ich hörte, wie Mama ihn mehrmals wütend ermahnte, still zu sein, bis es endlich still wurde.

»Ihnen war also schon damals klar, dass Ihre Mutter zu Ole Hoff ein angespanntes Verhältnis hatte?«

Diese Frage stammte von Staatsanwältin Håkonsen. Ich schaute wieder zu Mama hinüber. Sie schien in den vergangenen Wochen nicht ein einziges Mal geschlafen zu haben. Sie hatte dicke Ringe unter den Augen und ihr Gesicht wirkte grau.

»Ja«, antwortete ich, etwas leiser, als ich es vorgehabt hatte.

»Aber Sie hatten keine Vorstellung davon, was der Grund sein könnte?«

Ich schüttelte den Kopf.

»Damals noch nicht, nein«, fügte ich hinzu.

Als ich ins Haus zurückkam, nachdem Ole gegangen war, wartete Mama im Gang zwischen Diele und Küche auf mich. Ihr einer Fuß tippte immer wieder wütend auf den Boden.

»Was bildest du dir eigentlich ein?«

Aus irgendeinem Grund hatte sie noch immer GP an der Leine. Der Hund wollte unbedingt zu mir, und ich bückte mich und streichelte ihn ein bisschen, kraulte ihn hinter den Ohren.

»Ich bilde mir überhaupt nichts ein«, sagte ich und richtete mich wieder auf.

»Du redest mit diesem … Journalisten«, sagte sie, als ob dieses Wort einen üblen Geschmack hätte. »War der etwa auch im Haus?«

Ich zuckte mit den Schultern.

»Na und?«

»Na und?«

Mama verdrehte die Augen, als ob sie sich überhaupt nichts Schrecklicheres vorstellen könnte. Ich fragte, ob sie denn etwas gegen Oskars Vater habe, bekam aber nur zur Antwort, dass mich das nichts anginge.

Ich hatte keine Lust, länger dort herumzustehen und

mich wegen etwas zusammenstauchen zu lassen, von dem ich nichts wusste, deshalb ging ich einfach nur an ihr vorbei. Als ich gerade die Kellertür öffnen wollte, sagte Mama: »Gerade du solltest dich jetzt lieber bedeckt halten, Even. Überleg doch mal, was …«

Sie unterbrach sich, aber ich wusste, woran sie dachte. Für Mama war es immer ungeheuer wichtig, was andere dachten, nicht, was Tobi und ich dachten, nicht, wie es uns ging. Ich wäre fast stehen geblieben, hatte aber im Moment keinen Nerv, mich gerade jetzt mit ihr darüber zu streiten, deshalb öffnete ich die Tür und setzte den Fuß auf die oberste Treppenstufe.

»Even, du gehst jetzt nicht in den Keller.«

Ich gab keine Antwort. Lief einfach weiter.

»Even?!«

Ich knallte meine Zimmertür hart zu und setzte mich aufs Bett. Versuchte, Atem zu holen und mich zu beruhigen, aber das gelang mir nicht besonders gut, ich schlug wütend mit der Hand auf das, was ich für die Matratze hielt, es war dann allerdings der Bettrahmen. Und der war hart.

Bei dem Schlag ging eine der Wunden an meiner Hand wieder auf und schon bald sickerte Blut aus der Schramme. Ich fluchte, ging ins Badezimmer und riss einige Blatt Papier von der Klorolle.

Ich spülte mir die Hand ab und nahm etwas mehr Papier mit, ging wieder in mein Zimmer und legte mich aufs Bett, suchte mir eine Playlist von Musikern heraus, die

Mari und ich gern zusammen gehört hatten, schaltete sie jedoch rasch wieder aus – die Musik machte mich nur noch trauriger.

Einige Zeit darauf hörte ich Schritte auf der Treppe. Ich dachte zuerst, Mama wolle mich noch einmal zusammenstauchen, aber es war nur Tobias.

»Hallöchen«, sagte er und blieb in der Tür stehen.

»Hey«, sagte ich, ohne aufzustehen.

»Wie … geht's dir?«

Darauf hatte ich keine gute Antwort, deshalb zuckte ich nur mit den Schultern. Mir ging auf, dass es inzwischen nach halb vier sein musste, weil mein Bruder aus der Schule nach Hause gekommen war.

Tobias zögerte einige Sekunden, dann sagte er: »Ich habe mit der Polizei gesprochen. Die haben gefragt, ob ich wüsste, wo du gestern Abend warst.«

Ich richtete mich auf.

»Und was hast du geantwortet?«

Er wartete einen Moment. Dann sagte er: »Ich habe gesagt, dass ich glaube, dass du den ganzen Abend in deinem Zimmer warst.«

»Dass du das *glaubst*?«

»Ja, ich … ich konnte doch nicht ganz sicher sein; ich habe Musik gehört. Mit Kopfhörern.« Tobias blieb in der Türöffnung stehen. »Und übrigens: Deine Kumpels sind hier. Sie fragen, ob du überhaupt Besuch haben willst. Ich hab gesagt, ich würde fragen.«

»Ist Mama da?«

Tobias schüttelte den Kopf.

»Die ist sicher bei dem Blödmann.«

Knut lief bei uns unter vielen Namen.

Wir schwiegen einen Moment lang.

»Was soll ich ihnen also sagen?«, fragte mein Bruder.

Ich wäre am liebsten allein gewesen, aber es war doch auch möglich, dass meine Freunde etwas darüber wussten, was passiert war, deshalb sagte ich: »Ja, schick sie einfach runter.«

Oskar, Kaiss und Fredrik waren Gott weiß wie viele Male bei mir gewesen, aber in den letzten Wochen vor der Schulaufführung hatten wir keine Zeit gehabt, wir hatten mit der Band proben müssen, und wenn ich kein Fußballtraining hatte, traf ich mich mit Mari. Als meine Kumpels in mein Zimmer kamen, war ich gespannt darauf, wie sie über das dachten, was passiert war.

Ich stand vom Bett auf und begrüßte zuerst Oskar, mit ausgestreckter Hand, ein fester Händedruck, dann folgte eine Umarmung. Oskar und ich kannten uns seit dem Kindergarten. Wir waren fast jeden Tag zusammen gewesen, seitdem wir in derselben Klasse gelandet waren. Oskar war der Blonde unter uns Jungs, und er hatte seine Hand häufiger in seinen Haaren als an irgendeinem anderen Ort. Im vergangenen Jahr war er in die Höhe geschossen, und nun war er fast so groß wie ich.

»Läuft 'n so?«, fragte Oskar – seine Stimme wollte ihm nicht ganz gehorchen.

»Nicht so viel«, sagte ich.

Fredrik und ich legten die Fäuste aneinander. Fredrik war mindestens anderthalb Kopf kleiner als ich. Ich machte mich sonst immer lustig drüber, fuhr ihm durch die Haare wie einem Kind, aber jetzt war nicht der richtige Moment für so was.

»Das ist doch verdammt noch mal total krank«, sagte Fredrik.

»Ja«, sagte ich.

Kaiss kam herein, breitete die Arme aus, drückte mich ganz fest an sich und klopfte mir auf den Rücken. Kaiss trug immer Schwarz und badete in Rasierwasser – auch wenn noch keine Spur von Bartwuchs bei ihm zu sehen war.

»Was läuft, Bro?«, fragte er.

»Was eben läuft«, sagte ich.

Ich machte für die anderen Platz auf dem Bett. Kaiss setzte sich in den Sessel in der Ecke, hob meine Gitarre hoch und schlug einige Akkorde an. Er war ein elend schlechter Musiker, aber ich war froh über jede Ablenkung.

Oskar zog sein Telefon hervor. Fredrik ebenfalls. Ich weiß nicht, wie lange wir einfach nur dort saßen, ehe ich anfing:

»Ihr traut euch also alle nicht zu fragen?«

Sie sahen mich an.

»Was denn fragen?«

Das hatte Oskar gesagt.

»Ob ich die beiden umgebracht habe?«

Ich registrierte, dass Fredrik meine Schrammen ansah. Und die blutigen Papierfetzen, die ich einfach auf den

Boden geworfen hatte. Ich hatte keine Lust, etwas zu erklären, sagte nur: »Ich war das nicht.«

Ich sah, wie sie einen Blick wechselten.

»Das haben wir auch nicht geglaubt«, sagte Kaiss, aber ich hatte nicht das Gefühl, dass er es wirklich meinte. »Wären wir sonst hier?«, fügte er hinzu.

Darauf wusste ich keine Antwort.

Wir hörten einen Moment lang Kaiss beim Klimpern zu, jeder in seine Gedanken versunken.

»Das einzig Positive an der ganzen Sache ist, dass die Mädels dauernd getröstet werden wollen«, sagte plötzlich Fredrik. Ich musste lachen. Fredrik versuchte verzweifelt, eine Freundin zu finden.

Dann schwiegen wir wieder.

»Lasst hören«, sagte ich schließlich. »Was sagen die Gerüchte? Was sagt die Polizei?«

»Na ja«, begann Oskar und zögerte dann ein wenig. »Die sagt vorläufig nichts. Sie versuchen, mit allen zu reden, die gestern bei der Aufführung waren. Und das allein dauert eine Ewigkeit.«

»Ich habe gehört, dass Johannes erschlagen worden ist«, sagte Fredrik. »Mit irgendeinem harten, scharfen Gegenstand, denn es war sehr viel Blut da.«

»Das wissen wir nicht«, sagte Kaiss.

»Nein, aber ich habe es gehört«, erwiderte Fredrik ein wenig wütend.

»Was ist mit Mari?«, fragte ich.

»Was soll mit ihr sein?«, gab Oskar zurück.

»Habt ihr etwas darüber gehört, wie *sie* …«

Ich konnte diesen Satz nicht zu Ende bringen. Keiner meiner Kumpels antwortete sofort, dann sagte Oskar: »Nein. Ich glaube jedenfalls nicht, dass sie auch erschlagen worden ist.«

Dann schwiegen wir wieder.

»Du siehst aus, als ob du ein Bier brauchst«, sagte schließlich Kaiss.

»Ja, vielleicht.«

»Dann gib Bescheid.«

Kaiss war das jüngste von sechs Geschwistern, und sein Bruder arbeitete in Oslo in einem Lebensmittelladen. Wenn wir Bier brauchten, konnte Kaiss uns welches organisieren.

»Viele haben deinen Kommentar gelikt«, sagte Oskar plötzlich – und ich sah, dass er auf Facebook war. Plötzlich hielt er für einen Moment inne, schaute hoch und starrte mich an.

»Was ist los?«, fragte ich.

Oskar schien nicht zu wissen, was er sagen sollte. Ich brauchte einen Moment, um zu begreifen, weshalb. Ein wenig zögernd reichte er mir sein Telefon. Ich nahm es und sah meinen Kommentar und die vielen Likes, die ich dafür bekommen hatte – einige hatten auch *R.I.P.* gepostet, oder Herzchen.

Børre Halvorsen, ein Mitschüler, den ich vom Sehen kannte, weil er so alt war wie Tobias und als einer von Fredheims Taggern berüchtigt war, hatte geschrieben:

Du lügst. Ich hab dich gesehen.

»Was haben Sie da gedacht?«

Staatsanwältin Håkonsen hatte die Hände hinterm Rücken verschränkt und wanderte langsam vor mir auf und ab.

»Na ja, das war erst mal ein furchtbarer Schock«, sagte ich. »Konnte einfach nicht fassen, wie jemand so was schreiben kann. Oder warum.«

Håkonsen verzog den Mund.

»Wie haben Ihre Freunde reagiert?«

Die Staatsanwältin sah mich nicht an, als sie diese Frage stellte. Ich blickte zu Oskar hinüber, dann senkte ich den Kopf.

Ich hatte Oskar das Telefon zurückgegeben und kein Wort herausgebracht, konnte nur glotzen. Fredrik und Kaiss zogen ihre eigenen Telefone hervor, es sah aus, als wollten sie sich den Feed mit eigenen Augen ansehen.

»Das stimmt nicht«, sagte ich zu ihnen, viel leiser, als ich vorgehabt hatte. »Das stimmt nicht«, wiederholte ich ein bisschen lauter. »Er kann mich unmöglich gesehen haben. Ich war hier, in meinem Zimmer, den ganzen Abend. Tobias war zu Hause, er weiß das, er kann …«

Ich verstummte. Keiner von den anderen sagte etwas, sie nickten nur, langsam. Ich sah, dass viele Børre Halvorsens Kommentar gelikt hatten, und ich begriff, dass sie ihm glaubten.

»Wollen wir versuchen, uns den Typen zu schnappen«, fragte Oskar. »Rausfinden, wovon er redet?«

Ich hatte große Lust, mir Børre selbst vorzuknöpfen und ihn zusammenzufalten, aber mir war ja klar, wie blöd das wäre, deshalb sagte ich: »Das wäre eigentlich verdammt gut.«

Oskar sprang vom Bett hoch.

»Okay«, sagte er und sah Fredrik und Kaiss an. »Gehen wir?«

Als sie weg waren, schickte ich Tobias eine SMS und fragte, ob er Børre Halvorsen kannte und irgendeine Ahnung hatte, was der Idiot mit seinem Facebook-Kommentar gemeint haben könnte. Mein Bruder antwortete bloß: »Børre spinnt.«

Ich hoffte, dass er recht hatte.

Aber es sollte sich herausstellen, dass ich mich irrte.

7

Den Rest des Nachmittags verbrachte ich im Bett und starrte an die Decke.

Ich dachte an den Mörder, der irgendwo dort draußen frei herumlief, daran, warum um alles in der Welt Mari und Johannes überhaupt umgebracht worden waren. Ich dachte daran, wie sie gestorben waren. Kaiss hatte recht, wir konnten nicht mit hundertprozentiger Sicherheit wissen, dass Johannes mit einem harten, scharfen Gegenstand erschlagen worden war, aber Tic-Tac hatte doch sehr viel Blut gesehen, unwahrscheinlich war es also nicht.

Ich versuchte, mein Gehirn auszuschalten, aber das ging nicht.

Ich sah vor mir den Schal, den Mari sich immer um den Hals wickelte, wenn es kalt war – einen großen roten Schal, wie eine Decke. Ich spürte ihre Hand auf meiner, wenn wir im Kino einen Film sahen, die Nägel, die sich in meine Hand bohrten, wenn sie zusammenzuckte oder wenn es unheimlich wurde. Ich dachte daran, wie sie sich zu Hause in der Tür den Finger eingeklemmt hatte, wie sie den Schmerz hinuntergeschluckt und sich nichts hatte anmerken lassen wollen – nur, um durch die Tränen in ihren wunderschönen braun funkelnden Augen entlarvt zu werden.

Wir hatten uns bloß sieben Wochen gekannt, Mari und ich, aber es kam mir sehr viel länger vor.

Als Imo anrief, war es vor meinem Kellerfenster schon dunkel geworden.

»Hey, Champ«, rief er ins Telefon. Ich konnte hören, dass er im Auto saß. »Mach dich bereit«, fügte er hinzu, »ich hol dich in zehn Minuten ab.«

»Wieso denn?«

Es schwieg für einen Moment.

»Hat deine Mutter nichts gesagt?«, fragte er dann.

»Was denn?«

Ich hörte am anderen Ende der Leitung ein leichtes Seufzen.

»Du übernachtest heute bei mir«, sagte Imo.

»Ach?«

»Ja, du darfst jetzt nicht allein sein. Und deine Mutter … du weißt, wie Susanne ist, sobald es um Tod und so was geht.«

Ich begriff, was er meinte. Nach Omas Tod hatte Mama tagelang geweint. Ich glaube, nicht unbedingt, weil Oma gestorben war – sie war viele Jahre lang krank gewesen, und Mama hatte oft gesagt, sie hoffe, dass ihre Mutter bald erlöst werde. Aber ich glaube, Tod und Beerdigung und die viele Aufmerksamkeit, die Mama an den folgenden Tagen zuteil wurde, hatten sie wieder an Papa erinnert.

Es kam vor, dass ich sie dabei ertappte, wie sie in der Küche saß und mit leerem Blick die Todesanzeigen in der *Fredheimpost* las, als ob sie eigentlich gar nicht registrierte, was dort stand. Da zwei Jugendliche aus dem Dorf ums Leben gekommen waren und eine davon noch dazu meine Ex-Freundin war, rückte uns der Tod wieder ein wenig zu nahe.

»Was ist mit Tobias?«, fragte ich.

»Der hat Pläne«, sagte Imo.

Ich konnte mir das nicht so ganz vorstellen. Ich nahm an, dass Tobias sich eine oder zwei *Grandiosa*-Pizzen heiß machen und dann die ganze Nacht in seinem Zimmer sitzen und sie futtern würde.

»Ich weiß eigentlich nicht, ob ich gerade heute Lust habe«, sagte ich.

»Nein, vielleicht nicht, aber das brauchst du jetzt«, sagte Imo. »Es wäre nicht gut für dich, heute Abend allein zu sein.«

Ich überlegte einige Sekunden.

»Komm schon«, sagte mein Onkel. »Ich habe deiner Mutter versprochen, mich um dich zu kümmern. Mach jetzt keinen Ärger.«

Ich seufzte und setzte mich im Bett auf, fuhr mir mit der freien Hand durch die Haare.

»Na gut«, sagte ich. »Gib mir fünf Minuten, dann bin ich so weit.«

Imo ließ den Automotor im Leerlauf laufen, als ich auf die Treppe herauskam. Er hatte das Fenster heruntergefahren.

»Sag, dass du noch nichts gegessen hast«, rief er. Ich hatte an den vergangenen Tagen kaum an Essen gedacht.

»Ich hab noch nichts gegessen.«

»Dann kannst du dich freuen«, sagte er mit breitem Grinsen. »Heute Abend gibt es ein Imo-Spezial.«

»Imo-Spezial« – oder Imo-*spässial,* wie er das aussprach – war eigentlich nur ein warmes Knoblauchbrot zusammen mit einer tiefgefrorenen Lasagne, aber er machte dazu immer einen leckeren Salat.

Ich stieg ein. Imo umarmte mich.

»Wie geht es?«, fragte er und klopfte mir energisch auf die Schulter. Ich seufzte und zeigte ihm Børre Halvorsens Facebook-Posting, Imo las und runzelte dabei die Stirn.

»Das ist natürlich nur Scheiß«, sagte ich. »Ich war den ganzen Abend in meinem Zimmer.«

Imo überlegte. Schwieg einige Sekunden.

»Dann kann dir das doch scheißegal sein«, sagte er und legte die Hand auf den Schaltknüppel. »Solange der Fall bei dir klar ist, hast du keinen Grund, besorgt zu sein.«

»Das bin ich eigentlich auch nicht«, sagte ich, obwohl mir das wie eine Lüge vorkam. »Aber es pisst mich eben an, dass er so was schreibt und andere das liken.«

Imo schaltete.

»Scheiß auf den Kerl und scheiß auf alles«, sagte er.

»Das muss ein Missverständnis sein. Das klärt sich schon noch.«

Ich beschloss, mich darauf zu verlassen, dass er recht hatte.

Draußen regnete es noch immer. Das Licht der Straßenlaternen ließ den nassen Asphalt golden glänzen. Obwohl ein scharfer Wind wehte, klebten die Blätter am Boden.

Es war nicht viel Verkehr, aber immer wenn uns ein Auto entgegenkam, hatte ich das Gefühl, dass Fahrer oder Beifahrer glotzten, vor allem auf mich. Die wenigen, die zu Fuß unterwegs waren, schienen ebenfalls stehen zu bleiben und uns hinterherzuschauen. Ich sah sie an, überlegte, ob sie etwas darüber wussten, was passiert war, ob einer vielleicht sogar der Täter war. Mir war klar, dass dazu ganz schön viel gehören würde und es ein blödsinniger Gedanke war, aber ich konnte ihn nicht unterdrücken.

Wir waren auf dem Weg zum Ortskern von Fredheim, als ich mich zu Imo umdrehte und fragte: »Können wir kurz bei der Schule vorbeifahren?«

Imo starrte mich an.

»Jetzt, meinst du?«

»Ja?«

»Warum willst du das?«

Ich war selbst nicht sicher, aber ich glaube, ich hatte das Bedürfnis zu sehen, was dort vor sich ging. Noch immer kam mir alles so unwirklich vor. Ich musste mich mit eigenen Augen überzeugen, dass der Albtraum wahr war.

Imo sah mich zuerst lange an, dann sagte er zögernd: »Okay.«

Erst als wir auf den Parkplatz und dann zur Schule hochfuhren, dämmerte es mir.

Das hier war etwas, das nicht nur Fredheim und mich anging, es bewegte das ganz Land. Ich sah Wagen mit Medienlogos auf der Motorhaube, etwas größere Wagen mit Satellitenschüsseln auf dem Dach, ich bemerkte Leute, die vermutlich noch nie einen Fuß in meinen Heimatort gesetzt hatten, die das jetzt aber taten, weil es eben zu ihrem Beruf gehörte. Je näher wir der Schule kamen, umso mehr Menschen sah ich, Gesichter, die ich nur aus dem Fernsehen kannte, ich entdeckte Kameraleute und Rundfunkjournalisten mit Mikrofonen in der Hand, einen, der die Beleuchtung einer Videokamera überprüfte, und andere, die telefonierten.

»Großer Gott«, sagte ich.

Vor dem Schulgebäude war noch immer alles abgesperrt. Beim Eingang standen mehrere Streifenwagen. Ich rutschte auf dem Sitz ein wenig nach unten, weil sich viele zu uns umdrehten. Es kam mir vor, als ob sich vor mir eine Mauer aus Misstrauen und Hass erhob.

Ich ließ meinen Blick zur Handballhalle hinüberwandern. Dort hatten wir sonst Sportunterricht. Vor dem Haupteingang drängten sich die Leute.

»Was ist denn da oben los?«, fragte ich.

»Da führen sie Vernehmungen durch«, sagte Imo. »Die Polizei, meine ich.«

Wir waren zu weit weg, deshalb erkannte ich niemanden.

»Bist *du* schon vernommen worden?«, fragte ich.

»Ich habe mit Mork gesprochen, ja.«

»Was wollte er wissen?«

Mein Onkel holte Luft.

»Er wollte wissen, wann ich die Aufführung verlassen habe, ob ich etwas gesehen habe … es waren ziemlich wenige Fragen, so in der ersten Runde. Gestern Abend waren fast zweihundert Personen in der Schule. Die Polizei versucht festzustellen, mit wem sie vor allem ausführlicher reden sollte.«

»Gehörst du denn zu denen?«

Imo zuckte mit den Schultern und sagte: »Weiß nicht.«

»Vielleicht«, fügte er nach einer Denkpause hinzu.

»Wie meinst du das?«

»Na ja, ich konnte ja nicht sofort nach Hause fahren. Es musste noch alles abgebaut werden, wie immer – du weißt doch, wie das ist.«

Ich wandte mich wieder zu ihm.

»Hast du etwas gesehen? Hast du Mari gesehen?«

Zuerst schüttelte er den Kopf.

»Oder doch … ich habe sie gesehen, bei der Aufführung, gleich danach. Und daher wusste ich, dass sie Johannes interviewen wollte.«

Ich sah ihn nur an, wartete auf mehr.

»Und dann bin ich irgendwann nach Hause gefahren«, fügte Imo hinzu.

»Wie viele waren noch in der Schule, als du losgefahren bist?«

Er drehte sich zu mir um und deutete ein Lächeln an.

»Das hat mich Yngve Mork auch gefragt. Ich weiß es nicht mehr. Vielleicht so zwanzig, dreißig. Vielleicht ein paar mehr.«

»Du weißt nicht mehr, wer das war? Ob jemand dabei war, den du kennst?«

Er schüttelte den Kopf.

»Ich war müde«, sagte er. »Ich wollte nach Hause.«

Imo hatte in den letzten Wochen vor der Aufführung rund um die Uhr gearbeitet. Er wollte, dass alles so gut wie möglich wurde, nicht nur seinetwegen, sondern in erster Linie für die Schüler. Imo war in vielerlei Hinsicht ein verdammt toller Typ.

»Hast du genug gesehen?«, fragte er.

»Ich glaube schon«, antwortete ich.

8

Imos Haus liegt acht Kilometer von Fredheim entfernt, mitten in der Pampa. Mein Onkel ist nicht nur Musiker, sondern auch Schweinezüchter. Neben seinem Stall hatte er einen kleinen Anbau errichtet, den er als Musikstudio nutzte und den meine Freunde und ich so oft benutzen konnten, wie wir wollten.

Er hielt vor dem Haus, so nah an der Treppe wie möglich. Ich half ihm, seine Einkäufe hochzutragen, sah, dass er auch im Alkoholladen gewesen war.

»Zuerst«, sagte er und stellte seine Tüten auf den Küchentisch, »essen wir etwas. Danach …«

Er packte eine Flasche mit einer klaren Flüssigkeit aus.

»Werden wir uns betrinken.«

Ich sah ihn skeptisch an.

»Komm schon, tu doch nicht so, als ob du noch nie betrunken gewesen wärst. Und wenn es einen Abend gibt, an dem du das brauchst, dann heute. Sag nur deiner Mutter nichts. Sie ist zwar klapperdürr, aber wenn sie wütend wird, ist sie trotzdem gefährlich.«

Er lächelte und zwinkerte mir zu. Ich sah mir die Flasche an, die er auf den Tisch gestellt hatte.

»Tequila, Imo?«

»M-hm?«

Er rannte in der Küche hin und her, riss den Kühlschrank auf, schaltete den Backofen ein, zog Schubladen auf und nahm Teller und Untertassen, Töpfe und Pfannen heraus.

»Hast du was gegen Tequila?«, fragte er.

»Weiß nicht«, sagte ich. »Hab ich noch nie probiert.«

»Ha«, sagte Imo, »dann kannst du dich auf diesen Abend freuen.«

Ich hatte überhaupt keine Lust zu trinken. Mein schlimmster Zorn über Børres Facebook-Eintrag war verflogen, aber Mari war wieder in meinen Gedanken aufgetaucht, und mir war inzwischen aufgegangen, dass ich sie niemals wiedersehen würde. Das machte mir das Atmen schwer, machte es schwer, an etwas anderes zu denken als daran, wie es gewesen war, sie in den Arm zu nehmen, wie ihr Kopf ab und zu auf meiner Brust geruht hatte, weil sie so gern meinem Herzschlag zuhörte.

Ich versuchte, ein wenig Lasagne und Salat runterzuwürgen, hatte Angst, wie der Abend enden würde, wenn ich das nicht schaffte. Imo hatte recht: Ich war schon betrunken gewesen, aber viel Erfahrung mit Alkohol konnte ich nicht aufweisen. Es kam sogar vor, dass meine Kumpels mich deswegen fertigmachten.

Nachdem wir gegessen hatten, füllte Imo ein Schnapsglas mit der durchsichtigen Flüssigkeit.

»Eigentlich gehören auch Salz und Zitrone dazu«, sagte er. »Aber darauf scheiß ich meistens. Trink zuerst einen vorsichtigen Schluck.«

Das tat ich. Es brannte bis tief in meine Kehle und ich fing an zu husten. Mein Onkel lachte.

»Noch mal«, sagte er. »Daran gewöhnst du dich schon.«

Ich konnte nicht fassen, dass irgendwer dieses Zeug freiwillig trank. Oder sogar lecker fand. Ich trank noch einen Schluck.

»Gut, was?«

Ich warf Imo einen langen Blick zu und schluckte. Das heißt, ich versuchte zu schlucken.

»Wenn man es toll findet, Stacheldraht zu trinken«, sagte ich und schnalzte mit der Zunge, während mein Kopf plötzlich heiß wurde.

Er lachte wieder.

»Ich leg ein bisschen Musik ein. Das mit dem Aufräumen kannst du vergessen, das erledige ich morgen früh.«

Bald strömte Musik aus Imos riesigen Lautsprechern im Wohnzimmer. Tommy Emmanuel, Imos Lieblingsgitarrist. Ich zwang noch einen Schluck hinunter und stellte zu meinem Entsetzen fest, dass ich das kleine Glas noch nicht einmal halb geleert hatte.

Ich ging ebenfalls ins Wohnzimmer. Imo stellte eine Schüssel mit Kartoffelchips hin, während er zur Musik summte und ab und zu mit sich selbst tanzte. Dann rannte er in die Küche und holte die Flasche mit dem Kaktus auf dem Etikett. Als wir es uns endlich beide gemütlich gemacht hatten, seufzte er zufrieden und sagte: »Es klingt so, als ob er sieben Gitarren gleichzeitig spielt.«

Dann hörten wir *The Jolly Swagman*, das zweite Stück auf dem *Little by Little* vol. 1-Album von 2011. Imo bewegte seinen Körper im Takt der Melodie. Konnte nicht stillsitzen. Dann füllte er mein Glas wieder und verschüttete dabei etwas Tequila. Ich trank einen Schluck, noch immer widerwillig. Es brannte erneut in meinem Hals und in meiner Brust, aber nicht mehr so schlimm wie vorher.

Wir blieben eine Weile so sitzen, hörten einfach der Musik zu und tranken unsere Gläser leer. Imo schickte jemandem eine SMS. Ich fragte, wem.

»Deinem Bruder«, sagte er. »Nur hören, ob alles in Ordnung ist.«

Dann lauschten wir wieder der Musik.

»Das hat mir gefehlt«, sagte er plötzlich.

»Was denn?«

»Dich als Übernachtungsgast zu haben.«

Ich versuchte mich zu erinnern, wann wohl das letzte Mal gewesen war. Jedenfalls, ehe wir nach Fredheim zurückgezogen waren. Ehe ich mit Mari zusammengekommen war, hatte ich ihn fast jeden Tag besucht, entweder, um ihm im Schweinestall zu helfen, zu üben oder einfach, um ein bisschen von Mama wegzukommen. Aber übernachtet hatte ich nur noch selten.

Wieder tauchte Mari in meinen Gedanken auf, und da ich das vermeiden wollte, fragte ich: »Warum hast du eigentlich nie geheiratet?«

»Na ja«, sagte Imo und zögerte ein bisschen. »Das war nie so wichtig. Außerdem«, fügte er hinzu und klopfte sich auf den Bauch, während er diskret rülpste, »es wäre doch dumm, so viel Imo für eine einzige Person zu reservieren.«

Unter dem ungebügelten Hemd wogte es ein wenig. Ich lächelte. Imo trank einen Schluck. *Ich* trank einen Schluck

»Hat es nie ... nie eine ganz besondere gegeben?«, fragte ich und schnitt eine Grimasse, weil ich gerade ein besonders scharfes Stück Stacheldraht verschluckt hatte. Imo ließ den Kopf zur linken und dann zur rechten Schulter kippen. Wirbel knackten.

»Doch schon«, sagte er und senkte den Blick ein wenig. »Das wohl.«

»Aber was ist passiert?«, fragte ich.

Er seufzte tief.

»Nichts«, sagte er. »Das war ja gerade das Problem.«

Imo beugte sich vor und leerte sein Schnapsglas, schenkte nach. In meinem war noch immer ein guter Schluck.

»Sie wollte mich nicht, und da ...«

Er ließ den Rest des Satzes in der Luft hängen. Ich begriff, dass es für ihn ein wunder Punkt war.

Mein Telefon klingelte. Ich sah fünf Buchstaben im Display.

Oskar.

Ich stand auf und ging in die Küche.

»What's up?«, fragte ich und zog die Tür hinter mir zu. »Habt ihr Børre gefunden?«

»Allerdings«, sagte Oskar.

»Und?«

Er antwortete nicht sofort.

»Er hat gesagt, dass er dich gestern Abend gesehen hat.«

Ich schnaubte.

»Und wo will er mich gesehen haben?«

»In der Schule. An einem Fenster im ersten Stock.«

Ich schnaubte wieder.

»Das ist doch bloß Scheiß«, sagte ich. »Ich war die ganze Zeit zu Hause, Oskar. Hab in meinem Zimmer gesessen. Großer Gott.«

Oskar gab keine Antwort. Das war nicht mein guter Kumpel, den ich hier an der Strippe hatte. So viel hörte ich seiner Stimme an. Er hatte seine Zweifel, sogar er.

»Also …«

Ich wusste nicht so recht, was ich sagen sollte. Oder glauben.

»Ich hab sie nicht umgebracht, Oskar«, sagte ich.

Aber auch jetzt gab er keine Antwort.

»Wenn du glaubst, dass ich es war, Oskar, dann sag es lieber gleich. Sag es ganz offen.«

Er zögerte.

»Mach schon«, forderte ich ihn auf. »Lass hören, was du denkst.«

»Du musst selbst zugeben, Even, dass es ein bisschen seltsam klingt.«

»Ja«, sagte ich. »Es klingt verdammt seltsam, dass du mir nicht glaubst, wenn ich sage, ich habe gestern Abend mein Zimmer nicht verlassen.«

Meine Stirn war jetzt heiß. Das hing sicher auch mit dem Tequila zusammen, aber verdammt. Ich hatte Lust, etwas in Stücke zu hauen.

Stattdessen sagte ich nur: »Wenn du mir nicht glaubst, Oskar, dann kannst du dich auch gleich zum Teufel scheren.«

Dann legte ich auf.

9

Ich ging zurück ins Wohnzimmer, wo Imo mein Glas gerade wieder füllte. Ich griff begierig danach und leerte es in einem Zug.

»Aber, aber«, sagte Imo. »Immer mit der Ruhe.«

Ich knallte das Glas auf den Tisch, während ich versuchte, die Flammen in meiner Brust zu beruhigen. Das dauerte.

»Noch mehr schlechte Nachrichten?«, fragte er.

»Das kannst du laut sagen«, antwortete ich und schluckte wieder. Ich erzählte, was Oskar gesagt hatte. Was Børre behauptet hatte. Imo hörte aufmerksam zu.

»Und du bist ganz sicher, dass du gestern Abend nicht draußen warst?«

Ich starrte ihn an.

»Herrgott, Imo, wie könnte ich denn *nicht* sicher sein? Denkst du etwa auch, ich lüge?«

»Nein, nein, reg dich ab, ich glaube dir, aber ich frage mich nur, was alle anderen glauben werden. Wenn du sagst, nein, du warst nicht draußen, und dir dann später doch einfällt, dass du es warst, und sei es nur, um den

72

Müll wegzubringen oder eine Runde mit GP zu drehen, dann werden alle denken, dass du auch sonst einen Haufen Lügen erzählt hast.«

Ich beruhigte mich ein bisschen. Griff nach der Flasche und schenkte noch einmal ein, aber ich wartete einen Moment, ehe ich wieder einen Schluck trank.

»Hat Børre Halvorsen etwas darüber gesagt, wann er dich an diesem Fenster im ersten Stock gesehen hat?«, fragte Imo. Ich schüttelte den Kopf und sagte: »Nein, das glaube ich nicht«, dann fügte ich hinzu: »Und er hat mich ja auch gar nicht gesehen.«

»Nein, nein«, sagte Imo.

Wir tranken schweigend weiter. Imo war wieder mit seinem Telefon beschäftigt und schwieg eine Weile. Ich zog mein eigenes hervor und las über die Pressekonferenz der Polizei, sah, dass um Informationen über eine Person gebeten wurde, die »nach dem Verbrechen des gestrigen Abends allem Anschein nach aus einem Fenster im ersten Stock des Schulgebäudes« gestiegen war. Sie fragten auch, was aus Johannes' Mikrofonkoffer geworden war. Mir fiel ein, dass Johannes immer sehr genau auf seine Mikrofone geachtet hatte. »Die haben verdammt viel gekostet«, sagte er oft. »Und sie klingen so gut.«

Imo und ich wählten abwechselnd Musik aus, die wir hören wollten, Alben zuerst, dann Einzelstücke.

Ich weiß nicht genau, wann es passierte, aber plötzlich schien alles im Zimmer verrutscht zu sein. Meine Bewegungen wurden langsamer. Die Wörter, die ich zu formulieren versuchte, kamen nur noch als Genuschel heraus.

Ein Geräusch aus weiter Ferne schwirrte durch meine Gehörgänge. Ich begriff nicht sofort, dass mein Telefon wieder klingelte. Für einen kurzen Moment hoffte und glaubte ich, dass es Oskar wäre, der um Entschuldigung bitten wollte, aber er war es nicht.

Es war sein Vater. Der Journalist.

Ich stand auf und mühte mich einige Sekunden damit ab, das Zimmer, das sich immer weiter drehte, anzuhalten. Endlich fand ich das grüne Hörersymbol auf dem Display und wischte es nach rechts. Oder nach links? Ich war nicht sicher.

»Hallo, Even, hier ist Ole Hoff. Ich hoffe, ich störe nicht?«

»Nicht doch«, sagte ich. Rief ich. Zum Glück waren diese beiden Worte ziemlich leicht auszusprechen. Ich schloss eine Tür. Welche das war, wusste ich nicht so genau, aber um mich herum war jetzt weniger Krach, und darauf kam es schließlich an.

»Wie geht es dir?«, fragte Ole.

»Suppperguuut«, antwortete ich – und es hörte sich so an, als ob ich das auch meinte. »Tipptopp«, fügte ich aus irgendeinem Grund hinzu.

»Du hast also nicht gesehen, was auf Facebook über dich geschrieben wird?«

Ich seufzte. Meine Stimmung kippte, balancierte am Rand eines Abgrunds.

»Doch«, sagte ich, leiser.

»Wie denkst du darüber?«, fragte er. Auch in seiner Stimme lag vielleicht ein Hauch Misstrauen, ich war nicht sicher.

»Na ja …«, setzte ich an. »Alle scheinen zu glauben, dass ich es war.«

Ich hatte das Gefühl, das all diese Worte gleichzeitig aus meinem Mund purzelten.

»Aber du sagst, das stimmt alles nicht? Du warst gestern überhaupt nicht in der Schule? Børre Halvorsen kann dich unmöglich gesehen haben?«

Ich versuchte die Worte, die er gesagt hatte, so zu sortieren, dass sie einen Sinn ergaben.

»Hm?« Ole wiederholte, was er eben gesagt hatte. Glaube ich.

»Nein«, antwortete ich.

Eine kleine Pause folgte. Oder war sie lang? Ich war nicht sicher. Dann sagte er: »Ich habe einige Zeilen geschrieben. Dachte, ich könnte sie mit dir durchgehen, ehe ich sie veröffentliche. Ist das in Ordnung?«

»Sicher«, nuschelte ich.

»Okay, dann lese ich jetzt vor.«

Mir ging auf, dass ich auf irgendeine Weise in die Küche geraten war. Ich hielt mich an einem Stuhl fest, während ich Oles Stimme am Telefon hörte, aber ich verstand kein Wort davon, was er sagte. Alles klang genau gleich.

Ich hatte keine Ahnung, wie viel Zeit vergangen war, als er verstummte, und ich glaube, dass mir gegen Ende ganz einfach die Augen zugefallen waren. Ich kam zu mir, als ich meinen Namen hörte.

»Hm?«

»Klingt das in Ordnung?«, fragte er.

»Klar doch«, sagte ich. »Sicher.«

Pause.

»Ist alles in Ordnung, Even?«, fragte Ole.

»Hiersallesinonnung.«

Es wurde still. Ich merkte, dass mir schlecht wurde.

»Bist du betrunken, Even?«

»Newissooo?«

Ich ließ den Stuhl los, legte das Telefon weg, stieß mit dem Fuß gegen eine leere Flasche, die auf dem Boden stand, und wäre fast über den Flickenteppich im Flur gestolpert, aber ich konnte gerade noch die Klinke der Toilettentür erkennen, was mich davor bewahrte, nach vorn zu kippen: Ich packte die Klinke und drückte sie nach unten, fand mit Mühe die Kloschüssel, dann ließ ich mich auf alle viere sinken.

Irgendwann, während ich mich übergab, klärten sich meine Gedanken einigermaßen und ich fragte mich, was Oskars Vater mit vorgelesen hatte, aber dann dachte ich an Maris warme Hände, und irgendwann später hörte ich hinter mir jemanden lachen.

»Amateur«, sagte Imo.

Er betätigte den Spülknopf.

»Deine Mutter bringt mich um«, sagte er, während es in der Toilettenschüssel rauschte und schwappte.

76

»Ha«, sagte ich in einem klaren Augenblick. »Im Moment würde ich ihr das gern abnehmen.«

»Jetzt im Nachhinein«, sagte Staatsanwältin Håkonsen, »sind Sie vielleicht froh darüber, dass Sie sich an dem Abend betrunken haben?«

»Wie meinen Sie das?«, fragte ich.

»Im Hinblick darauf, was einige Stunden später passiert ist?«

Diese Frage gefiel mir nicht, sie gefiel mir überhaupt nicht, aber die Staatsanwältin hatte natürlich recht. Ich war heilfroh darüber, dass ich an dem Abend in einem von Imos Gästezimmern geschlafen hatte.

Auch noch um zwei Uhr nachts.

10

Ich wurde davon geweckt, dass Hauptkommissar Yngve Mork dicht vor mir stand. Zuerst wusste ich nicht, wo ich mich befand oder was hier vor sich ging, aber dann fiel mir natürlich ein, dass ich bei Imo war.

Mork nannte meinen Namen, er sagte ihn laut, und ich zuckte zusammen und fuhr hoch. Mein Körper protestierte, hinter meinen Schläfen pochte und hämmerte es, und noch immer hatte ich im Mund etwas von dem fiesen Geschmack des Vorabends.

»Was ist los?«, fragte ich. Der Polizist schaltete das Licht ein. Es leuchtete mir voll in die Augen und das brannte. Ich blinzelte schnell und hektisch in der Hoffnung, dann ein bisschen besser sehen zu können.

»Wo warst du heute Abend?«, fragte Mork. Seine Stimme klang schroff – hart und autoritär. Er erinnerte mich an einen Lehrer, den ich auf der Grundschule gehabt hatte. Ich versuchte mich zusammenzureißen, aber das Zimmer drehte sich schon wieder um mich.

»Ich war hier«, stammelte ich. »Warum wollen Sie das wissen? Wie spät ist es?«

Durch einen Vorhangspalt sah ich, dass es draußen noch immer dunkel war.

»Stimmt das?«, fragte Mork und drehte sich zu Imo um. »Stimmt es, dass er den ganzen Abend hier war?«

»Ja«, sagte Imo rasch und nickte.

»Die ganze Zeit? Er war nicht mal kurz draußen?«

»Nein?«

»Das wissen Sie zu hundert Prozent sicher? Sie wissen genau, dass er das Haus auch nicht verlassen hat, als Sie schon schlafen gegangen waren?«

»Das weiß ich, ja«, bestätigte Imo, und ich konnte seiner Stimme anhören, dass er jetzt genervt war. »Ich habe noch eine ganze Weile gearbeitet, nachdem Even ins Bett gegangen war, also weiß ich es zufällig ganz genau. Und er war ja auch nicht gerade in der Verfassung, sich überhaupt zu bewegen.«

Der Polizist drehte sich zu mir um. Ich sah sicher reichlich fertig aus, denn etwas veränderte sich in seinem Blick und seiner Haltung: Ich sah, dass er sich ein wenig entspannte und die ganze Situation neu bewertete. Ich begriff, dass ich nun außer Verdacht war, nur hatte ich keine Ahnung, worin dieser Verdacht bestanden hatte.

»Was ist denn passiert?«, fragte ich.

Mork holte Luft und sah mich an. Er wartete einige Sekunden, dann sagte er: »Es ist noch ein Mord hier im Ort geschehen.«

Mork wollte mir nicht sagen, wer ermordet worden war, und ging dann auch ziemlich bald. Einige Minuten lang saß ich nur verwirrt und von Übelkeit geschüttelt im Bett. Nicht zuletzt hatte ich höllische Angst. Ich dachte an meine Kumpel. Fragte mich, ob jemand anderes, den ich kannte, umgebracht worden war.

Irgendwann konnte ich dann aufstehen und ins Wohnzimmer hinübergehen, wo Imo vor dem Rechner saß und Nachrichtenseiten studierte. So früh war nicht viel zu erfahren, aber auf *VG Nett* gab es ein Bild, das irgendwann während der Nacht unter der Fredheimsbrücke aufgenommen worden war. Das Bild zeigte Absperrbänder und etwas, das unter einem weißen Laken auf dem Boden lag. In der *Fredheimpost* las ich, dass Ole Hoff als einer der Ersten am Tatort gewesen war.

Während der nächsten Stunden saßen Imo und ich einfach nur vor dem Bildschirm und warteten auf Aktualisierungen. Ich las Interviews vom Vortag, mit Menschen, die ich kannte, und solchen, die ich nicht kannte. Alle erzählten, wie traurig und zugleich verängstigt sie waren. Alle sprachen den Familien von Mari und Johannes ihr tief empfundenes Mitleid aus. Einige hatten auch Angst um ihre Kinder, sie fragten sich, wie sie sich verhalten sollten, während die Polizei ihre Untersuchungen anstellte und Vernehmungen durchführte. Sollten sie ihre Kinder zu Hause einsperren? Sie auf Schritt und Tritt begleiten?

Ich versuchte es auch auf Facebook, aber erst am frühen Morgen passierte dort etwas. In meinem eigenen

Feed sah ich, dass im Laufe des Tages mehrere Antworten auf Børres Kommentar eingegangen waren. Die meisten Schreiber waren auf meiner Seite, aber bei einer Mitteilung von Christina, einer Freundin von Mari, die sich um kurz nach halb acht an diesem Morgen zu Wort gemeldet hatte, riss ich die Augen auf.

Na, das ist ja nun nicht schwer zu erraten, wer Børre umgebracht hat.

Børre.
Børre Halvorsen.
Børre war umgebracht worden.
Oh, großer Gott!
»Was ist los?«, fragte Imo.
Ich erzählte. *Versuchte* zu erzählen, ich konnte meine Worte nur mühsam sortieren. Irgendwer hatte Børre umgebracht. Und nach dem, was Christina geschrieben hatte, war es ja wohl klar, wen die meisten für den Mörder halten würden.

Ich schluckte. Versuchte, nachzudenken, ehe ich Christina antwortete, ich postete auf meiner eigenen Seite auch einen Kommentar, schrieb, ich sei unschuldig und hätte die ganze Nacht bei Imo verbracht. Ich schrieb auch, Imo könne das bestätigen, die Polizei sei bereits hier gewesen und habe mit mir gesprochen. Sei wieder weggefahren, ohne mich festzunehmen. Hätten sie das vielleicht getan, wenn sie mich für Børres Mörder hielten?

Es gab einige Likes, aber bei Weitem nicht so viele wie auf meinen letzten Post hin. Ich schloss Facebook, fuhr mir mit den Händen durch die Haare und vergrub dann das Gesicht in meinen Armen. *Es ist nicht wahr*, sagte ich mir. *Das hier passiert nicht.* Die anderen glauben mir nicht. Irgendwer versucht, mein Leben zu ruinieren.

Die Zeitungen brachten noch immer Infos, über den neuen Mord und die beiden alten. Angesichts eines der Artikel auf *VG Nett* beugte ich mich auf dem Sofa vor. Oskar war dort abgebildet, er hatte ein Interview gegeben – als einer der Letzten, die Johannes lebend gesehen hatten.

Und, dachte ich jetzt, *Børre*.

Bei diesem Gedanken bekam ich eine Gänsehaut. Ich schluckte hart, klickte den Artikel an und las, dass Oskar und einige andere nach der Aufführung zusammen mit Johannes die Schule verlassen hatten, doch dann habe Johannes gemerkt, dass sein Telefon noch in dem Raum lag, in dem Mari ihn interviewt hatte. »Wenn Johannes sein Handy nicht vergessen hätte, wäre er noch am Leben«, sagte Oskar im Interview. Die Schlagzeile lautete: *Zufälliges Opfer?*

Warum hatte Oskar mir nichts davon gesagt?

Im Artikel wurde angedeutet, dass Mari zuerst umgebracht worden wäre, während sich Johannes nur zur falschen Zeit am falschen Ort aufgehalten hätte. Ich fragte mich aber, wie der Mörder hatte wissen können, dass zu diesem Zeitpunkt sonst niemand mehr in der Schule sein würde. Das hätte er nicht wissen können, ging es mir rasch auf. Niemand hatte wissen können, dass die beiden allein sein würden. Das brachte mich zu dem Schluss, dass die Morde nicht geplant gewesen waren. Aber dann stellte sich mir die Frage: Was hatte Mari denn so Schlimmes getan, dass sie deshalb ermordet worden war?

Ich ging duschen und suchte mir zwischen den vielen Packungen in Imos Medizinschränkchen ein paar schmerzstillende Tabletten, warf sie mit einigen großen Schlucken Wasser ein. Es half ein bisschen, aber ich fühlte mich noch immer, als ob ich ohne Pause drei Fußballspiele hintereinander abgeliefert hätte. Später an diesem Tag war Training angesetzt, aber ich konnte mir nicht vorstellen, wie ich es schaffen sollte, hinzugehen.

Ich wählte die Nummer meines Trainers, legte aber vor dem ersten Klingelton auf, blieb mit dem Rücken zur Wand in Imos Badezimmer sitzen und schüttelte den Kopf. Ich dachte an Mari, Johannes und Børre.

Vor allem an Mari. Ich konnte nicht begreifen, dass ich sie niemals wiedersehen würde.

»Deine Mutter hat angerufen«, sagte Imo, als ich wieder ins Wohnzimmer kam. »Ich soll dich so schnell wie möglich nach Hause fahren.«

»Warum denn?«

»Sie will dich um Entschuldigung wegen eures Streits gestern bitten«, sagte er.

»*Ich* habe mich nicht gestritten«, sagte ich. »Das war nur sie.«

»Ja, ja«, sagte Imo und verschob ein Holzscheit im Kamin, das Feuer war fast heruntergebrannt. »Ich habe gesagt, dass du erst ein bisschen Frühstück brauchst. Hast du Hunger?«

Ich schüttelte den Kopf – ein bisschen zu heftig, es kam mir fast vor, als ob in meinem Schädel nichts mehr richtig festsaß.

»Ich glaube, ich werde nie wieder Appetit haben.«

Imo lächelte und stemmte sich die Hände in den Rücken, als er aufstand. Ich sah, dass seine eine Hand ein bisschen zitterte. Das passierte seit einiger Zeit immer häufiger, aber ich hatte mich nie getraut, ihn zu fragen, ob er krank sei.

»Ich mach trotzdem eine Runde Frühstück«, sagte Imo und verschwand in der Küche. »Vielleicht kriegst du dann ja doch noch Appetit.«

Ich konnte nicht gerade behaupten, dass ich mich darauf freute, nach Hause zu kommen. Mama neigte dazu, an einem Abend aus irgendeinem Grund zu explodieren und dann – am nächsten Tag, in einem nüchternen Augenblick – ein schlechtes Gewissen zu bekommen. Und dann wollte sie sich wieder vertragen. Bis zum nächsten Mal.

Ich ging hinter Imo her in die Küche und flößte mir ein paar Schluck Kaffee ein, während ich daran dachte, was die Menschen in Fredheim über die Mordfälle und über mich wohl dachten. In regelmäßigen Abständen sah ich bei Facebook nach. Die Reaktionen fielen bescheiden aus.

»Nachher gibt es in der Schule eine Gedenkfeier«, sagte Imo. »Willst du hingehen?«

In den sozialen Medien hatte ich gesehen, dass Rektor Brakstad einen Teil der Handballhalle nutzen wollte.

»Ja«, sagte ich. »Das muss ich doch.«

»Bist du sicher, dass das eine so gute Idee ist?«, fragte mein Onkel. »Also …«

Er unterbrach sich, aber ich begriff, woran er gedacht hatte.

»Ich habe nicht vor, mich zu verstecken«, sagte ich. »Verdammt noch mal, nein.«

Imo sah mich einige Sekunden lang an.

»Okay«, sagte er und hob die Hände. »Ich will dir da nicht reinreden. Noch Kaffee?«

Ich schüttelte den Kopf. Schickte stattdessen eine SMS an Ida, Maris beste Freundin, und fragte, ob ich mit ihr reden könne. Nicht nur, weil ich wissen wollte, wie es ihr ging – ihre Reaktion am Vortag ging mir nicht aus dem Kopf –, sondern auch, weil ich wissen musste, wie Mari sich an den letzten Tagen vor dem Mord verhalten hatte. Vielleicht wusste Ida, warum Mari mit mir Schluss gemacht und warum sie Ole Hoffs Visitenkarte in der Tasche gehabt hatte, als sie gefunden worden war.

Mein Telefon piepste. Ida hatte geantwortet:

Lieber nicht.

Wow. – Ich brachte es nicht über mich, um eine Erklärung zu bitten, denn ich war ziemlich sicher, dass ich die schon kannte.

»Du weißt doch, Ole Hoff«, sagte ich zu Imo. »Der Journalist.«

»M-hm?«

Die Lokalzeitung hatte schon oft über Imo und seine Musik berichtet. Ole und Imo waren zudem ungefähr gleich alt.

»Weißt du, ob Mama irgendeinen Grund hat, auf ihn sauer zu sein?«

»Auf Ole?«

Imo lachte.

»Nein, das kann ich mir absolut nicht vorstellen. Warum fragst du?«

»Gestern kam mir das eben so vor. Es passte ihr gar nicht, dass ich mit ihm gesprochen hatte.«

»Bestimmt nur, weil er bei der *Fredheimpost* arbeitet«, meinte Imo. »Deine Mutter will nicht, dass eure Familie Aufmerksamkeit erregt. Jedenfalls nicht so eine Aufmerksamkeit, wie du sie jetzt abkriegst.«

Das also musste es gewesen sein, was sie mir zu sagen versucht hatte.

Ich trank meinen Kaffee leer, obwohl er ungefähr so schmeckte, wie Asphalt riecht. Ich sehnte mich danach, dass mein Körper in ein paar Stunden wieder funktionieren würde, aber mir grauste davor, was wohl später an diesem Tag noch alles passieren würde.

Mit gutem Grund, wie sich dann herausstellte.

11

Als Imo mich ins Zentrum von Fredheim zurückfuhr, starrte ich die ganze Zeit aus dem Fenster. Es war ein kalter Vormittag, aber zum Glück trocken. Dicke weiße Wolken trieben über den Himmel. Ich fragte mich, wann in diesem Jahr der Winter kommen würde. Und wie er wohl ausfallen würde. Im vergangenen Jahr hatte es in Fredheim fast keinen Schnee gegeben. Ob Mari den Schnee wohl vermisst hatte?

»Die Polizei hält um zehn Uhr eine Pressekonferenz ab«, verkündete Imo.

»Meine Güte«, sagte ich. »Das ging aber schnell.«

»Sie wollen sicher den ganzen Spekulationen in den Medien zuvorkommen.«

»Sicher.«

Bei der Fredheimsbrücke standen noch immer Streifenwagen am Straßenrand. Vom Beifahrersitz aus waren die Kriminaltechniker, die noch immer alles in der Umgebung absuchten, gut zu beobachten.

Ich war selbst ab und zu unter der Brücke durchgegangen, vor allem tagsüber, da sich abends dort einige der örtlichen Drogensüchtigen trafen. Gestrüpp wuchs bis dicht an die Gleise heran. Ich überlegte, wonach die Techniker wohl suchten. Vielleicht nach einer Tatwaffe.

»Was macht der Schädel, Champ?«, fragte Imo, als die Brücke hinter uns lag.

»Besser«, antwortete ich.

»Du siehst aus, als kämst du aus der Hölle.«

»Danke.«

»Hier«, sagte er und reichte mir eine Kaugummipackung. »Hilft vielleicht.«

Ich nahm die Packung und öffnete sie. Schob mir zwei kleine Stücke in den Mund und merkte sofort, wie der scharfe Pfefferminzgeschmack meine Mundhöhle füllte.

»Willst du eins?«, fragte ich.

»Nein, danke.«

»Tja, *du* merkst wohl kaum was von dem Tequila, den du gestern Abend getrunken hast.«

»Vorteil daran, älter und schwerer zu sein.« Er grinste mich an.

Bald fuhren wir in unsere Einfahrt und ich machte mich bereit für das Drama, das Mama diesmal für mich bereithielt. Sie saß vor dem Haus auf der Treppe und wartete schon auf uns. GP döste zu ihren Füßen, aber er sprang auf und fing an zu bellen, sobald wir anhielten. Knut war auch da. Sein Taxi stand vor dem Haus.

Imo schaltete den Motor aus und verließ den Wagen. Bei mir ging das alles etwas langsamer.

»Hallo, Susanne«, sagte Imo und knallte die Tür zu. »Hier ist er, unversehrt. Jedenfalls von außen.«

Ich warf ihm einen langen Blick zu und schloss meine Tür etwas behutsamer. Mama kam mit Tränen in den Augen auf mich zu und schluchzte kurz, als sie mich umarmte. Dann schob sie mich auf Armlänge von sich und schaute mir ins Gesicht. Ich fragte mich, ob sie wohl meine Fahne riechen konnte, trotz des Pfefferminzes.

»Geht es dir gut?«, fragte sie. GP wuselte um meine Füße und ich musste mich in Acht nehmen, um nicht auf ihn zu treten.

»Ja, klar«, antwortete ich und bückte mich, um den kleinen Wilden ein bisschen zu streicheln. »Na ja – so gut, wie's eben möglich ist.«

Ich schaute wieder zu Imo hinüber, der versuchte, ein Grinsen zu verbergen. GP lief auch zu ihm. Imo ging in die Hocke und begrüßte den Hund mit einem Lächeln und wuschelte ihm durchs Fell.

»Das ist total ...«

Mama schüttelte den Kopf und wischte sich eine Träne weg.

»Entsetzlich«, fügte sie hinzu.

Dann ließ sie mich los, ließ mich aber weiterhin keine Sekunde aus dem forschenden Blick ihrer dunkelbraunen Augen.

»Danke, dass du dich gestern Abend um ihn gekümmert hast«, sagte sie zu Imo.

»War mir doch ein Vergnügen. Wir hatten ja trotz allem einen schönen Abend, oder was, Champ?«

Ich spürte, wie sich der Tequila von gestern Abend irgendwo in meinem Magen rührte, obwohl doch unmöglich noch etwas übrig sein konnte. Imo lächelte und tippte sich mit zwei Fingern an die Stirn.

»Ich muss weiter«, sagte er. »Ruft einfach an, wenn etwas sein sollte.«

Mama und ich nickten. Imo ließ den Motor an und fuhr davon. Als es um uns herum ganz still geworden war, sagte Mama: »Sollen wir reingehen und einen Kakao trinken, oder so?«

»Hab leider keine Zeit«, antwortete ich. »Ich muss dringend in der Schule vorbeischauen.«

Ich erzählte von der Gedenkstunde, erwähnte aber nicht, dass die erst in anderthalb Stunden beginnen würde. Stattdessen fragte ich, da sie so gut gelaunt war: »Was ist eigentlich los mit dir und Ole Hoff?«

Und *schnipp*, weg war ihr Lächeln. Es mochte vielleicht gemein von mir sein, aber ich wollte unbedingt wissen, warum sie sich ihm gegenüber am Vortag so seltsam verhalten hatte.

»Vergiss es einfach, Even. Es ist nicht mehr wichtig.«

»So kommt es mir aber nicht vor«, sagte ich. »Bist du deshalb auch immer so unfreundlich zu Oskar, wenn er hier ist?«

Nun sah sie mich plötzlich an.

»Das bin ich doch gar nicht.«

»Bist du wohl – du sagst ja kaum mal Guten Tag zu ihm und lächelst nie, wenn er zu Besuch kommt, fragst nie, wie es ihm geht. Hast du etwas gegen die ganze Familie, oder was soll das?«

Ich merkte, dass ich wider Willen erneut wütend wurde. Mein Kopf war auch noch nicht ganz bereit dafür, er pochte und dröhnte, sobald ich die Stimme hob. Es fiel mir zudem nicht ganz leicht, für Oskar Partei zu ergreifen, nicht nach dem, was er mir am Vorabend an den Kopf geworfen hatte.

Mama sah mich noch immer unverwandt an, und noch immer sprühten ihre Augen Funken. Aber dann wurde ihr Blick ein wenig sanfter, und ich sah, dass sie überlegte, was sie antworten sollte.

»Entschuldige«, sagte sie endlich. »Ich wollte Oskar nicht kränken, es ist ja nicht *seine* Schuld, dass …«

Sie unterbrach sich. Schaute zu Boden, während sie eine Möglichkeit suchte, den Satz zu beenden.

»Seine Schuld, dass *was*?«

Mama schüttelte den Kopf und schloss kurz die Augen, schaute mir dann in die Augen und hob fast trotzig das Kinn.

»Oskar ist hier jederzeit herzlich willkommen«, sagte sie und versuchte zu lächeln. Ich war nicht gerade in gnädiger Stimmung, deshalb starrte ich sie nur an und wartete auf weitere Erklärungen.

Doch es kamen keine.

»Eins möchte ich aber noch wissen«, sagte ich.

Mama seufzte, als ob ihr davor grauste, was jetzt käme.

»Du kennst doch Maris Mutter. Cecilie.«

Mama sah sofort wachsamer aus. Mama und Cecilie waren vor vielen Jahren zusammen im Chor gewesen. Cecilie hatte das mehrmals erwähnt, als ich Mari besuchte.

»Hattest du Kontakt zu ihr, nachdem …«

»Nein«, erwiderte Mama schnell.

Ich runzelte die Stirn.

»Du weißt ja nicht einmal, wonach ich dich fragen wollte.«

»Ich hatte natürlich keinen Kontakt zu ihr, nachdem Mari ermordet worden ist. Großer Gott, Even, das ist doch gerade mal einen Tag her. Cecilie hat sicher mehr als genug zu erledigen, auch wenn ich nicht …«

Sie unterbrach sich und ließ den Satz unvollendet.

»Ich habe nicht *jetzt* gemeint, Mama. Sondern seit wir zurückgekommen sind. Nach Fredheim.«

Sie holte Atem und wartete einen Moment, dann sagte sie: »Nein.«

»Warum nicht?«

»Darum«, sagte sie und zögerte dann. »Es wäre einfach nicht natürlich gewesen.«

»Aber sie war doch früher einmal deine beste Freundin?«

Mama seufzte tief.

»Warum willst du das jetzt auf einmal alles wissen, Even? Warum ist es dir plötzlich so wichtig?«

Mari und ich hatten darüber gesprochen, was wohl

zwischen unseren Müttern passiert sein mochte. Wir hatten beide keine brauchbare Antwort gefunden. Mari hatte ihre Mutter sogar gefragt, ob es nicht nett sein könnte, Mama und mich zum Essen einzuladen, aber Cecilie hatte nur geantwortet: »Nein, das glaube ich nicht.« Mehr hatte sie dazu nicht sagen wollen.

»Ich finde es eben ein bisschen seltsam, dass ihr gar nichts mehr miteinander zu tun habt«, insistierte ich.

»Weißt du, was«, sagte Mama und wirkte plötzlich ein bisschen kämpferisch. »So sehe ich das auch. Aber an mir hat es nicht gelegen, das kannst du mir glauben. Cecilie hat ganz einfach nach dem Tod deines Vaters den Kontakt zu mir abgebrochen, und es gibt Grenzen dafür, wie oft man jemanden anrufen möchte, um denjenigen zu einem Kaffee oder einem Spaziergang einzuladen.«

Sie riss GP an sich – er hatte irgendeine Witterung aufgenommen und wollte gerade davonstromern.

»*Du* kannst dich auch gleich darauf vorbereiten«, sagte sie und warf dem armen Hund einen wütenden Seitenblick zu. »Freunde kommen und Freunde gehen. Es braucht nicht einmal einen besonderen Grund dafür zu geben, dass ihr auseinandergleitet – das passiert einfach. Dann findet man neue Freunde und vergisst die alten. Das ist ein dynamischer Prozess. Man behält nur wenige Freunde sein ganzes Leben lang. Wenn man Glück hat.«

Ich dachte an Oskar, Kaiss und Fredrik. Ich konnte mir nur mit Mühe eine Zukunft vorstellen, in der wir nicht mehr zusammenhingen.

Oder vielleicht doch.

»Wäre es nicht trotzdem richtig, ihr wenigstens Blumen zu schicken?«, fragte ich. Mama seufzte, schien sich die Sache durch den Kopf gehen zu lassen.

»Doch«, sagte sie endlich, ziemlich leise. »Das wäre es vielleicht.«

Dann blieben wir stehen und sahen einander einen Moment lang an.

»Du musst wohl los«, sagte sie schließlich. »Kommst du danach nach Hause?«

Ich hob die Schultern hoch und senkte sie dann ganz schnell wieder.

»Wo sollte ich denn sonst hingehen?«

12

Da ich mein Fahrrad bei der Schule gelassen hatte, musste ich die drei Kilometer zu Fuß gehen, aber das machte mir eigentlich nichts aus. Es war schön, frische Luft abzubekommen und zu spüren, dass mein Körper so langsam wieder normal funktionierte. Als ich bei der Schule ankam, sah ich, dass die Absperrbänder verschwunden waren. Nur ein Streifenwagen stand noch neben dem Eingang. Ich fragte mich, wie viele Vernehmungen sie wohl durchgeführt hatten, und ob Mama auch verhört worden war. Es ärgerte mich, dass ich vergessen hatte, sie zu fragen.

Sonst hatte ich immer nach Mari Ausschau gehalten, sobald ich bei der Schule angekommen war. Sie hatte meistens vor dem Springbrunnen gestanden und mit halbem Ohr einer ihrer Freundinnen zugehört, doch ich hatte gewusst, dass sie eigentlich auf mich wartete. Und wenn ich dann kam und sie mich sah, verwandelte sich ihr Gesicht sofort, ihre Augen lächelten, danach ihr ganzes Gesicht, und auch ich musste dann immer lächeln. Jetzt, als ich am Springbrunnen vorbeiging, hatte ich fast das Gefühl, sie stünde noch immer dort.

Ich blinzelte einige Male, sah, dass schon ziemlich viele Leute vor der Handballhalle warteten, obwohl es noch längst nicht elf Uhr war. Weder Oskar noch Kaiss oder Fredrik waren zu sehen. Ich entdeckte Elise, eine von Maris Freundinnen. Sie gehörte zu denen, die am Vortag versucht hatten, Ida zu trösten. Ich ging auf sie zu und sagte Hallo. Elise zuckte zusammen, als sie mich sah.

»Weißt du, ob Ida noch kommt?«, fragte ich.

Elise schaute nervös einige der Mädchen an, mit denen sie zusammenstand.

»Nein«, antwortete sie und zog ihre Schultern ein wenig hoch.

»Nein – du weißt nicht, ob sie kommt, oder nein – sie kommt nicht?«

»Ich weiß nicht, ob sie kommt.«

»Okay. Wenn du sie siehst, kannst du ihr sagen, dass ich mit ihr reden muss?«

»Warum musst du das denn?«

Elises Stimme klang jetzt ein wenig verächtlich. Sofort hatte ich Lust, irgendeine sarkastische Antwort zu geben, denn es konnte ja wohl kaum so schwer zu verstehen sein, worüber ich mit Maris bester Freundin reden wollte, aber ich riss mich zusammen.

»Na ja … sag es ihr einfach«, bat ich. »Okay?«

Elise gab keine Antwort. Etwas verriet mir, dass sie nichts dergleichen tun würde.

Ich ging weiter und zog mein Telefon hervor, um nachzusehen, was Yngve Mork der Presse über den Mord an

Børre gesagt hatte. Viel war es nicht, aber sie hatten wohl etwas gefunden, worüber Mork die Medien gern sofort informieren wollte. Deshalb hatte er diese Pressekonferenz so schnell anberaumt.

Ich las: »*Es wurde ein abgerissenes Stück eines Lederhandschuhs gefunden, sodass wir nun auf der Suche nach dem Rest des Handschuhs sind. Und nicht zuletzt: seinem Besitzer.*«

Der Artikel zeigte auch ein Bild des Handschuhfetzens. Bei dieser starken Vergrößerung war es unmöglich, sich vorzustellen, wie der komplette Handschuh wohl ausgesehen hatte. Das Leder war jedenfalls dunkelbraun. Ich fragte mich, wie viele in Fredheim solche Handschuhe besaßen. Ich hatte ja selbst irgendwo so ein Paar herumliegen, auch wenn das Leder vielleicht ein bisschen heller war.

Mork wollte »*keine Spekulationen darüber anstellen*«, ob der Mord an Børre Halvorsen in irgendeinem Zusammenhang mit den Morden an Mari Lindgren und Johannes Eklund stand, aber »*im derzeitigen Stadium der Ermittlungen*« wollte er das auch nicht ausschließen.

Ich fragte mich, wie Johannes getötet worden war. Da es am Tatort so viel Blut gegeben hatte, wäre es doch nicht unwahrscheinlich, dass der Täter Blut abbekommen hatte, jedenfalls an den Händen.

Falls er keine Handschuhe benutzt hatte.

Ich hatte gerade den Beitrag fertig gelesen, da hörte ich, wie jemand meinen Namen rief. Ich hob den Blick vom Display und sah Ole Hoff.

»Ach, hallo«, sagte ich.

Ole kam auf mich zu. Was er wohl über den heutigen Artikel dachte, und darüber, dass Oskar als einer der letzten mit Johannes gesprochen hatte? Und auch mit Børre. Ich fragte mich, ob Ole Letzteres überhaupt wusste. Hatte ich Oskar je mit Handschuhen gesehen?

Ole musterte mich forschend, als er auf mich zukam. Ich sah vermutlich grauenhaft aus, so mitgenommen wie ich nach dem abendlichen Gelage mit der Tequilaflasche noch immer war. Ole fragte, wie ich mich fühlte.

»Na ja«, sagte ich ein wenig zögernd. »Es geht so einigermaßen.«

»Am Telefon klangst du ein bisschen …«

Ole beendete den Satz nicht, aber ich begriff sofort, was er wissen wollte. Bereitwillig erzählte ich von dem Abend, denn ich wollte, dass so viele Leute wie möglich über mein Alibi informiert waren.

»Sonst trinke ich nie so viel«, fügte ich hinzu.

Ole sagte, er habe den Artikel noch nicht veröffentlicht.

»Ich wollte ihn noch einmal mit dir durchgehen, wenn du nüchtern bist. Vielleicht gibt es dann morgen in der Zeitung ein paar Zeilen.«

»Ich weiß nicht mehr, ob das so klug wäre«, sagte ich. »Mama, sie …« Ich senkte den Blick. »Sie meint, ich sollte mich bedeckt halten. Warten, bis sich die Lage beruhigt hat.« Ich schaute ihn fragend an und überlegte, ob er wohl wusste, dass Mama ihn nicht leiden konnte. Ob er wohl wusste, weshalb?

98

Er erwiderte: »Das ist natürlich deine Entscheidung.«

Wir blieben stehen und schauten uns um. Immer mehr Schülerinnen und Schüler strömten zusammen.

»Eins wüsste ich gern«, sagte Ole nach einer Weile und zögerte einen Moment, ehe er hinzufügte: »Du hast mir gesagt, Mari habe dich angesprochen, weil sie einen Artikel über dich schreiben wollte. Über deinen Vater, unter anderem.«

Ich blickte ihn fragend an, und er fuhr fort.

»Mari hat nicht nur mit dir über deinen Vater gesprochen«, sagte Ole. »Sondern auch mit ihrem eigenen Papa. Mit Frode.«

Ich runzelte ganz leicht die Stirn.

»Ach?«, sagte ich und verlagerte mein Gewicht von einem Fuß auf den anderen.

»Genau genommen haben sie über den Autounfall gesprochen, bei dem dein Vater ums Leben gekommen ist«, fügte Ole hinzu.

Ich spürte, wie meine Augenbrauen in die Höhe schossen.

»Frode konnte dazu nicht viel sagen, deshalb hat er sie an mich verwiesen.«

»An dich?«

»Ja, aber ich habe nicht mehr mit ihr sprechen können, ehe sie …« Ole unterbrach sich.

»Warum wollte sie denn etwas über den Autounfall wissen?«, fragte ich.

»*Das* wüsste ich auch gern.«

Ich begriff gar nichts mehr.

»Es ist möglich, dass sie nur erfahren wollte, ob ich noch irgendetwas über diesen Unfall weiß«, sagte er. »Ich war ja schließlich auch damals schon Journalist und ich habe natürlich darüber geschrieben.«

Ich grübelte, was das alles zu bedeuten haben mochte.

»So ist sie auch an meine Visitenkarte gekommen«, sagte Ole jetzt. »Durch ihren Vater. Ich habe in den vergangenen Jahren drei Autos von ihm gekauft.«

Ich nickte langsam.

Maris Vater war anfangs mir gegenüber ein bisschen misstrauisch und skeptisch gewesen, unsicher, ob ich auch gut genug für seine Tochter war. Aber zugleich war er immer interessiert an meinen Fußballerfolgen gewesen, und daran, was ich einmal aus meinem Leben machen wollte – auch wenn Mari ihm dann immer sagte, er solle mich nicht mit Fragen löchern. »Sei still, ich rede ja vielleicht mit meinem angehenden Schwiegersohn«, hatte Frode ab und zu aus Jux erwidert, und dann war sie knallrot angelaufen.

»Du hast erzählt, dass Mari gerade mit dir Schluss gemacht hatte«, sagte Ole. »Weißt du inzwischen, weshalb?«

Ich schüttelte den Kopf.

»Glaubst du, die Morde haben etwas mit dem Unfall meines Vaters zu tun?«, fragte ich.

»Nicht unbedingt«, sagte Ole. »Ich begreife das alles einfach nicht so ganz.«

»An dem Tag saßen nur meine Eltern im Auto.«

»Ich weiß.«

»Meinem Vater war unwohl geworden. Das war einfach nur ein Unfall.«

Ole erwiderte darauf nichts. Sah mich nur an.

»Sie haben also damals zum ersten Mal vermutet, dass die Morde an Mari, Johannes und Børre etwas mit dem tödlichen Unfall Ihres Vaters zu tun haben könnten?«

Ich ärgerte mich über den Ton der Staatsanwältin, er war scharf, kalt, und sie redete, als ob sie im vorigen Jahrhundert lebte, mit überdeutlicher Aussprache seltsam gestochen, als sei sie wer weiß wer. Und ich überlegte, dass sie das vielleicht ja auch war.

»Stimmt«, antwortete ich.

»Hatten Sie sich das noch nie überlegt? Also – was wirklich passiert ist, als Ihr Vater ums Leben kam?«

»Eigentlich nicht.«

Mir war schon klar, dass ich mich vielleicht gleichgültig anhörte, aber ich war bei Papas Tod schließlich erst sieben Jahre alt gewesen. Wenn man so jung ist, glaubt man doch, was die Erwachsenen sagen, und die Erwachsenen hatten gesagt, es sei ein Unfall gewesen. Auch Imo hatte das immer wieder bekräftigt, wenn die Rede auf seinen Bruder kam. Ich sah nie einen Grund, Fragen zu stellen. Papa war tot. End of story.

Aber an jenem Tag, vor der Schule, wurde ein neues Kapitel in dieser Geschichte eröffnet.

13

Ich blieb bis kurz vor elf mit Ole Hoff vor der Schule stehen. Bald sah ich Oskar, Kaiss und Fredrik kommen. Doch ich beschloss, sie nicht anzusehen oder auf mich aufmerksam zu machen. Es war eine Trauerfeier, kein Kumpeltreffen. Ich wartete, bis sie hineingegangen waren, dann folgte ich ihnen.

Es gab nur eine Tür zum Publikumsteil der Halle, und es war ziemlich eng, weil so viele gleichzeitig hineinwollten. Ich spürte einen Schubs im Rücken. Zuerst dachte ich nicht weiter darüber nach, aber schon bald spürte ich noch einen. Und einen dritten. Dann warf jemand etwas gegen meinen Hinterkopf, einen kleinen Stein oder so etwas, es tat nicht weh, aber ich spürte es so deutlich, dass ich mich umdrehte und die hinter mir Stehenden ansah. Niemand erwiderte meinen Blick.

Ich lief weiter. Sofort wurde etwas anderes nach mir geworfen, es traf mich diesmal ziemlich hart im Rücken. Ich beschloss, das zu ignorieren. Wollte keine Szene machen. Hinter mir hustete jemand, ich war ganz sicher, dass ich gleichzeitig das Wort »Mörder« hörte.

Ich sah, dass manche die Köpfe zusammensteckten und tuschelten. Einige zeigten auch auf mich, aber ich schaute starr nach vorn, bis ich in der Halle stand und auf den Seiten eines Rednerpults mitten auf der Handballfläche zwei Bilder in A 4-Größe sah, eins von Mari und eins von Johannes.

Erst jetzt begriff ich es wirklich. Es stimmte, Mari war tot. Ich blieb einfach stehen und sah sie an, das Passbild, auf dem sie aussah wie ein Schulmädchen, mit Brille, Pferdeschwanz und einem etwas übertrieben aufgesetzten Lächeln. Ein harter Kloß bildete sich in meinem Hals und ich rang um Atem.

Ich beschloss, lieber das Bild von Johannes anzusehen, auf dem er wie immer posierte und zurechtgemacht war, als stünde er kurz vor einem Bandauftritt. Seine Haare standen nach allen Seiten ab und die Augen waren geschminkt.

Ich hatte Johannes eigentlich immer ein bisschen beneidet, weil er so verdammt tüchtig war, ganz anders als ich. Johannes war überall der natürliche Mittelpunkt. *Und vielleicht*, dachte ich, *sind wir deshalb niemals richtig gute Freunde geworden.* Weil ich es nicht wollte. Weil ich ihn nie so besonders leiden mochte. Jetzt, da er tot war, bereute ich, nicht erwachsener gewesen zu sein.

Tic-Tac lief mit Lautsprecherkabeln hin und her, justierte und testete. Ich suchte mir oben auf der Tribüne einen Platz, mitten zwischen einer Gruppe von Leuten einige Klassen tiefer, die ich nicht kannte. Um nicht das

Gefühl zu haben, angestarrt zu werden, zog ich mein Telefon hervor und sah nach, ob in den vergangenen anderthalb Tagen auf der Welt noch etwas anderes passiert war. Das war es nicht, die Zeitungen waren vollgepflastert mit Berichten aus Fredheim. Alle, vom Gemeindearzt über den Pastor bis zur Kioskverkäuferin, waren interviewt worden.

Ich legte das Telefon weg, als Rektor Brakstad hereinkam. Der übliche grauschwarzer Bart schien nun seine Stimmung noch zu unterstreichen. Der ganze Mann, bestimmt eins fünfundneunzig, schien die Füße hinter sich herzuschleifen, als ob eine schwere Last ihn Richtung Hallenboden drückte.

Ich mochte Brakstad. Er war so einer, der Blickkontakt suchte, wenn er durch die Schule ging, der nickte und lächelte und Hallo sagte, obwohl er längst nicht alle von uns persönlich kannte. Ich hatte immer das Gefühl gehabt, dass er sich um uns kümmerte, und um mich besonders, da er meinen Vater gekannt hatte. Jetzt wechselte er einige Worte mit Tic-Tac, ehe er hinter das Mikrofon trat und es mit dem Zeigefinger antippte.

Es kam kein Geräusch aus den Lautsprechern, ehe dann schrilles Kreischen die Luft in der Halle zerriss. Alle verstummten und schauten Brakstad an, der uns begrüßte. Er war nicht gut zu hören. Tic-Tac drehte an einem Verstärkerknopf herum.

»Wenn alle sich einen Platz suchen und zur Ruhe kommen könnten«, fing Brakstad an. Der Ton war jetzt besser.

Schärfer. Brakstad schaute zu Tic-Tac hinüber, der nickte und den Daumen hob.

Es waren bestimmt zweihundert Personen in der Halle, Schüler und Presseleute, auch einzelne Eltern. Ich entdeckte Oskar, der rasch wegschaute.

»Danke.«

Brakstad lächelte freundlich in die Runde. Einige machten »pst« und sofort wurde es ganz, ganz still.

»Ich möchte diese Gedenkstunde gern mit zwei Schweigeminuten beginnen«, sagte er nun. »Eine für unsere liebe Mitschülerin Mari Elisabeth Lindgren. Und eine für unseren lieben Mitschüler Johannes Eklund.«

Er hörte sich an wie ein Pastor bei einer Beerdigung. Ich weiß nicht, was die Leute in meiner Nähe machten, aber ich bin ziemlich sicher, dass alle die Köpfe senkten und ins Leere starrten. Das tat jedenfalls ich. Dabei gab ich mir alle Mühe, nicht daran zu denken, was passiert war, denn ich wusste, wenn ich diese Gedanken an mich heranließe, könnte ich meine Tränen nicht zurückhalten. Und ich wollte nicht weinen. Nicht hier. Nicht vor allen anderen.

Niemals zuvor waren zwei Minuten so langsam vergangen. Ich hob ab und zu den Blick zur Wanduhr – der Sekundenzeiger bewegte sich kaum. Einige schluchzten. Als Rektor Brakstad endlich »Danke« sagte, mit einer Stimme, die kurz vor dem Bersten zu sein schien, holten alle tief Luft. Niemand hatte das gewagt, während uns die Stille umhüllt hatte.

Dann fing Brakstad an zu reden, darüber, wie schwierig es zu verstehen sei, dass aber unser Leben voller kleiner und großer Episoden sei, deren Sinn wir nicht so recht erkennen könnten, während wir uns mitten darin befänden, dass der Mensch jedoch eine einzigartige Fähigkeit besitze, wieder auf die Beine zu kommen – auch wenn es hier und jetzt unmöglich wirken könne. Und es sei unsere Aufgabe als Dorfgemeinschaft, uns umeinander zu kümmern. Wir sollten nicht versuchen, die Leerräume zu füllen, die Mari und Johannes hinterließen, sondern über die beiden reden. Uns an sie erinnern.

Danach überließ er das Wort einer Gesprächstherapeutin, die eigentlich nur wiederholte, was Brakstad über die Wichtigkeit gesagt hatte, über unsere Freunde zu reden – auch später noch, wenn die Zeit ihre Wirkung getan hätte. Sie sagte noch mehr, aber ich hörte nicht mehr zu. Sie hatte eine einschläfernde Stimme. Ich blinzelte einige Male, als Brakstad wieder das Wort ergriff.

»Ich würde diese Gedenkstunde gern mit einem Lied beenden, das vielen von euch etwas bedeutet, wie ich weiß, und das mir gerade heute passend erscheint.«

Ich murmelte: »Oh nein!«, befürchtete, Brakstad könne sich ein gerade beliebtes Lied über Trauer und Verlust aus dem Internet gefischt haben.

Doch ich hätte mir denken können, welches Lied Tic-Tac jetzt auflegen würde.

Es war ein Lied, das Imo geschrieben hatte. Die Solonummer, die Johannes in der Show vorgetragen hatte, die unbestreitbare Glanznummer, ein langsames Lied, bei dem Johannes seine irrsinnig gute Stimme vorführen konnte. Es ging in diesem Lied um Fredheim, darüber, wie sehr er unseren Heimatort liebte, wie groß seine Sehnsucht nach Fredheim war, wenn er wegmusste, wie froh er war, wenn er zurückkam. Als die ersten Klänge ertönten, die Akkorde, die ich selbst auf der Gitarre gespielt hatte und der Rest der Band so lange mit Johannes geprobt hatte, spürte ich, wie sich mein Herz zusammenkrampfte. Plötzlich schien der Text genauso von ihm und Mari zu handeln, davon, wie sehr die beiden uns jetzt fehlten.

Nach der Gedenkstunde hatten viele das Bedürfnis, sich ein bisschen abzureagieren. Ich hörte, wie einige Playstation-Verabredungen trafen. Andere wollten etwas essen gehen. Wieder andere irgendwo etwas rauchen. Ich war nicht sicher, was genau.

Als ich mein Fahrrad holte, das irgendwer an einen Laternenpfahl gelehnt hatte, hörte ich eine vertraute Stimme hinter mir meinen Namen rufen. Ich drehte mich um und sah Oskar, Fredrik und Kaiss auf mich zukommen.

Ich holte tief Luft.

Sie blieben vor mir stehen, doch keiner erwiderte meinen Blick. Kaiss scharrte mit einem Fuß über den Asphalt. Oskar fuhr sich mit der Hand durch die Haare, aber sein Blick war in weite Ferne gerichtet. Fredrik spielte an seinen Fingern herum.

»Läuft 'n so?«, fragte Oskar endlich.

»Weiß ich doch nicht«, erwiderte ich – und merkte, dass meine Stimme wütend klang.

»Also«, begann er, und ich sah, dass er nach Worten suchte. Ich hatte durchaus nicht vor, ihm die Sache leicht zu machen, deshalb starrte ich ihn nur mit hartem Blick an.

»Ich hab heute Morgen mit meinem Vater gesprochen«, sagte Oskar. »Er sagt, dass ... dass du gestern Abend sturzbesoffen warst.«

»Lucky Bastard«, murmelte Kaiss.

Oskar suchte noch immer nach Worten.

»Du warst sicher auch blau, als Børre umgebracht worden ist«, fuhr er rasch fort und schaute sich dabei um. »Und wir kennen dich«, fügte er hinzu, »du hast auf dem Platz beim Fußball 'nen krassen Killerinstinkt, aber dass du in echt keinen umbringen könntest, wissen wir.«

Er hob ein ganz klein wenig den Blick in meine Richtung.

»Sicher?«, fragte Fredrik und zeigte auf mich. »Wie viele rote Karten hatte er jetzt im Herbst? Drei?«

»Und er hat den krassesten Killstreak auf *Black Ops*. Wie viele waren das noch – neunzehn?«, ergänzte Kaiss.

»Hallo – mein Rekord ist zweiundzwanzig«, sagte Oskar.

Ich sah die Andeutung eines Lächelns in den Mundwinkeln der drei. Und in diesem Moment schien sich etwas in mir zu lösen. Ich prustete los. Es tat wahnsinnig gut, mit den Jungs zusammen zu lachen, und nicht nur das, mir wurde innerlich ganz warm. Ich begriff, dass sie mir eine Hand hinstreckten, so, wie nur sie das konnten. Und mit einem Befreiungsschlag war meine Wut auf sie und vor allem auf Oskar verschwunden.

Der streckte die Hand aus, nun buchstäblich, und ich nahm sie und zog ihn an mich. Das tat ich auch mit Kaiss und Fredrik. Mehr musste nicht gesagt werden.

»Was läuft also?«, fragte Oskar noch einmal. Niemand sagt so oft »was läuft« wie er.

»Das ist doch verdammt krank«, sagte Fredrik. »Dass auch Børre Halvorsen umgebracht worden ist.«

»Ja, und noch dazu, nachdem wir gerade mit ihm gesprochen hatten«, sagte Oskar.

Ich sah einen nach dem anderen an.

»Wie …« Ich war nicht sicher, was ich überhaupt fragen wollte. »Wie hat er sich verhalten?«, fragte ich. »Meint ihr, er hat vielleicht gelogen?«

Meine Kumpels wechselten einen ganz kurzen Blick.

»Eigentlich nicht«, sagte Kaiss.

Ich schüttelte den Kopf.

»Ich versteh nur noch Bahnhof«, sagte ich.

Einige Mädchen gingen vorüber. Fredrik warf ihnen einen langen Blick zu, bekam aber zu keiner Blickkontakt.

»Er muss einen anderen gesehen haben«, sagte Oskar. »Eine andere Erklärung gibt es nicht.«

»Einen, der aussah wie du«, fügte Kaiss hinzu. Ich nickte, hatte aber keine Ahnung, wer das sein könnte.

»Armer Teufel«, sagte Fredrik und lächelte.

Ich musste wieder an den Autounfall denken. Eine Ahnung machte sich in mir breit, die Ahnung, dass jemand meinen Vater umgebracht hatte. Und wenn das der Fall war, und wenn Mari etwas herausgefunden hatte …

»Was ist los?«, fragte Oskar.

»Hm?«

»Deine Visage ist leichenblass.«

»Echt?«

Ich hob die Hand ans Gesicht, wie um das zu überprüfen. Ein Windstoß packte meinen Pony und blies ihn zur Seite.

»Hab nur länger nichts Richtiges gegessen«, sagte ich.

»Und dann hat er gestern auch noch wie ein Scheißschwein gereihert«, teilte Fredrik mit.

»Shit«, sagte Kaiss.

Ich dachte an Mama, die an dem Tag als Einzige bei Papa im Auto gesessen hatte. Sie war vorgestern ebenfalls bei der Schulaufführung gewesen. Und dann dachte ich daran, was Imo am Vorabend gesagt hatte, und mir blieb das Herz im Hals stecken: *Sie ist zwar klapperdürr, deine Mutter, aber wenn sie wütend wird, ist sie trotzdem gefährlich.*

Ich schlucken mühsam.

»Echt jetzt«, sagte Oskar. »Du siehst nicht gut aus.«

»Wie immer«, fügte Fredrik hinzu.

Ich versuchte mich zusammenzureißen.

»Hat einer von euch … Ida da drinnen gesehen?«,

brachte ich gepresst heraus und nickte zur Handballhalle hinüber.

»Ob wir Alk-Ida gesehen haben?«

Die anderen lachten über Oskars Bemerkung, dann schüttelten sie allesamt den Kopf.

»Die liegt sicher auf ihrem Bett und ist mit ihrem Scheißblog zugange oder so«, sagte Fredrik.

»Gib es doch zu«, sagte Kaiss zu Fredrik. »Du bist da dauernd eingeklinkt.«

»Red kein Scheiß.«

Ich hätte mich noch den ganzen Tag so mit den Jungs fetzen können, aber mein Verdacht machte mir zu schaffen und ich wollte in Ruhe darüber nachdenken. Deshalb schloss ich mein Fahrrad auf und sagte, ich müsse los.

»Wohin denn?«, fragte Oskar.

»Auf Entdeckungsreise«, sagte ich.

14

Ich war bisher erst einmal bei Ida zu Hause gewesen. Einige Wochen, nachdem Mari mich interviewt hatte, nahm sie mich mit zu ihrer Freundin.

Es war meine erste Begegnung mit ihrer Clique, und ich ging eigentlich nur mit, weil Mari das gern wollte. Weil ich am nächsten Tag ein Spiel hatte, machte ich einen Bogen um den reichlich strömenden Alkohol und konnte ohnehin nicht sehr lange bleiben. Es stand ein wichtiges Spiel für die Junior-Kreismeisterschaften bevor.

Den ganzen Abend tauschten Mari und ich verstohlene Blicke, und ich tat etwas, das ich sonst nie tue. Ich tanzte, mit Mari, mehrmals, obwohl ich es peinlich fand und mir dabei komisch vorkam. Ich kam mir auch auf andere Weise komisch vor, als ob ich spürte, dass hier etwas Neues passierte. Als ich gegen dreiundzwanzig Uhr sagte, ich müsse jetzt gehen, wollte ich das eigentlich gar nicht. Als auch Mari behauptete, gehen zu müssen, sah ich den erwartungsvollen Blicken von Ida, Elise und den anderen an, dass sie am nächsten Tag alles würden hören wollen, was passiert war.

Da Mari in der Nähe wohnte, brachte ich sie nach Hause. Einige winzige Regentropfen fielen, aber es war nicht kalt. In der Ferne donnerte es, Blitze zerrissen an einigen Stellen die dunkle Wolkendecke, und das Himmelsschauspiel kam mir vor wie eine Art Verlängerung dessen, was zwischen uns beiden passierte. Irgendwann auf diesem Weg berührten unsere Hände einander und plötzlich gingen wir Hand in Hand.

Wir standen lange vor ihrem Haus und redeten. Viel länger, als meinem Trainer recht gewesen wäre. Dort küssten wir uns zum ersten Mal, zuerst ein kleiner, vorsichtiger Kuss, dann immer intensiver. In mir wogte und sprudelte alles, und als ich danach nach Hause ging, schien mein ganzer Körper zu lächeln. Ich lag im Bett und dachte an Mari, ich erlebte ihre Küsse und die Wärme ihres Körpers noch einmal, ihre zärtliche, traurige Stimme, die irgendwann sagte, sie müsse jetzt ins Haus gehen, sie sei schon viel zu spät dran, und: »Papa bringt mich um.«

Obwohl ich nicht viel schlief in dieser Nacht, trat ich am nächsten Tag voller Energie zum Spiel an, und obwohl wir 2:3 verloren, hatte ich doch das Gefühl, gewonnen zu haben.

Niemand öffnete, als ich klingelte. Ich trat einen Schritt zurück und schaute zu den Fenstern hoch. Keine Vorhänge, die sich bewegten. Kein Geräusch im Haus.

»Ida?«

Ich rief, aber nicht sehr laut, dann räusperte ich mich und machte noch einen Versuch, diesmal etwas lauter. Ich klingelte noch einmal. Gleich darauf hörte ich, wie im ersten Stock ein Fenster geöffnet wurde.

Ida schaute heraus.

Ihre Augen waren rot und geschwollen. Ihre Haare standen nach allen Seiten ab, aber das taten sie eigentlich immer.

»Hallo«, sagte ich vorsichtig.

Ida gab keine Antwort, aber ich sah etwas Dunkles, Wütendes in ihren Augen.

»Können wir kurz reden?«, fragte ich.

»Worüber denn?«

Sie hatte eine nasale Stimme, die heute noch schärfer klang. Ich hob die Hände.

»Was glaubst du wohl, Ida?«

Sie gab keine Antwort.

»Ich hab sie nicht umgebracht.«

»Und warum sollte ich dir glauben?«

»Warum solltest du mir nicht glauben? Ich sage, dass ich es nicht war. Ich hatte Mari so gern. Ich glaube sogar, dass ich … vielleicht …«

Nein, ich konnte dieses Wort nicht benutzen. Es war so leichtfertig, Tote mit großen Worten zu bedenken.

»Jemand hat behauptet, dich an dem Abend in der Schule gesehen zu haben.«

Ich seufzte und schaute wieder zu Ida hoch.

»Das stimmt nicht«, sagte ich. »Ich war zu Hause.«

Ida gab keine Antwort.

»Ich schwör es dir, Ida, ich war zu Hause, und ich hätte Mari oder Johannes niemals etwas getan. Kennst du mich denn so wenig?«

Das war ein blödes Argument, denn sie kannte mich eigentlich gar nicht richtig.

»Bitte komm runter«, bettelte ich. »Ich muss mit dir reden.«

Sie schien das Fenster nicht schließen zu wollen. Nicht sofort. Ich stand da mit meinem flehenden Blick und hatte nicht vor, mich geschlagen zu geben.

Dann schien in ihrer Miene etwas in Bewegung zu geraten. Die Härte schmolz dahin, aber das hinderte sie trotzdem nicht daran, die Augen zu verdrehen.

»Warte mal eben.«

Ich wartete mal eben. Und noch ein wenig länger. Ich glaube, es dauerte an die fünf Minuten, bis Ida die Tür aufschloss und den Kopf herausstreckte. Ich sah, dass sie sich zurechtgemacht hatte, denn ihre Augen leuchteten jetzt und sie hatte zu viel Make-up aufgetragen. Sie hatte auch ihr Trägerhemd gewechselt. Ich musste mich zusammenreißen, um nicht ihre Brüste in dem viel zu kleinen BH anzustarren.

Sie machte die Tür nicht ganz auf. Bat mich nicht herein. Sie schien mich lieber auf zwei Meter Abstand halten zu wollen, um die Tür noch schließen zu können, falls ich plötzlich zum Angriff überging.

»Worüber willst du reden?«, fragte sie.

Ich seufzte.

»Mari natürlich. Ich versuche herauszufinden, was passiert ist.« Tat ich das wirklich? Ich war mir nicht sicher.

»Haben wir dafür nicht die Polizei?«

»Doch, aber ich brauche selbst Antworten. Und du hast sie doch am besten gekannt.«

Ida sah mich nur an.

»Können wir nicht wenigstens kurz darüber reden? Und schauen, ob dabei etwas herauskommt?«

Wieder musterte sie mich von Kopf bis Fuß. Ich spürte, dass sie mich im Grunde gut leiden konnte. Dann stieß sie die Tür auf.

»Möchtest du etwas trinken?«, fragte sie, als ich die Schuhe abgestreift hatte. »Wir haben aber nur Cola und Milch, glaube ich.«

»Nein, danke«, sagte ich.

»Lass uns nach hinten gehen, damit ich eine rauchen kann.«

Ich folgte ihr durch das Haus und auf die Veranda. Ida schien schon den ganzen Tag dort unter dem Vordach gesessen zu haben. Ihr Telefon lag da, eine Decke, ein Sessel mit Kissen und ein überquellender Aschenbecher bewiesen es.

Ida suchte auch für mich ein Kissen und wir setzten uns.

»Was zum Teufel läuft hier eigentlich, Ida?«

Sie seufzte tief.

»Verdammt, wenn ich das wüsste«, sagte sie.

»Sie muss dir doch etwas darüber gesagt haben, dass …
irgendwas. Warum sie mit mir Schluss gemacht hat, zum
Beispiel, einfach so aus heiterem Himmel. Warum sie danach nicht mit mir reden wollte.«

Ida schaute mich kurz an, dann klopfte sie eine Zigarette aus ihrer Schachtel und gab sich Feuer.

»Ich fand es auch ein bisschen komisch«, sagte sie und
stieß den Rauch aus. »Sie wollte mir nichts sagen, aber ich
musste versprechen, ihr zu helfen, falls …«

Sie seufzte.

»Falls was?«

»Ich sollte dich von ihr fernhalten.«

Ich sah sie aus großen Augen an.

»Wie meinst du das?«

»An den Tagen, ehe … ehe sie umgebracht wurde, war
sie hier. Bei mir.«

»Und …« Meine Gedanken rasten. »Sie hat hier auch
geschlafen?«

Ida nickte und zog wieder an ihrer Zigarette.

»Ich glaube nicht, dass sie mit ihren Eltern so ganz auf
Sendung war. Oder … ich weiß es eigentlich nicht.«

»Also … sie war … sie war auch hier, während wir
Schule hatten?«

»Ja«, sagte Ida.

»Aber … war sie krank?«

»Nicht, dass ich wüsste.«

»Aber warum wollte sie nicht mit mir sprechen? Hat sie etwas darüber gesagt?«

Ida holte Luft.

»Ich habe es nicht so ganz begriffen«, sagte sie. »Aber hey, sie war meine Freundin. Wenn ich ihr helfen konnte, dann hab ich das getan.«

Ich brauchte einige Sekunden, um das soeben Gehörte zu verarbeiten.

»Hatte sie Angst vor mir? Lag es daran?«

Ida schüttelte den Kopf.

»Nein, so war das nicht. Sie wollte einfach nicht mit dir sprechen, glaube ich.«

Ida zog wieder an ihrer Zigarette. Wir schwiegen einen Moment.

»Sie war an den letzten Tagen sehr verändert«, sagte Ida endlich.

»Wie denn?«

»Als ob sie … nicht ganz anwesend wäre, wenn du verstehst, was ich meine.«

Ida blies den Rauch nach oben, und ich sah, wie der leichte Windhauch auf der Veranda den Qualm packte und davontrug.

»Es gab also … keinen anderen?«

»Du meinst, ob sie in einen anderen verliebt war?« Sie lächelte, als ich nickte. »Nein, Even, das war sie nicht.«

Idas Telefon vibrierte in regelmäßigen Abständen. Sie sah das Display an, reagierte aber nicht.

»Warst du an dem Abend in der Show?«, fragte ich.

»Ja.«

»Hast du danach mit Mari gesprochen?«

»Nein, ich wusste, dass sie Johannes interviewen wollte, deshalb sind wir anderen gegangen.«

»Dir … dir ist nichts Ungewöhnliches aufgefallen, als du gegangen bist?«

Sie schüttelte den Kopf.

»Das hat die Polizei mich auch gefragt, und ich habe versucht, mich zu erinnern. Aber es ist nichts passiert. Alle waren guter Laune. Es war eine tolle Show.«

Ich rutschte in meinem Sessel hin und her.

»Dann muss es einer von denen gewesen sein, die zuletzt gegangen sind«, sagte ich. »Falls sich niemand in einem anderen Raum oder so versteckt und dann zugeschlagen hat, als alle schon weg waren.«

Ich dachte daran, was Yngve Mork über die Person gesagt hatte, die aus dem Fenster eines Klassenzimmers geklettert war.

»Das ist natürlich möglich«, sagte Ida.

»Wer außer denen, die bei der Show mitgemacht haben, kann beim Weggehen herumgetrödelt haben?«, fragte ich – und ich richtete die Frage ebenso an mich wie an Ida.

»Der Hausmeister vielleicht.«

Ich sah sie an.

»Tic-Tac?«

Sie nickte.

»Der war da. Und er hat ja auch Schlüssel zu jedem Raum.«

Ich überlegte. Das, was ich am Vortag in seinen Augen gesehen hatte ... konnte es etwas anderes gewesen sein als Schock? Angst vielleicht? Reue?

Tic-Tac war einer, dem ich durchaus zutraute, dass er den hübschen Mädels in der Schule hinterhersabberte. Konnte er Mari an dem Abend gesehen haben, mit ihr gesprochen, als er abschloss, und dann ... irgendwas versucht haben? Irgendwas, das aus dem Ruder gelaufen war, sodass er sie dann im Affekt umgebracht hatte? Und dann war Johannes aufgetaucht, und Tic-Tac hatte auch ihn beseitigen müssen, um nicht entlarvt zu werden?

Unmöglich zu sagen.

»Wie gut kennst du Maris Eltern?«, fragte ich.

»Tja«, sagte Ida. »Ich war oft bei ihr zu Hause.«

»Ich dachte, ich könnte mal bei ihnen vorbeischauen«, sagte ich. »Hast du Lust, mitzukommen?«

15

Ida zog sich ein weiteres Mal um, ehe sie mit mir losging. Sie hatte eigentlich keine Lust, meinte aber, sie müsse es früher oder später ja doch hinter sich bringen.

Mir grauste ebenso davor, aber abgesehen davon, dass es sich so gehörte, wollte ich auch versuchen, so viel wie möglich über das Mädchen in Erfahrung zu bringen, mit dem ich zusammen gewesen war. Ich wollte versuchen zu verstehen, warum sie mit mir Schluss gemacht hatte, und warum sie umgebracht worden war.

»Ihr seid ziemlich verschieden«, bemerkte ich zu Ida, während ich mein Fahrrad neben ihr herschob. Ich weiß nicht, warum ich das sagte und mich so in ein potenzielles Minenfeld begab, aber Ida und Mari waren wirklich genau gegensätzlich. Mari hatte sich kein bisschen für Bloggen oder Mode interessiert, sie hatte die Schule ernst genommen und sich ihre Zukunft schon ziemlich genau zurechtgelegt. Idas größte Sorge schien es hingegen zu sein, was sie zu jedem Zeitpunkt anziehen sollte und wie sie in dieser Kleidung besonders gut aussah. Diese Kunst beherrschte sie allerdings hervorragend.

»Wieso denn verschieden?«, fragte sie und wandte mir im Gehen den Kopf zu. Ich hoffte, dass die Zeit, die ohne Antwort meinerseits verstrich, mir zu Hilfe kommen würde.

»Das waren wir vielleicht«, sagte sie zum Glück endlich. »Aber ist das nicht grade gut? Dass man so verschieden sein kann und trotzdem so gut befreundet?«

Ich dachte wieder an meine Kumpels. Ich spielte als einziger Fußball. Fredrik war Einzelkind und total verwöhnt. Kaiss war Muslim.

Doch, eigentlich war das grade gut.

»Was habt ihr in der letzten Zeit in der Schule durchgenommen?«, fragte ich. »In den Fächern, die ihr gemeinsam hattet?«

»Warum willst du das wissen?«

Ich wollte einfach so viel wie möglich darüber wissen, was Mari an den letzten Tagen ihres Lebens gemacht hatte. Das sagte ich auch, ohne Ida eine weitere Erklärung zu liefern.

Sie durchforstete ihr Gedächtnis.

»In Norwegisch haben wir *Gespenster* durchgenommen.«

»Ibsen.«

»Ja, glaub schon.« Sie verdrehte die Augen. »*Sau*langweilig.«

Ich lächelte.

»Ansonsten hatten wir in Englisch irgendwelchen Grammatik-Scheiß. In Bio ging es um Blut und so was.

122

Haben uns gegenseitig Blutproben abgenommen. Saueklig.«

Das wusste ich noch aus dem vorigen Jahr. Mir hatte es gefallen, herauszufinden, welche Blutgruppe jemand hat.

Wir näherten uns Maris Elternhaus und ich wurde langsam nervös. Ich dachte daran, wie ich zum ersten Mal dort zum Essen gewesen war. Mari und ich waren damals seit einigen Wochen zusammen, es war also »an der Zeit«, wie ihre Eltern das ausdrückten. Sie fragten mich nach Strich und Faden aus, und als wir uns zum Essen hinsetzten, merkte ich, dass sie mich ganz besonders scharf beobachteten. Erst nach dem Essen erfuhr ich, weshalb.

»Du darfst das Besteck nicht so halten«, sagte Mari lächelnd.

»Wie denn so?«

»Als ob du Ski läufst und Messer und Gabel die Stöcke sind.«

»Ach. Tu ich das?«

Mari lachte.

Ich hatte noch nie darüber nachgedacht, wie ich mein Besteck hielt, aber nun tat ich es, vor allem, nachdem Mari mir gezeigt hatte, wie es eigentlich richtig war. Und als ich zwei Wochen später das nächste Mal zum Essen eingeladen war, gab ich mir ganz besondere Mühe. Ich saß schweißgebadet da und registrierte Maris verstecktes Lächeln und die stumme Anerkennung ihrer Eltern.

»Sie mögen dich«, sagte Mari danach.

»Wer denn?«

»Meine Eltern natürlich.«

»Ach.«

»Wirklich. Die mögen dich. Vor allem Mama.«

Ich fragte mich, wie Frode und Cecilie jetzt bei diesem Wiedersehen reagieren würden. Sofern sie es überhaupt schon über sich brachten, Besuch zu empfangen. Ich war froh darüber, dass Ida bei mir war. Ich sah, dass sie Luft holte, wie um sich zu wappnen. Dann stiegen wir die kleine Vortreppe hinauf und klingelten.

Wir hörten die Klingel aus dem Hausinneren. Ein langer, tiefer Ton. Eine Frau, die ich noch nie gesehen hatte, machte auf. Sie hatte Ähnlichkeit mit Maris Mutter, deshalb ging ich davon aus, dass es Cecilies Schwester war.

»Ja?«, fragte sie.

»Hallo«, sagte Ida. »Sind Maris Eltern zu Hause? Ich heiße Ida. Ich war Maris beste Freundin.«

»Ach ja«, sagte die Frau. Mir warf sie einen langen, abschätzenden Blick zu, als ob sie sich fragte, was ich hier zu suchen hätte. Ich hatte keine Lust, jetzt schon mit meiner Beziehung zu Mari herauszurücken, daher schwieg ich. Vielleicht könnte ich als Idas Freund durchgehen, der zu ihrer Unterstützung mitgekommen war.

»Frode ist gerade nicht im Haus, aber ich kann Cecilie fragen, ob sie es schafft, mit euch zu sprechen. Wartet einen Moment.«

Die Frau schloss die Tür, und Ida und ich wechselten einen Blick. Wir wussten beide nicht so recht, was uns wohl erwartete. Ich hatte jemanden sagen hören, dass ein Mensch nichts Schrecklicheres erleben kann, als ein Kind zu verlieren. Es sei unmöglich, sich diese Trauer vorzustellen, solange man sie nicht selbst erlebt habe.

Wir warteten einige Minuten, dann wurde die Tür wieder geöffnet. Cecilie Lindgren stand in der Türöffnung. Sie hatte Tränen in den Augen und schien ganz kurz vor dem Zerbrechen zu stehen. Als ob ihre Kleider ihr jeden Moment von den Knochen rutschen könnten. Als ob sie froh sei, sich am Türgriff festhalten zu können.

Als sie Ida sah, schluchzte sie auf. Ida schluchzte ebenfalls und trat einen Schritt auf Cecilie zu. Die beiden umarmten einander, und neue Tränen strömten über Cecilies Gesicht, während sie die Augen zusammenkniff und sich an Ida klammerte. So blieben sie lange stehen, weinten und hielten sich gegenseitig fest. Und ich, ich stand nur auf der untersten Treppenstufe und wusste nicht, wohin ich schauen sollte.

Dann lösten sich die beiden aus der Umarmung und Cecilie schlüpfte Ida gegenüber in die Mutterrolle, wischte ihr die Tränen ab, strich ihr eine Haarsträhne hinter das Ohr und streichelte ihre Wange.

Dann entdeckte sie mich.

Und schlagartig veränderte sich die Stimmung.

Sie ließ Ida los. Ihre unendliche Traurigkeit wich einem Zorn, der mit jeder Sekunde, in der sie mich ansah, zu wachsen schien. Sie brachte kein Wort heraus. Sie starrte mich nur an.

Ich versuchte, etwas zu sagen, ein Wort oder einen Satz zu finden, der alles wiedergutmachen könnte, was ich ihr offenbar angetan hatte, aber Cecilie starrte nur voller Entsetzen erst mich und dann Ida an – als ob sie nicht begreifen könne, warum Maris beste Freundin sie dermaßen verraten hatte.

»Cecilie«, sagte ich verzweifelt. »Ich war das doch nicht …«

»Geh«, sagte sie mit zitternder Stimme. »Geh einfach. Geht alle beide. Geht!«

»Cecilie«, versuchte es auch Ida, aber das führte nur dazu, dass Maris Mutter sie ebenso wütend niederstarrte wie mich. Ida hob die Hände und ging rückwärts die Treppe hinunter.

»Wir gehen ja schon«, sagte sie. »Wir wollten bloß …«
Sie beendete ihren Satz nicht.

Maris Mutter warf mir noch einen hasserfüllten Blick zu, dann schloss sie die Tür.

Mit einem Knall.

16

Was hatte ich mir eigentlich eingebildet? Dass Cecilie auch mich einfach so in die Arme schließen würde? Dass die Gerüchte, die im Dorf umliefen, Maris Eltern nicht erreicht hätten? Wie blöd konnte man eigentlich sein?

Dennoch war ich wütend. Ich hatte gehofft, etwas sagen zu dürfen. Mich zu verteidigen. Allein, dass ich zu ihnen ging, müsste doch Beweis genug dafür sein, dass ich Mari nicht umgebracht hatte. Nur ein eiskalter psychopathischer Mörder würde gleich nach der Tat die Eltern seines Opfers aufsuchen. Es tat mir weh, dass Cecilie sich nicht einmal anhören mochte, was ich zu sagen hatte.

»Willst du mit reinkommen?«, fragte Ida, als wir kurz darauf vor ihrem Haus standen. »Ich mache wahnsinnig gute Smoothies, wenn du einen magst.«

Ihre Stimme klang ein bisschen, als ob etwas mehr hinter ihrer Einladung steckte als Fürsorge und das Bedürfnis nach Gesellschaft. Ich suchte in ihren Augen nach einer Antwort.

»Hast du nicht gesagt, dass du nur Cola und Milch hast?« Ich lächelte ein wenig neckend. Ida erwiderte es.

»Aber danke, nein«, sagte ich. »Ich muss machen, dass ich wieder nach Hause komme.«

Ida legte die Arme um mich und hielt mich lange fest. Gerade jetzt tat es gut, umarmt zu werden. Idas Umarmung tat gut. War weich. Und Ida roch gut.

»Danke fürs Nachhausebringen«, flüsterte sie mir ins Ohr.

»War mir ein Vergnügen«, sagte ich und schob sie vorsichtig von mir. »Und danke, dass du mitgekommen bist …« Ich zeigte mit dem Daumen unbestimmt über meine Schulter.

»Vergiss, was Cecilie gesagt hat«, sagte Ida. »Sie ist nicht ganz sie selbst, seit das passiert ist.«

Ich nickte, auch wenn ich nicht ganz begriff, wie ich es schaffen sollte, nicht daran zu denken.

»Ach, übrigens«, sagte sie, als ich gerade auf mein Rad steigen wollte. »Meine Eltern sind heute Abend nicht zu Hause, und ich dachte, wir könnten für ein paar Freunde von Mari ein kleines … Fest machen. Und für die Freunde von Johannes«, fügte sie rasch hinzu. »Wenn du … und deine Kumpels auch Lust habt, dann könnt ihr einfach … kommen.«

Ich zögerte.

»Es ist nicht *so* ein Fest. Nur ein Treffen, um ein bisschen darüber zu reden, was passiert ist.«

»Ich muss mal sehen, ob ich Zeit habe«, sagte ich. »Danke für die Einladung.«

Sie lächelte – ein strahlendes, schönes Lächeln. Dann

ging sie ins Haus. Sie kam mir nicht mehr ganz so traurig vor.

Auf dem Heimweg rief ich Oskar an. Er war mehr als bereit, später an diesem Tag etwas zu unternehmen, denn bei ihm zu Hause sei gerade alles so chaotisch. Wir vereinbarten, dass er in zwei Stunden zu mir kommen sollte. Ich freute mich darauf, zu quatschen und vielleicht Playstation zu spielen. Einfach für einige Stunden in einer anderen Welt zu verschwinden.

Mein Fußballtrainer Clas-Göran kam aus Schweden. Ich rief ihn an, als ich nach Hause gekommen war, und erklärte, im Moment sei alles ein bisschen schwierig, und ich wüsste deshalb nicht, wann ich wieder zum Training kommen könne.

»Das musst du natürlich selbst entscheiden«, sagte Clas-Göran mit seinem netten schwedischen Akzent. »Aber es wäre schön, wenn du wenigstens ein bisschen auf eigene Faust trainieren könntest. Das kann auch gut für den Kopf sein«, fügte er hinzu. »Bringt dich auf andere Gedanken.«

Ich bedankte mich für den Rat und beschloss, ihn gleich zu befolgen. Ich ging in den Keller und suchte meine Fußballschuhe hervor, die noch feucht und dreckig vom letzten Training waren, dann nahm ich noch einen Ball und eine Ballpumpe mit und fuhr in Richtung Sportpark.

Obwohl ich gerade erst draußen gewesen war, hatte ich das Gefühl, es sei kälter geworden. Ich war froh, dass ich einen Kapuzenpullover angezogen hatte. Die Wolken hingen noch immer schwer über Fredheim, und ich hoffte, dass es nicht schon wieder regnen würde.

Eine Gruppe von kleinen Jungs hatte die eine Hälfte des Fußballplatzes belegt. Ich stellte mein Fahrrad ein Stück neben das Tor und fing an, ein bisschen zu trainieren. Tickte den Ball mit dem Spann mehrmals in die Luft, ehe ich, so hart ich nur konnte, zutrat. Der Ball traf mein Rad und warf es um. Die Klingel stieß einen schwachen Klageton aus.

Konzentrier dich, sagte ich mir.

Aber das war nicht so einfach. Die ganze Zeit sah ich Bilder von Mari und ihrer Mutter vor mir.

Der Ball kam zu mir zurückgerollt. Ich stoppte ihn und trat, so hart ich konnte. Diesmal voll ins Tor. Schlenderte dann langsam hinüber, um ihn zu holen.

Wie lange war es her, dass es nur mich und meinen Ball gegeben hatte?

Ich hatte früher immer viel allein trainiert. Hatte mir immer wieder klargemacht, dass ich besser werden wollte. Mit links schießen. Fester schießen, abwechselnd mit beiden Füßen. Aus zwanzig, fünfundzwanzig Metern Entfernung einen Freistoß hinlegen. Es Messi gleichtun.

An diesem Tag jedoch erinnerte nicht viel an mir an Messi, aber allein dass ich wieder in Bewegung war, tat mir gut. Ich fing an zu schwitzen und spürte, dass der

Tequila, den ich bei Imo getrunken hatte, nun endlich aus meinem System verschwand.

Als ich eine Stunde später die Küche betrat, wurde ich vom Duft von Käsetoast empfangen. Mama aß zu Hause so gut wie nie etwas, deshalb nahm ich an, dass ich meinen Bruder mit der Nase über seinem Mobiltelefon vorfinden würde, während er viel zu große Bissen hinunterschlang.

»Hallo?«

Mamas Stimme klang fröhlich. Ich fragte mich, ob wohl irgendwo ein Glas mit Eiswürfeln herumstand. Ehe ich die Küche betrat, hörte ich GPs Pfoten über den Boden scharren. Er bellte, und als ich die Tür öffnete, sprang er an mir hoch und wedelte mit dem Schwanz. Ich hielt ihn fest und redete ein bisschen mit ihm.

Tobias saß genauso da, wie ich es erwartet hatte. Auf einem Hocker, die Kappe falsch herum gedreht, den Rücken über eine Toastvariante mit zerlassenem Käse gekrümmt. Mama lehnte neben ihm am Küchenschrank. Sie lächelte freudestrahlend. Jepp. Ein Glas mit Eiswürfeln.

»Wo hast du dich denn rumgetrieben?«, fragte sie.

Ich dachte daran, was Ole Hoff über Papas tödlichen Unfall gesagt hatte. Über die Nachforschungen, mit denen Mari angefangen hatte. Und ich fragte mich, ob ich gerade eine Frau ansah, die ihren eigenen Mann und vielleicht noch dazu drei Jugendliche aus Fredheim umgebracht hatte.

»Mal hier, mal da«, antwortete ich – ihr von meiner Begegnung mit Cecilie erzählen wollte ich nicht. »Gibt es auch für mich noch einen Käsetoast oder hat der Fettsack da alle aufgefressen?«

Ich zeigte auf meinen Bruder. Er hob den Kopf und lächelte übertrieben, mit Essensresten zwischen den Zähnen.

»Meine Fresse, du bist widerlich«, sagte ich und hieb ihm auf die Schulter. Tobias schlug nach mir, aber ich konnte rechtzeitig zur Seite springen.

»Einer ist noch da«, sagte Mama und zeigte auf das Backblech. »Ich kann noch welche machen, wenn du willst. Oder wenn du noch mehr möchtest, Tobias?«

Mein Bruder gab keine Antwort.

Der Käse lag dick, gelb und einladend auf dem knusprigen Brot. Ich griff begierig zu und biss hinein. Perfekt knusprig, mit genau der richtigen Menge Ketchup unter dem Schinken und einem bisschen Oregano auf dem Käse. Großer Gott, wie gut es tat, wieder etwas zu essen.

Ich schaute zu meinem Bruder hinüber, während ich aß. Er war inzwischen mindestens einen Kopf größer als Mama. Ich fragte mich, wie es ihm wohl ging. So allgemein. Es schien ihm egal zu sein, dass er verdreckte Klamotten anhatte und nicht gerade gut roch. Er sagte nie besonders viel, weder zu Mama noch zu mir. Knut, Mamas Freund, grüßte er nicht mal.

Tobias lebte im Netz und saß fast die ganze Zeit in seinem Zimmer, spielte und programmierte, hackte sicher auch. Ich glaube, er chattete ein bisschen mit Ruben, seinem besten Freund aus Solstad, aber wie viele Freunde er sonst noch hatte, mit denen er auch im echten Leben redete, wusste ich nicht.

Ich müsste mich mehr um ihn kümmern, dachte ich. Etwas mit ihm unternehmen. Aber ich hatte nie so recht Zeit neben dem Training. Es war ein ganzes Stück bis Lillestrøm, wohin ich mehrmals pro Woche fahren musste. Ich war viel mit Oskar, Kaiss und Fredrik zusammen. Und natürlich mit Mari. Viel mehr konnte ich in einem Tag nicht unterbringen, aber ich bekam doch ein schlechtes Gewissen.

Tobias verputzte den letzten Bissen von seinem Toast. Genauer gesagt, er stopfte sich die noch übrige halbe Scheibe auf einmal in den Mund.

Das Telefon klingelte. Es war Imo.

»What's up?«, fragte ich.

»Even«, sagte er. Seine Stimme war von einer gewissen Unruhe erfüllt.

»Was ist los?«

»Ehe ich mehr sage, versprich mir, dass du mir genau zuhörst. Kannst du das?«

Jetzt kapierte ich gar nichts mehr. So redete er sonst nie.

»Ja, natürlich. Was ist los?«

Er holte Luft.

»Dreh jetzt nicht durch, aber die Polizei ist unterwegs. Zu mir.«

»Die Polizei? Wieso denn?«

In meinem Bauch schien sich ein dicker Stein gebildet zu haben.

»Es ist überhaupt nicht so, wie es sich anhört«, sagte Imo. »Aber du weißt doch, dieser Lederhandschuh, nach dem die Polizei sucht?«

»Ja?«

Einige Sekunden Stille.

»Das ist meiner.«

17

»Was sagst du da, Imo, verdammt noch mal?« Ich konnte kaum atmen. Merkte, dass Mama und Tobias sich zu mir umdrehten, starrte aber nur vor mich hin, während ich darauf wartete, dass mein Onkel antwortete.

»Oder – das glaube ich zumindest«, sagte er. »Er hatte Ähnlichkeit. Und meine Lederhandschuhe habe ich seit dem Aufführungsabend nicht mehr gesehen. Also habe ich die Polizei angerufen und Bescheid gesagt.«

»Und …« Ich konnte keine Ordnung in meine Gedanken bringen. »Und du meinst also, dass deine Handschuhe an dem Abend gestohlen worden sind?«

»Ja, oder – an dem Tag sind sie jedenfalls verschwunden. Ich habe sie gesucht, als wir nach der Show abgebaut hatten, konnte sie aber nirgends finden. Ich wollte rasch nach Hause, deshalb habe ich nicht so lange gesucht.«

Erstarrt lauschte ich seinen Worten.

»Als ich zuerst mit der Polizei gesprochen habe, sind mir die Handschuhe gar nicht in den Sinn gekommen. Deshalb habe ich ihnen jetzt Bescheid gegeben, fand es besser, offen zu sein.«

In der Regel war das eine gute Strategie.

»Und da wollte ich euch eben auch informieren«, fügte er hinzu, »für den Fall, dass irgendwelche Gerüchte aufkommen. Du weißt doch, wie das hier im Dorf läuft.«

Ja, das war mir nicht ganz unbekannt.

»Und mach dir keine Sorgen, Champ«, sagte er. »Das kommt schon alles in Ordnung.«

»Das wollen wir hoffen.«

»Das wird es wirklich.«

Wir legten auf, und ich erzählte Mama und Tobias, was passiert war. Mama versank sofort in ihren eigenen Gedanken. Ich ahnte schon, dass sie sich fragte, was es im Dorf für uns für Folgen haben könnte, wenn alle davon erfuhren.

Tobias trank einen Schluck Milch, stellte dann das Glas weg und ging in sein Zimmer, ohne seine Sachen wegzuräumen oder ein Wort zu sagen. Aber das war normal bei ihm.

»Soll ich mit GP rausgehen?«, fragte ich Mama, vor allem, um sie auf andere Gedanken zu bringen. Sie schaute zu mir hoch.

»Würdest du das tun?«, fragte sie. Ich zuckte mit den Schultern.

Mama lächelte.

»Lass ihn aber nicht ohne Leine laufen«, sagte sie plötzlich ernst. »Sonst sehen wir ihn niemals wieder.«

Ich machte mit GP eine kleine Runde durch die Nachbarschaft. Er schnupperte und lief ein bisschen hin und her, pisste alle paar Meter. Es wurde schon dunkel. Mittlerweile wurde es jeden Tag früher dunkel.

Ich fragte mich, wann Mama am Aufführungsabend die Schule verlassen hatte. War sie mit jemandem zusammen gegangen? Hatte sie mit irgendwem gesprochen?

Ich hatte sie nicht danach gefragt, und wusste auch nicht, wie ich mich ausdrücken sollte, ohne ihr gleichzeitig zu unterstellen, meine Ex auf dem Gewissen zu haben. Mama war nicht dumm – sie würde begreifen, was ich eigentlich wissen wollte.

Als Oskar kurz darauf an der Tür klingelte, nahm sie ihn in Empfang.

»Oskar!«, rief sie. »Wie schön, dich wiederzusehen!«

Ich warf ihr einen Blick zu, der sagte, *jetzt übertreib nicht gleich so, Mama,* aber sie verstand den Wink nicht. Sie wollte wissen, wie es ihm ging, was wir jetzt vorhätten, und was später. Ich weiß nicht, wie oft ich mit strenger Stimme »Mama« sagte, ohne dass es sie zum Verstummen brachte. Endlich konnte ich Oskar aus Mamas Krallen befreien und mit in mein Zimmer schleifen. Dort spielten wir *Call of Duty* und futterten Kartoffelchips. Es war wunderbar, wieder etwas Normales zu tun.

»Ich habe gehört, dass es nachher vielleicht bei Ida 'ne Runde Alk gibt?«, fragte Oskar nach einer Weile.

»Ach ja?«, sagte ich. »Davon hat sie mir nichts gesagt.«

»Nein, aber … ich glaub schon.«

»Ist das nicht ein bisschen … seltsam?«, fragte ich.

»Ich weiß nicht«, sagte Oskar. »Schon.«

Vielleicht war es aber genau das, was wir alle brauchten. Für einen Abend alles zu vergessen.

Wir spielten seit einer halben Stunde, als an die Tür geklopft wurde. Ich hoffte, dass es nicht Mama war, die wissen wollte, ob wir Saft oder Rosinenbrötchen wollten.

Es war Tobias.

»Besuch für dich«, sagte er.

»Wer denn?«

Tobias zuckte mit den Schultern.

»Ein Typ.«

Na, dann.

Draußen auf der Treppe stand Ole Hoff. Es wurde langsam zur Gewohnheit, dass ich in ihn hineinlief, oder vielleicht eher er in mich.

»Hallo«, sagte ich fragend. Ole sagte ebenfalls Hallo, und ich konnte hören, dass er sich gar nicht wohl in seiner Haut fühlte. Dass er mir eine Fragte stellen wollte, die ihm unangenehm war. Ich ahnte schon, worum es wohl ging, und fragte ihn direkt, ob er auch das von Imo und dem Lederhandschuh gehört habe.

»Von der Sache mit dem Handschuh weiß ich nichts«, sagte Ole. »Aber ich habe gehört, dass die Polizei bei ihm zu Hause war und er mit ihnen zur Wache gefahren ist. Ich habe versucht, jemanden von der Polizei zu erreichen, aber die gehen nicht ans Telefon. Deshalb dachte ich, ich könnte dich ja fragen, ob du weißt, was passiert ist.«

Ich wiederholte das, was Imo mir erzählt hatte, und dabei merkte ich, dass Oles Skepsis oder sein Misstrauen nach und nach verflogen. Meine größte Sorge war jetzt, ob noch andere von den Medien Wind von der Sache bekommen hatten, und ob jetzt jemand in eine Redaktion stürzen und verkünden würde, es sei »eine Verhaftung vorgenommen worden«.

»Wie geht es dir denn mitten in all dem?«, fragte Ole endlich.

»Na ja, es geht so einigermaßen.«

»Du hast nicht zufällig Oskar gesehen?«

Ole stand auf der untersten Treppenstufe.

»Wir waren gerade mit meiner Playstation beschäftigt, als du geklingelt hast«, sagte ich.

Nun runzelte Ole die Stirn.

»Oskar ist *hier*?«

»Ja, er sitzt unten in meinem Zimmer.«

Ole nickte langsam und sah mich dabei an, als schien er über etwas nachzudenken, das er aber nicht besprechen wollte. Stattdessen trat er einen Schritt von der Treppe zurück und sagte: »Dann bestell ihm einen schönen Gruß von mir.«

Oskars Telefon klingelte, als ich wieder zu ihm nach unten kam.

»Willst du nicht rangehen?«, fragte ich.

»Äh«, sagte er. »Das ist bloß mein Alter, der mal wieder rumnervt.«

Ich sah ihn an. Dachte daran, dass er vorhin gesagt hatte, bei ihm zu Hause sei gerade alles ein bisschen »chaotisch«. Ich fragte Oskar, was er gemeint habe.

»Na ja, die sind eben ein bisschen hysterisch«, sagte er. »Nach allem, was passiert ist. Würden mich am liebsten gar nicht mehr aus dem Haus lassen.«

»Sie haben also Angst, du könntest das nächste Opfer sein oder so?«, fragte ich.

Oskar machte eine vage Handbewegung.

»Was mein Alter alles so denkt, wissen nur die Götter.«

Er konzentrierte sich zwei Minuten lang auf das Spiel, während ich zusah. Ich hatte so eine Ahnung, dass Ole es nicht gut fand, dass Oskar gerade jetzt bei mir war. Ich fragte mich, ob das an mir lag, oder insgesamt an meiner Familie. Ole war ein guter Journalist, er hatte schon mehr über Mari in Erfahrung gebracht als irgendeine andere Zeitung. Hatte er wohl noch mehr herausgefunden und mir nicht gesagt? Etwas über Mama vielleicht?

Ich erinnerte mich an den Blick, den Mama ihm zugeworfen hatte, als er gestern auf unserer Treppe stand. Und daran, wie sie über ihn gesprochen hatte.

»Vergiss es einfach, Even. Es ist nicht mehr wichtig.«

Mama hatte auch gesagt, es sei nicht Oskars Schuld, dass …

Was war eigentlich zwischen Ole und Mama passiert?

Was hatte er getan? Hatte Ole vielleicht vor langer Zeit den Verdacht gehabt, Papas Tod sei doch kein Unfall gewesen, und nun kam all das wieder nach oben?

Ich konnte mir keinen Reim darauf machen. Aber irgendetwas stimmte hier nicht.

Es kam mir seltsam und falsch vor, auf ein Fest zu gehen, aber ich hatte Idas Einladung nun einmal angenommen. Oskar wollte nicht nach Hause, um sich umzuziehen, ich dagegen zog ein etwas schöneres Hemd an als sonst, strich mir die Haare nach hinten und fasste sie mit einem Gummi zusammen, wodurch ich einigermaßen cool aussah. Noch ein Spritzer Deo, dann waren wir so weit.

Wir hörten aus Idas Haus schon Musik, als wir klingelten. Elise machte auf.

»Even!«

Elise war schon reichlich angetrunken.

»Komm rein!«

Das Misstrauen, das sie mir früher an diesem Tag entgegengebracht hatte, war offenbar verschwunden. Sie zog mich am Arm, ohne Oskar zu begrüßen. Eine seltsame Mischung aus Parfüm und Alkohol drang in meine Nase.

Im Haus wimmelte es von Leuten. Es war wie bei jenem ersten Fest, das ich zusammen mit Mari besucht hatte. Ich erwartete fast, sie auf dem Sofa zu sehen, von wo sie mir verstohlen vielsagende Blicke zuwarf.

Oskar und ich waren gerade auf der Suche nach Fredrik

und Kaiss, als Ida in mein Blickfeld tänzelte. Sie machte es wie Elise, rief meinen Namen, und ich registrierte, dass sich mehrere im Raum nach uns umdrehten. Das hinderte Ida nicht daran, mir um den Hals zu fallen, und mir blieb nichts anderes übrig, als stehen zu bleiben und mich umarmen zu lassen.

Ida klammerte sich fest und kreischte mir ins Ohr: »Wie gut, dass du da bist!«

Ihre Stimme bohrte sich in meinen Kopf, wo ohnehin schon der schwere Rhythmus irgendeines Liedes hämmerte und dröhnte. Ich war total baff, als Ida mich auf die Wange küsste, aber ich versuchte, einfach zu lächeln und nicht knallrot anzulaufen.

»Wo sind deine Eltern?«, fragte ich. Eine echte Partykiller-Frage.

»Die haben heute Hochzeitstag«, sagte sie. »Sie sind irgendwo essen gegangen«, fügte sie hinzu. Ida hielt noch immer meine Hand fest und tanzte dabei vor mir herum. »Sie sind nach Oslo reingefahren. Kommen sicher erst spät zurück.«

Das wollen wir doch nicht hoffen, dachte ich, während Ida im Takt des Liedes die Hüften schwenkte.

»Komm«, sagte sie, »wir gehen in die Küche.«

Sie wartete kein Ja oder Nein ab, sondern zog mich einfach an allen Gästen vorbei hinter sich her. Ich dachte kurz an GP. Dem ging es die ganze Zeit so. In der Küche war die Musik nicht ganz so laut, dafür standen Leute um eine brummende Maschine.

»Wir machen Smoothies«, sagte sie. »Ich kann einen wahnsinnig guten Smoothie.«

»Davon habe ich gehört«, erwiderte ich lahm.

Der Küchentisch war überfüllt mit hohen Gläsern, Obststücken, Joghurtgläsern, Saft- und Schnapsflaschen. Ida zog mich hinüber und fing an, Kiwis, Bananen, Erdbeeren und Avocados in den Mixer zu werfen. Dann goss sie einen großen Schuss Saft in den Mixer und wollte gerade die Wodkaflasche hinterherkippen, als ich sagte: »Keinen Alk für mich.«

»Äh«, sagte sie, »stell dich nicht so an.«

Danach goss sie einen ordentlichen Schuss in den Mixer, als ob es Wasser wäre, schaltete den Apparat ein, dessen Geräusch sich mit dem Lachen vom Gang und der Musik aus dem Wohnzimmer mischte. Ich fragte mich, wie das hier ein Fest zur Erinnerung an Mari und Johannes sein sollte, und ob außer mir gerade überhaupt jemand darüber nachdachte. Ida ließ den Mixer eine halbe Minute laufen, dann goss sie den grünrotweißen Matsch in ein Glas und reichte es mir.

»Wie viele davon hast du heute Abend schon getrunken?«

»Warum willst du das wissen, *Papa?*«

Ich lächelte verlegen und blieb die Antwort schuldig.

»Probier endlich.«

Ich gehorchte und fand, dass die Bezeichnung »wahnsinnig guter Smoothie« eigentlich perfekt passte. Die Kombination von Obst und Wodka war seltsam, zuerst süß und angenehm, dann aber überlagerte der scharfe Geschmack des Alkohols alles andere. Ich trank sicherheitshalber einen winzigkleinen Schluck.

»Gut«, sagte ich.

»Hallo!«

Fredriks Stimme drang durch die Geräuschkulisse hinter mir. Ich drehte mich um und wir begrüßten einander wie immer.

»Wo steckt Kaiss?«, fragte ich.

»Der musste zur Posaunenprobe«, sagte Fredrik.

Ich sah ihn an. Ich sah Oskar an.

»Posaunenprobe?«

»Ja. Er hat angefangen, Posaune zu spielen«, sagte Fredrik.

Ich versuchte, mir Kaiss als Posaunenengel vorzustellen. Posaune statt Party.

»Willst du mich verarschen?«

»Nein. Der tutet und bläst.«

Fredrik gab vor, eine Posaune in Händen zu halten und machte mit dem Arm pumpende Bewegungen.

»Näher an einen Blowjob kommt er jedenfalls garantiert nicht ran«, sagte ich. Darüber lachten alle. Ich spürte, dass Ida mich lange ansah. Ich nippte wieder an meinem Alk-Smoothie und sah, dass die Jungs ihre schon geleert hatten.

»Meine Mutter bringt mich um, wenn ich besoffen nach Hause komme«, sagte Fredrik und schaute in sein Glas.

»Nimm das hier«, sagte Oskar und zog eine kleine Dose Minzbonbons hervor. »Wirkt jedesmal.«

Irgendwer rief im Wohnzimmer nach Ida und sie stürzte davon.

»Geht nicht weg«, sagte sie streng und starrte mich noch einmal an. Ich hob die Hände. Oskar und Fredrik taten es mir nach. Dann ließen wir die Hände langsam wieder sinken.

»Mal rausgehen?«, fragte ich.

»Gern«, sagten die Jungs wie aus einem Munde und lächelten.

Wir traten auf die Vortreppe hinaus. Ich schaute mich kurz um und kippte dann drei Viertel meines *wahnsinnig guten* Smoothies in ein Blumenbeet.

»Blumenmörder«, sagte Fredrik und schob sich einen Priem unter die Oberlippe.

»Brauchst du Hilfe?«, fragte Oskar.

Ich sah ihn an. Begriff nicht, was er meinte.

»Um dir Ida vom Leib zu halten.«

Ich schnaubte und zeigte ihm den Mittelfinger. *Dieser Idiot.*

»Die ist bloß blau«, sagte ich.

»Alk-Ida rides again«, sagte Fredrik und tat, als säße er auf einem Pferd. Oder so was in der Art.

»Idioten«, sagte ich nur.

Wir gingen dann wieder rein, und während sich die meisten mehr von Idas Fruchtmatsch hinter die Binde kippten, hielt ich mich an Cola. Nach ungefähr einer

Stunde ging ich aufs Klo, und als ich wieder ins Erdgeschoss runtergehen wollte, begegnete mir Ida im Treppenhaus. Ich hatte sie länger nicht mehr gesehen und vermutet, dass sie sicher irgendwo eingeschlafen war, aber ihr Blick wirkte überraschend klar. Ihre Augen schienen sich an meinen festzusaugen und sie kam langsam auf mich zu.

»Hey«, sagte sie.

Ihre Stimme war sanft und sinnlich. Verführerisch. Ich fragte mich, was zum Teufel hier vor sich ging.

»Mari hatte Glück«, sagte sie. »Aber in der Regel bekam sie ja auch, was sie wollte.«

Noch einen Schritt näher. Sie stand jetzt dicht vor mir.

»Die Frage ist, ob *du* auch bekommen hast, was du wolltest.«

Shit.

Sie legte mir eine Hand auf die Brust. Ließ sie dort zuerst liegen und dann langsam an meinen Bauchmuskeln nach unten gleiten. Die ganze Zeit suchte sie meinen Blick mit ihrem.

Ich blinzelte.

Schluckte.

Sie küsste mich, vorsichtig.

»Ich wette, dass sie das nicht mit dir gemacht hat.«

Ihre Hand machte sich an meiner Gürtelschnalle zu schaffen. Mit der anderen öffnete sie hinter mir die Tür zum Badezimmer.

»Ida …«

»Pst!«

Mein Gürtel war jetzt offen. Sie schob mich, erst vorsichtig, dann entschlossener, als sie merkte, dass ich mich weigerte.

»Das ist nicht gefährlich«, sagte sie.

Gefährlich, nein. Aber …

Ida presste mir die Hand auf den Schritt. Was Wirkung zeigte. Das schien Ida noch mehr anzuspornen.

Ich roch den Alkohol in ihrem Atem immer deutlicher. Wir standen jetzt im Badezimmer. Einem riesigen Luxusbad mit Platz genug, um darin Walzer zu tanzen. Einen gigantischen Spiegel. Der Boden war warm, und darauf lag ein pelziges Teppichteil, auf das man treten sollte, während man sich die Hände wusch.

Ida schob mich weiter hinein und schloss die Tür ab.

»Ida«, protestierte ich.

»Sag jetzt nichts«, sagte sie und sah mich an. »Du brauchst nichts zu sagen. Niemand wird etwas erfahren.«

Ich schluckte.

Und es war ja nicht so, dass Ida nicht attraktiv gewesen wäre. Das war sie. Sie war total umwerfend. Und die Götter mochten wissen, dass ich davon geträumt hatte, wie mich ein umwerfend attraktives Mädchen in ein Badezimmer mit Fußbodenheizung zerrte. Aber in dem Augenblick sah ich nur Mari vor mir – ihre Augen, ihre Hände, ihre Haare – und die verdammte SMS, die sie mir geschickt hatte, in der stand, wie wunderbar ich sei, sie aber nicht mit mir zusammen sein könne. Und das sah Ida mir wohl an, denn plötzlich hörte sie auf.

Verschwunden war der verführerische Blick. Ich stand da mit halbwegs heruntergerutschter Hose und sah von einem Augenblick auf den anderen die Verwandlung in ihren Augen.

»Du bist so ein Idiot«, sagte sie.

Dem konnte ich ja kaum widersprechen.

»Mari konnte dich also haben, aber ich … *ich* kann das nicht?«

Darauf hatte ich keine gute Antwort.

»Ida, ich …«

»Du bist ein Vollidiot.«

Jepp.

»Das wirst du bereuen«, sagte sie.

Ich fürchtete, dass sie recht hatte. Ich zog meine Hose hoch und suchte nach einem klugen Spruch, einem, der das wiedergutmachen könnte, was gerade geschehen war, oder fast jedenfalls, aber mir fiel rein gar nichts ein.

»Entschuldige«, sagte ich endlich nur.

»Mach, dass du wegkommst«, sagte sie.

»Ida«, bat ich. »Nicht …«

»MACH DASS DU WEGKOMMST!«

Sie schrie so laut, dass ich Angst hatte, die anderen könnten sie hören, auch wenn im Erdgeschoss noch immer die Musik hämmerte. Ich rückte meinen Gürtel zurecht und stürzte hinaus, aber das, was ich in Idas Augen gesehen hatte, als sie mich anschrie, gefiel mir gar nicht.

Das war beängstigend gewesen …

18

»Mal sehen, ob ich das richtig verstanden habe«, fing Imo
an. Wir saßen in seinem Wohnzimmer, ich mit einem
Glas Cola, er mit einer Tasse Tee. Es war halb zwölf, aber
ich war alles andere als müde.

»Ein verdammt attraktives Mädchen bietet dir mehr
oder weniger den vollen Service an, und du ... lehnst dankend ab?«

Ich lächelte ein wenig, während ich die ganze Episode
noch einmal durchlebte.

Imo schüttelte resigniert den Kopf.

»Als ich in deinem Alter war, Even, war es schwer genug, auch nur eine Hand unter den BH-Träger zu schieben. Wir reden hier von Fort Knox. Hochsicherheitstrakt.
Bombensicher.«

Ich lachte kurz.

»Heute ist manches anders, Imo.«

»Da sagst du was Wahres.«

Er trank einen Schluck und schlug die Beine über-
einander.

»Zwei Dinge«, sagte er und hob einen Finger. »Das

Leben bietet nicht oft Geschenke an, die dir als Wichsvorlage dienen können. Nimm sie also an.«

Ich lächelte erst, dann musste ich lachen. Imo und ich hatten uns nie zurückgehalten, wenn wir miteinander redeten. Obwohl er für mich eine Vaterfigur war, war es nie schwierig oder seltsam gewesen, mit ihm offen über alles zu reden, was im Körper eines Teenagers so vor sich geht. Das war einer der Gründe, warum ich ihn so gern hatte.

»Zweitens.«

Imo hob einen weiteren Finger. Ich machte mich bereit auf die nächstbeste Lebensweisheit.

»A gentleman never tells.«

Er war jetzt ernster geworden und sprach diesen Satz aus, als ob er in Oxford geboren und aufgewachsen wäre.

»Wie meinst du das?«

»Diese Sache muss zwischen dir und Ida bleiben, Even. Und meinetwegen diesmal zwischen dir und mir. Aber für die Zukunft.«

Ich glaube, ich wusste, was er meinte. Gerüchte verbreiteten sich schnell.

Doch noch etwas anderes ging mir seit dem Vorfall im Kopf herum: nach Idas heftigem Ausbruch fragte ich mich, wie gut ihr Verhältnis zu Mari wirklich gewesen war. Ida schien aus irgendeinem Grund neidisch auf Mari gewesen zu sein. Und ich hatte nicht den Eindruck, dass ich der Grund für diesen Neid gewesen war.

Und wenn Ida wirklich eifersüchtig gewesen war …

Nein, sagte ich mir und verdrängte diesen Gedanken

energisch. Ida hätte ihrer besten Freundin niemals etwas antun können. Und Johannes und Børre auch nicht.

Oder vielleicht doch?

Die Menschen taten die seltsamsten Dinge, wenn sie nur wütend genug waren. Und nun musste ich wieder an meine dünne, schmächtige Mama denken.

»Drei Dinge darfst du Mädchen niemals antun, Even«, sagte Imo, das hier war offenbar der Abend für Aufzählungen und erhobene Finger. »Erstens: Du darfst niemals Gerüchte über sie in die Welt setzen. Das ist einfach nur gemein. Zweitens: Halte dich immer an eine. Und drittens ...«

Er hielt drei Finger in die Luft und legte eine kleine Pause ein, ehe er hinzufügte: »Schlag niemals eine Frau. Unter gar keinen Umständen.«

Auf diese Idee wäre ich sowieso nie gekommen.

»Du hast noch immer viel zu lernen«, sagte Imo und hob wieder die Tasse an den Mund. Ich sah, dass seine Hand wieder ein bisschen zitterte. Sollte ich ihn *jetzt* endlich fragen, ob er krank war?

Ich tat es nicht.

»Wie war das übrigens bei der Polizei?«, fragte ich stattdessen. Ich hatte den ganzen Abend nicht mehr an Imos Lederhandschuhe gedacht.

»Doch, war in Ordnung«, sagte er. »Sie suchen noch danach.«

»Du meinst nicht, dass sie dich in Verdacht haben ... deswegen?«

»Nein, nein«, antwortete Imo schnell. »Keine Sorge.« Er lächelte kurz. Dann erhob er sich und sagte: »Es ist spät, und du musst morgen in die Schule. Deine Mutter bringt mich um, wenn sie herausfindet, dass du hier bis spätnachts mit mir gequatscht hast.«

Ich sah ihn an.

»Das sagst du immer«, sagte ich.

»Was denn?«

»Dass Mama dich umbringt, wenn dies oder das.«

»Glaubst du nicht, dass sie dazu fähig wäre?«, fragte Imo und zwinkerte mir ganz kurz zu. Ich versuchte, sein Lächeln zu erwidern, aber ich war nicht sicher, ob es mir gelang.

Ich fuhr rasch durch den kleinen Wald hinter Imos Haus und dann auf die Hauptstraße, und ich war froh, dass sie beleuchtet war.

Nach einer Weile hörte ich hinter mir Motordröhnen. Selbst um diese Tageszeit war hier manchmal noch Verkehr, aber dieses Motordröhnen kam nicht näher.

Ich drehte mich um und sah ungefähr hundert Meter hinter mir ein Auto. Nur die Standlichter waren eingeschaltet. Und ich hatte mich nicht geirrt: Es behielt dasselbe Tempo wie ich. Aus dieser Entfernung konnte ich nicht erkennen, was für ein Autotyp es war, zumal neue Wagen ziemlich gleich aussehen. Es war jedenfalls ein Pkw.

Ich wurde langsamer. Der Wagen bremste ebenfalls ein wenig ab. Ich blieb stehen.

Der Wagen hielt ebenfalls an.

Ich versuchte, den Fahrer anzusehen, aber die Windschutzscheibe war zu dunkel. Ich überlegte, ob ich zu dem Auto zurückfahren und abwarten sollte, was dann passierte, aber das tat ich dann doch nicht. Zu riskant und leichtsinnig. Stattdessen setzte ich mich wieder auf den Sattel und strampelte aus Leibeskräften. Uns kamen einige Autos entgegen, und ich fragte mich, ob ich jemanden verständigen sollte, Imo vielleicht, der mir zu Hilfe kommen könnte, wenn ich recht hatte und wirklich verfolgt wurde.

Im Dorf wimmelte es sicher von Leuten, die mich für einen Mörder hielten und gerne die Toten rächen wollten.

Ich hielt ein so hohes Tempo, dass Fredheim schnell näher rückte. Um diese Zeit war die Straße menschenleer. Es gab nur mich und dieses Auto.

Das Motordröhnen kam plötzlich näher. Und näher, und näher, und plötzlich sauste ein Wagen an mir vorbei. Aber es war nicht dasselbe Auto, sondern ein BMW, der so dicht vorbeipreschte, dass sein Fahrtwind meinen Lenker ins Schwanken brachte, dann traf mich eine Flüssigkeit – ein widerlicher kalter Spritzer –, und ich brauchte ein oder zwei Schrecksekunden, um zu begreifen, dass es Spülflüssigkeit war.

Ich fluchte, während ich mich mit dem Jackenärmel abwischte. Das war Absicht, dachte ich, aber die Frage war, ob dieser Trottel von Fahrer gewusst hatte, dass *ich* hier unterwegs war, oder ob er jeden anderen auch angespritzt hätte.

Ich drehte mich um. Der Wagen von vorhin war ein wenig aufgerückt. Ich überlegte, ob ich ganz anhalten sollte, stattdessen aber trat ich noch mehr in die Pedale und war heilfroh, als die rund um die Uhr geöffnete Tankstelle im Gewerbegebiet vor mir auftauchte. Ich bog ab. Dort parkte ein Wagen, und im Kiosk stand ein Mann und aß eine Wurst.

Ich blieb hinter einer Zapfsäule stehen. Und wartete.

Bald kam das Auto vorbei. Es beschleunigte und fuhr weiter nach Fredheim, aber ich reckte mich so weit wie möglich und konnte das Nummernschild sehen – *CJ45025.*

Ich googelte es sofort. Der Wagen war auf eine Firma registriert, die draußen im Gewerbegebiet Autos verkaufte. Ich kannte nur einen Menschen, der mit Autos handelte.

Frode Lindgren. Maris Vater.

Hatte *er* mich verfolgt?

Als ich ganz sicher war, dass dieses Auto sich entfernt hatte, setzte ich mich wieder auf mein Rad. Ich hatte gerade den Ortskern erreicht, als mein Telefon klingelte. Es war Oskar.

»Bruder«, sagte er, als ich mich meldete. »Du musst auf Facebook gehen. Sieh dir die Kommentare zu deinem Post von gestern an.«

»Okay?«, sagte ich fragend und merkte, wie mein Herz einen Sprung machte. Oskar hatte keine guten Nachrichten, das konnte ich seiner Stimme anhören.

»Sieh dir Ninas Kommentar an«, sagte er.

»Okay«, sagte ich wieder. »Ich ruf zurück.«

Ich scrollte abwärts. Nina ging in meine Klasse, und ich brauchte nicht lange nach ihrem Kommentar zu suchen. Als ich ihn gelesen hatte, klappte mir das Kinn herunter.

Und Even will an dem Abend nicht da gewesen sein? Dann seht euch mal das hier an, 1:23 in der Aufnahme.

Nina hatte mich in ihrem Post sogar markiert, ich sollte Kommentar und Videoausschnitt also sehen. Einige der Kommentare ihrer Freunde, *meiner* Freunde, waren fast wortgleich. Da stand »verdammt« und »oh Scheiße« und »ich hab's ja gleich gesagt«.

Ich schluckte und klickte das Video an, das die Schulaufführung zeigte. Es begann mitten in der Solonummer von Johannes, seiner Liebeserklärung an Fredheim. Der Ton war schlecht, denn die Kamera hatte sich ganz hinten im Saal befunden, hinter den Sitzreihen, aber es war deutlich, dass alle zuhörten, niemand herumfuchtelte, mit anderen redete oder Nachrichten checkte. Johannes war da oben auf der Bühne wirklich in seinem Element.

Ich behielt die Uhr im Auge. Eine Minute verging. Ich wartete ungeduldig auf 1:23.

1:10 wurde zu 1:20.

Dann: 1:23.

Und da sah ich ihn.

Ganz hinten im Saal war es ziemlich dunkel, weshalb sein Gesicht nicht deutlich zu sehen war. Aber die Kamera gab selbst ein wenig Licht ab, und das beleuchtete den Hinterkopf eines Jungen, der eine helle Kappe und eine ganz normale Jeansjacke trug.

»Verdammt …«, murmelte ich vor mich hin.

Das war … *ich*.

Es sah jedenfalls auf den ersten Blick so aus. Es war meine Jacke, oder eine, die meiner Jacke sehr ähnlich sah. Der Junge war ebenfalls groß. Hatte so eine Kappe, wie ich sie ab und zu trug. Aber ich konnte es ja nicht sein, deshalb ließ ich das Video einige Sekunden zurücklaufen, in der Hoffnung, mir einen besseren Eindruck von dem Gesicht verschaffen zu können. Doch der Kopf war der Bühne zugewandt.

Ich hielt das Video an und ging die Kommentare durch, die Ninas Post gefolgt waren. Mein Blick blieb an dem einer gewissen *Ylva* hängen. Ich hatte keine Ahnung, wer das war, aber was sie schrieb, ließ meinen Atem irgendwo unten in meinem Hals stecken bleiben.

Ihr spinnt doch. Das ist nicht Even. Das ist sein Bruder.

19

Ich konnte mich nicht von der Stelle rühren, während meine Gedanken durcheinanderwirbelten. Mir fiel ein, dass Mama, lange vor der Aufführung, meinen Bruder gefragt hatte, ob er mitkommen wolle, da ich doch mit der Band spielen würde und Imo die musikalische Leitung habe. Tobias hatte nur geschnaubt und gesagt, er könne solche Shows nicht ausstehen. Aber dann war er wohl doch hingegangen.

Und als ich das endlich so richtig begriffen hatte, schien sich ein ganz neues Bild zusammenzufügen. Jetzt wusste ich, warum so viele geglaubt hatten, mich an dem Abend gesehen zu haben. Aus der Entfernung sahen Tobias und ich uns ziemlich ähnlich. Wir waren ungefähr gleich groß, hatten fast die gleiche Jacke. Wenn er noch dazu eine ziemlich neutrale Schirmmütze trug, konnte jemand wie Børre Halvorsen durchaus glauben, mich gesehen zu haben.

Es überlief mich eiskalt, kroch mir hinauf bis in den Nacken. Fragen meldeten sich zu Wort, böse, schreckliche Fragen. Hatte mein Bruder Mari umgebracht? Hatte er

Johannes umgebracht? Børre? Warum zum Teufel hätte er das tun sollen?

Tobias, Tobias, Tobias, dachte ich. *Was zum Teufel …*

Ich ließ den Rest des Videos ablaufen. Tobias war nicht mehr zu sehen. Aber ich entdeckte Mari, ganz rechts im Bild. Und ich wäre fast in die Knie gesunken.

Es war so seltsam, sie noch einmal zu sehen. Es war, als ob sie noch immer lebte. Sie hatte eine Kamera um den Hals. Wirkte konzentriert auf ihre Aufgabe. Ehe sie aus dem Bild verschwand, sah ich, dass sie ungefähr in die Richtung ging, die Tobias eingeschlagen hatte.

Ich schluchzte abrupt auf.

Seit dem ersten Tag hatte ich nicht mehr um Mari geweint. Ich hatte mich sogar gefragt, warum ich nicht trauriger war. Ich war natürlich niedergeschlagen, aber ich hatte nicht alle Kraft verloren, nicht im Bett gelegen und die Wand angestarrt. Vielleicht lag es einfach daran, dass ich erst rausfinden musste, was geschehen war. Dass mein Körper es mir nicht erlaubte, traurig zu sein.

Aber jetzt ließ er es zu.

Meine Augen füllten sich mit Tränen. Da war sie, nur anderthalb Stunden vor dem Moment, in dem jemand sie getötet hatte.

Hatte sie etwas gewusst, als sie dort versuchte, die rasende Reporterin zu spielen? Hatte sie Angst gehabt?

Meine Gedanken wanderten zurück zu meinem Bruder. Sich bei einer Schulaufführung blicken zu lassen und halbwegs auszusehen wie ich, war kein Verbrechen und etwas völlig anderes, als meine Freundin und den großen Star der Show umzubringen. Während ich nach Hause fuhr, versuchte ich mir eine Strategie zu überlegen, wie ich ihn zur Rede stellen sollte. Ich spielte mit dem Gedanken, Imo anzurufen, um mir einen Rat zu holen, überlegte mir die Sache aber anders. Und Mama wollte ich auf keinen Fall etwas sagen. So spät am Abend war es auch wahrscheinlich, dass sie entweder schon schlafen gegangen war oder die Weinflasche fast geleert hatte.

Zu Hause lehnte ich mein Fahrrad an die Hauswand und schaute zum Fenster von Tobias hoch. Ein bläuliches Licht flimmerte über die Wände. Im Haus holte ich mir ein großes Glas Wasser, dann ging ich nach oben und klopfte an seine Tür.

»Geh weg«, sagte Tobias.

»Ich bin's nur«, sagte ich.

Hinter der Tür krachte und knirschte es – Geräusche von einem Spiel, das mit Autos zu tun hatte, ich tippte auf *Grand Theft Auto*. Tobias antwortete nicht. Ich klopfte noch einmal an die Tür. Sie war abgeschlossen.

Ich hörte, dass Tobias seufzte, das Spiel auf Pause stellte, aufstand und dann öffnete.

»Hallo«, sagte ich und schaute ihm in die Augen. *Hatte Tobias meine Freundin umgebracht?*

»Was ist los?«, fragte er und machte ein Gesicht, als ob ich ihn bei einer lebenswichtigen Beschäftigung gestört hätte.

»Du schließt also deine Tür ab?«, fragte ich völlig hirnlos.

»Mama soll ja nicht plötzlich reinkommen«, sagte er. »Irgendwas Besonderes?«

Ich schaute über seine Schulter. Das Zimmer war womöglich noch chaotischer als meins.

»Wollte nur mal mit dir reden«, sagte ich, ohne seinen Blick loszulassen.

»Worüber denn?«, fragte er mit resigniertem Seufzen. Ich wartete einen Moment, dann sagte ich: »Über die Schulaufführung.«

Tobias legte den Kopf ein wenig schräg, als ob er überlegen müsste, was ich meinte.

»Ich dachte, du könntest Schulaufführungen nicht leiden«, sagte ich.

Tobias starrte mich nur an. Ich rechnete fast damit, dass er mich gleich anschnauzen würde, aber er stand nur da und sagte kein Wort. Seine Augen waren jetzt wieder neutral, gelangweilt und gleichgültig – als ob es keine Rolle spielte, ob ich da war oder nicht. Er sah aus, als würde er jeden Moment einschlafen.

»Kann ich reinkommen?«, fragte ich.

Er überlegte ein paar Sekunden, dann stieß er die Tür ganz auf, seufzte dabei aber wieder, als ob es auf der ganzen Welt für ihn nichts Schlimmeres gäbe, als mit seinem Bruder zusammen zu sein. Er schlurfte hinter mir her und ließ sich in seinen Sessel sinken. Daneben standen Untertassen auf dem Boden. Gläser, Flaschen, eine zerknüllte

Kartoffelchipstüte. Ich sah allein auf dem Boden mindestens vier Hosen, er schien alle abgestreift und einfach liegen gelassen zu haben.

»Mieft ganz schön hier drin«, sagte ich.

Tobias gab keine Antwort.

Ich weiß nicht, woran es lag, oder wann es so geworden war, jedenfalls fand ich es schwierig, mit Tobias zu reden. Zumindest über wichtige Dinge. Computerspiel und welche Pizza am besten schmeckte und so, das war natürlich kein Problem, aber wir sprachen zum Beispiel nie über Mama. Oder über Knut, darüber, wie wir es wirklich fanden, dass dieser Taxifahrer dauernd im Haus ein und aus ging.

Ich blieb mitten im Zimmer stehen.

»Warum warst du bei der Schulaufführung, Tobias?«

Er schaute zu mir hoch.

»Brauche ich einen Grund?«

»Normalerweise nicht, aber in diesem Fall eben doch.«

»Ich bin dir keine Erklärung schuldig.«

»Doch, das bist du, denn der halbe Ort glaubt, dass ich meine Exfreundin ermordet habe, und ich glaube, das hängt sehr stark damit zusammen, dass *du* dort gesehen worden bist. Børre Halvorsen hatte dich sogar in einem Fenster im ersten Stock entdeckt – dem Fenster, durch das der Täter vermutlich später entkommen ist. Ich muss wissen, was du verdammt noch mal da gemacht hast, Tobias.«

Mein Bruder griff nach dem Controller und schaltete

GTA wieder ein. Und etwas an seiner gleichgültigen Haltung in dieser überaus ernsten Angelegenheit war dann zu viel für mich. Ich riss ihm den Controller aus der Hand und schleuderte ihn so fest ich konnte an die Wand. Er zerbrach in Gott weiß wie viele Stücke.

»Was zum Teufel?« Tobias sprang auf.

Ich wusste, dass das hier voll zum Teufel gehen konnte. Wir waren im Laufe der Jahre häufiger aneinandergeraten, und in 49 von 50 Fällen hatte ich ihn besiegt. Aber jetzt war es anders; Tobias war gewachsen und er hatte sicher Gründe genug, mir alles Mögliche heimzuzahlen. Die Frage war, wer von uns wütender war.

»Ich hab ein Video von dir gesehen«, sagte ich und wich keinen Millimeter zurück, sondern trat noch dichter vor ihn. »Und jetzt rede gefälligst mit mir!«

Wenn ich ihm den Zeigefinger in die Brust gebohrt hätte, hätte es jetzt geknallt. Da bin ich sicher. Dann wäre noch mehr gegen die Wand geflogen.

Ich konnte fast spüren, wie meine Augen Funken sprühten, und vielleicht trat Tobias deshalb einen Schritt zurück, einen kleinen jedenfalls, und die Wut über den zerstörten Controller schien verpufft zu sein.

»Ich war da, ja«, sagte er endlich. »*So what?* Ich hatte Lust, mir die Show anzusehen, verdammt. Ist das jetzt auch schon verboten?«

»Ich glaub dir kein Wort. Du hast dir in deinem ganzen Leben noch nie eine Aufführung angesehen. Das ist nicht deine Vorstellung von Unterhaltung und auch nicht deine

Art von Musik. Warum also warst du da? Warum hast du dich reingeschlichen?«

Er schlug die Augen nieder.

»Antworte!« Ich schrie so laut, dass er zusammenfuhr.

»Ich wollte nur mal eine Runde drehen«, sagte er, »und dann war ich plötzlich bei der Schule. Ich wusste ja, dass Mama und Imo dort waren, und ich wollte einfach nachsehen, ob ich wohl reinkomme. Und das ging auch, niemand hat aufgepasst. Die Eingangstür stand offen, und ich bin einfach dem Klang nachgegangen. Ich dachte nicht, dass irgendwer mich bemerkt hätte.«

»Du bist voll an einer Kamera vorbeigelatscht, du Trottel.«

Darauf wusste er keine gute Antwort. Ich musterte ihn nur von der Seite und versuchte, die gleich unter meiner Haut zitternd auf der Lauer liegende Wut unter Kontrolle zu bringen.

»Hast du mit Mari gesprochen?«, fragte ich.

Tobias gab keine Antwort, sah mich aber nicht an.

»Hast du das?«

Ich trat wieder einen Schritt auf ihn zu. Auch jetzt schwieg er.

»Wie lange warst du da?«, fragte ich deshalb.

»Weiß nicht mehr«, sagte er und zuckte mit den Schultern.

»Bist du gegangen, ehe die Show zu Ende war?«

Wieder zögerte er ein wenig, bis er »ja« sagte.

»Wie bist du nach Hause gekommen?«

»Ich bin gegangen.«

»Bist du direkt nach Hause?«

»Weiß nicht mehr.«

»Das *weißt* du nicht mehr? Verdammt, Tobias, was glaubst du wohl, wie das aussieht, wenn dich die Polizei danach fragt? Denn das wird sie tun, sie sind nur noch nicht so weit gekommen.«

Nun stand Tobias völlig unbewegt vor mir, und das ließ meine Wut von Neuem auflodern.

»Mari ist an dem Abend umgebracht worden, falls du das vergessen haben solltest. Ich an deiner Stelle würde mir *ein bisschen mehr Mühe* geben, um mich zu erinnern.« Ich trat noch dichter an ihn heran. Er wich einen Schritt zurück, fast so weit, dass er sich aufs Bett setzen musste.

»Dann bin ich eben ein bisschen ins Zentrum gegangen, glaube ich, und war wohl erst kurz vor Mitternacht zu Hause. Jetzt zufrieden, Sherlock?«

Tobias war also lange genug unterwegs gewesen, um Mari und Johannes umzubringen. Noch dazu auch auf dem Schulgelände, und dass er »ein bisschen ins Zentrum gegangen« sei, wirkte alles andere als glaubwürdig.

Das sagte ich ihm auch, aber seine einzige Reaktion bestand darin, den Blick zu senken. Und ich fragte mich: *Kommt es jetzt? Gesteht er?* Ich hatte keine Ahnung, was ich dann hätte tun sollen.

»Ich hab ein Auto geknackt.«

Ich blieb einfach stehen und glotzte ihn an, vor allem, weil ich so erleichtert darüber war, was er gesagt hatte.

Und dann schien alle Luft aus mir zu entweichen, ich hatte derart angespannt dagestanden, und als Tobias das von dem Auto sagte, fiel das alles von mir ab.

»Großer Gott, Tobias.«

Mehr brachte ich nicht heraus. Aber als mir dann richtig klar wurde, was er gesagt hatte, war die Wut wieder da.

»Warum zum Teufel hast du das denn gemacht?«

Tobias zögerte einen Moment, dann sagte er: »Da … lag ein iPad.«

Wieder klappte mir das Kinn herunter.

»*Ein iPad?*« Ich wusste nicht, was ich sagen oder glauben sollte. Ich schaute mich in seinem Zimmer um. »Du hast doch schon längst eins.«

»Das schon, aber …« Er schaute weg. Presste die Finger zusammen. »Ich brauchte Geld.«

»Geld? Wozu denn?«

»Das geht dich ja wohl nichts an.«

»Doch, tut es wohl. Jetzt jedenfalls.«

Er richtete sich ein bisschen auf, schob die Schultern nach hinten.

»Hast du nicht vor, was zu sagen?«, fragte ich.

»Nein.«

Ich hätte ihn gern geschlagen, hatte so wahnsinnige Lust, die Wahrheit aus ihm herauszuprügeln, aber ich konnte mich gerade noch beherrschen.

»Du hast es also verkauft? Willst du das sagen?«

»Ja.«

»An wen denn?«

»Das kann dir ja wohl egal sein.«

Ich sah ihn einige Sekunden lang an, dann nickte ich. Dann sollte es wohl so sein. Ich drehte mich um und ging auf die Tür zu.

Mein Bruder war ein Dieb. Großartig! Das hatte er also verschwiegen. Nicht, dass er Mari und Johannes umgebracht hatte.

»Du schuldest mir einen Controller, verdammt noch mal!«, rief er hinter mir her. Ich knallte die Tür zu und ging nach unten in mein Zimmer. Dort sank ich aufs Bett.

Børre hatte einfach nur meinen Bruder in einem Fenster im ersten Stock gesehen. Tobias hatte vielleicht etwas gesucht, das er stehlen konnte. Wo er doch Geld brauchte.

Wozu hatte er Geld gebraucht?

Ich brachte es nicht über mich, auf Facebook nachzusehen, was für Kommentare noch auf Ninas Post gefolgt waren. Ich ging davon aus, dass es jetzt Vorwürfe gegen Tobias hagelte. Ich hoffte nur, dass noch niemand Mama darauf aufmerksam gemacht hatte, aber auch das war sicher nur eine Frage der Zeit.

Ich setzte Kopfhörer auf und hörte eine Stunde lang laut Musik. Doch als ich ausschaltete, begleitete mich keines dieser Lieder in die Nacht hinein. Stattdessen tauchte die Stimme von Johannes auf, sein Lied, das mir viel wichtiger vorkam, jetzt, wo er tot war. Ich ging davon aus, dass es bei seiner Beerdigung gespielt werden würde.

Beerdigung.

Großer Gott, ich hatte noch kein einziges Mal daran gedacht, dass sie beide beerdigt werden mussten. Ich fragte mich, ob das gleichzeitig passieren würde oder ob jede Familie ihre eigene Feier haben wollte. Ich tippte auf Letzteres. Und ich fragte mich, was Maris Mutter sagen würde, wenn ich auch dort auftauchte.

Ich wollte mich ebenfalls richtig von Mari verabschieden. Durfte ich das etwa nicht?

Das Einfachste wäre, herauszufinden, wer sie umgebracht hat, dachte ich, *dann wäre jeder Verdacht gegen mich oder meinen Bruder aus der Welt.* Eigentlich brauchte ich ja gar nichts zu unternehmen. Die Polizei war dazu ausgebildet, in solchen Fällen zu ermitteln und alles in Ordnung zu bringen, ich war das nicht. Aber ich hatte Mari besser gekannt. Und wenn etwas in meiner eigenen Familiengeschichte Anlass zu ihrem Tod gewesen war, dann wäre ich vielleicht doch der Geeignete, um das ans Licht zu holen.

Das Beste, oder das Schlimmste – das kam auf den Standpunkt an –, wäre es, Johannes' Mikrofonkoffer zu finden. Der von der Polizei gesucht wurde. Wenn Tobias den mitgenommen hatte und hier zu Hause aufbewahrte, dann würde ihn das mit den Morden in Verbindung bringen. Es wäre allerdings kein entscheidender Beweis, falls Johannes nicht gerade mit dem Koffer erschlagen worden war.

Natürlich.

Deshalb suchte die Polizei so dringend danach. Ich sah es vor mir: Johannes, der auf dem Heimweg war, der kehrtmachte, um sein Telefon zu holen, der sicher den Koffer in der Hand hielt – das tat er immer, wenn er zu Übungen oder Auftritten unterwegs war. Der auf der Treppe zwischen Erdgeschoss und erstem Stock eingeholt wurde.

Ich muss den Koffer suchen, dachte ich.

Und ich wusste leider, in welchem Haus, in welchem Zimmer ich damit anfangen würde.

20

Als ich am nächsten Morgen aufstand, war mein Plan ebenso einfach wie gemein. Nachdem Tobias in die Schule gegangen war, wollte ich sein Zimmer auf den Kopf stellen. Ich konnte mir eigentlich nicht so recht vorstellen, dass er dumm genug sein könnte, um die Mordwaffe in seinem Zimmer aufzubewahren, aber ich hatte ja auch nie geglaubt, dass er ein Auto aufbrechen und ein iPad stehlen würde.

An diesem Tag fand wieder Unterricht statt, aber ich war sicher, dass die meisten, vor allem Rektor Brakstad, Verständnis dafür haben würden, dass ich noch einen Tag abwartete, ehe ich wieder auftauchte. Obwohl das vielleicht noch verdächtiger wirken würde. Aber egal.

Ich duschte und ging nach oben und aß zusammen mit Mama in der Küche ein paar Scheiben Knäckebrot. Mama las die Zeitung und nippte ab und zu an ihrem Kaffee. GP saß zu ihren Füßen und hoffte wohl auf einen Leckerbissen. Bis auf Weiteres ignorierte sie ihn.

»Angeblich verfolgen sie jetzt konkrete Spuren«, sagte Mama.

»Hm?«

Ich schaute von meinem Handy hoch.

Ich fragte mich, von welchen Spuren hier die Rede war, oder ob die Polizei den Presseleuten irgendwas erzählt hatte.

»Steht da Genaueres?«, fragte ich.

»Nein, nur, dass die Spuren konkret sind. Aber sie sagen auch, die Ermittlungen seien schwierig.«

Ich dachte an Yngve Mork und fragte mich, wann er sich wieder bei mir melden würde. Ich hatte das Gefühl, dass es nicht mehr lange dauern könne.

»Gehst du heute zur Arbeit?«, fragte ich.

»Ja«, Mama seufzte. »Ich muss gleich los.«

Ich sah sie an. Nichts wies darauf hin, dass sie am Vorabend getrunken hatte. Sie gab sich Mühe. Sie hatte Arbeit, einen Freund, der sie anbetete, sie war keine von denen, die ihr Leben lang von Sozialhilfe leben. Aber den Alkohol aufzugeben, war doch nicht so leicht. Oder vielleicht versuchte sie das ja, schaffte es aber noch nicht. Noch immer fragte ich mich, was sie mir vielleicht verschwieg. Ob sie die ganze Wahrheit über Papas Tod erzählt hatte.

Ich wollte sie gerade nach dem Aufführungsabend fragen, als sie sagte: »Dein Herr Bruder, beabsichtigt der heute noch, zum Vorschein zu kommen, oder was?«

Sie schaute zur Decke hoch, als ob sich Tobias plötzlich von dort oben abseilen könnte.

»Keine Ahnung«, antwortete ich. Aber ich ahnte, dass

er erst herunterkommen würde, wenn sie gegangen wäre. Mama warf einen Blick auf die Wanduhr. »Ich geh mal rauf und frag ihn.«

Ich hörte ihre sich entfernenden Schritte auf der Treppe, und GP lief hinter ihr her. Dann wurde an Tobias' Tür geklopft.

»Tobias, du musst aufstehen!«

Mama klopfte noch einmal. Rief seinen Namen und machte ein großes Gewese darum, wie spät es sei. Keine Antwort. Sie klopfte noch einmal, vergeblich.

Ich ging hinter ihr her nach oben. Als ich gerade bei der Tür angekommen war, zog Mama daran. Die Tür war abgeschlossen, genau wie am Vorabend. GP, der das alles für ein Spiel hielt, wuselte um Mamas Füße. Sein Schwanz schwang hin und her.

»Jetzt schließt er sich schon ein«, sagte Mama, ebenso zu sich selbst wie zu mir. Sie versuchte es noch einmal mit der Klinke, als ob das Schloss auf magische Weise aufgesprungen sein könnte.

»Tobias!«

Mama zog und rüttelte an der Klinke und wirkte immer verzweifelter. Ich trat neben sie und machte ebenfalls einen Versuch. Legte mein Ohr gegen die Tür, um nach dem Atem meines Bruders zu lauschen.

Ich hörte nichts.

Jetzt war ich mit Rufen an der Reihe: »Tobias!«

Ich versuchte die Tür aufzustoßen. Sie rührte sich nicht.

Ich sah Mama an, sah die Panik in ihren Augen.

»Hast du einen Schlüssel?«, fragte ich, aber sofort fiel mir ein, dass Tobias ja von innen abgeschlossen hatte.

»Nein«, stammelte Mama.

Ich starrte die Tür an und dachte: *Ich muss diese Tür aufkriegen, und zwar sofort.*

Ich nahm alles zusammen, was ich an Gewicht und Kraft besaß, und versuchte die Tür mit der Schulter aufzudrücken. Die Tür rührte sich nicht, ließ durch nichts annehmen, dass sie bereit zum Nachgeben war. Es war eine alte, schwere Tür. Ich nahm kurz Anlauf und warf mich dagegen. Die Tür ließ mich einfach abprallen. GP bellte.

Mein Blick fiel auf einen Feuerlöscher, der auf dem Gang an der Wand hing. Ich holte ihn und hob ihn hoch. Mit aller Kraft ließ ich ihn dann auf die Türklinke knallen, und mit lautem Knall trafen Feuerlöscher und Türklinke aufeinander – aber die Tür gab nicht nach.

GP sprang vor meinen Beinen hin und her, wollte spielen.

»Halt den verdammten Köter fest«, fauchte ich Mama an. Sie packte sein Halsband.

Na los, sagte ich zu mir selbst, *du hast das doch in zig Filmen gesehen.* Und dann trat ich immer wieder mit aller Kraft gegen dieselbe Stelle, wieder und wieder und wieder, und endlich merkte ich, dass etwas passierte.

Und plötzlich schwang die Tür mit einem letzten widerspenstigen Krachen auf.

Für einen kleinen Augenblick hatte ich Angst, sie könnte Tobias treffen, aber die Tür knallte nur gegen die Wand.

Und gab den Blick frei ins Zimmer meines Bruders.

Das leer war.

21

Gott sei Dank, dachte ich sofort. *Er ist nicht tot. Er hat sich nicht das Leben genommen.*

Dann kam mir ein anderer Gedanke:

Jedenfalls nicht hier.

Ein winzigkleiner Teil von mir hoffte, er sei vielleicht ausnahmsweise einmal früh aufgestanden und zur Schule losgegangen, ehe Mama und ich wach waren, aber diese Erklärung scheiterte an ihrer eigenen Unwahrscheinlichkeit. Mama stand nie später auf als halb sieben, und mein Bruder – na ja – der musste in der Regel aus dem Bett *geschleift* werden. Wenn er bis vierzehn Uhr schlafen konnte, dann tat er das.

Und dann kam der vernünftigste Gedanke.

Er ist weggelaufen.

Entweder vor Mama und mir und dem Leben in Fredheim, oder vor der Gewissheit, dass das Netz sich jetzt um ihn zusammenschnürte. Er wusste vielleicht, dass bald die Polizei vor der Tür stehen würde und er keine gute Erklärung dafür hatte, warum er an dem Abend in der Schule gewesen war. Es ärgerte mich, dass ich keine klarere Antwort aus ihm herausgeholt hatte. *Du hättest nicht gehen dürfen*, sagte ich mir, *du hättest bleiben müssen, bis er deine Fragen beantwortet hat. Du hättest wenn nötig die Wahrheit aus ihm herausprügeln müssen.*

Es half aber wenig, im Nachhinein klüger zu sein, und ich wusste, dass wir jetzt sofort zwei einfache Dinge tun könnten. Wir könnten zur Schule fahren und dort nach ihm suchen. Wir könnten anrufen, bei …

Nein, er hatte nicht so viele Freunde. Keinen, zu dem er vielleicht gegangen wäre. Vielleicht mit Ausnahme von Imo. Ich stürzte hinunter in die Küche, schnappte mir mein Handy, wählte Tobias' Nummer, erreichte aber nur seinen Anrufbeantworter. Ich fluchte lautlos und rief Imo an. Mein Onkel wurde nur ungern früh geweckt, und ich konnte seinem verärgerten »Hallo« anhören, dass es am Vorabend spät geworden war.

Ich erklärte ihm, was passiert war.

»Tobias ist nicht bei dir?«, fragte ich.

Neues Rascheln. Imo, der hochfuhr.

»Soviel ich weiß jedenfalls nicht. Warte mal, ich seh nach.«

Ich hörte seine Schritte auf dem dicken, kalten Holzboden. Er rief nach Tobias, aber keine Antwort. Tobias war also nicht irgendwann während der Nacht hereingeplatzt und hatte sich auf Imos Sofa schlafen gelegt. Mein Onkel schloss die Haustür nie ab.

»Tobias?«

Ich hörte, dass Imo jetzt auf dem Hofplatz stand. Er

atmete schneller und öffnete eine Tür, ich nahm an, die zum Musikstudio. Dann wurde die Tür geschlossen.

»Er ist nicht hier«, sagte Imo. »Der Boden ist bereift, und ich sehe nur meine eigenen Fußspuren.«

»Ich fahre zu seiner Schule«, sagte ich.

»Ich komme mit.«

»Es geht schneller, wenn ich das Rad nehme«, erwiderte ich. »Aber es wäre schön, wenn du trotzdem herkommen könntest, ich glaube, Mama dreht gleich durch.«

»Bin schon unterwegs«, sagte Imo.

Durchdrehen war noch milde ausgedrückt. Mama schrie und weinte wild durcheinander. Sie lief die Treppe hoch und runter, als ob sie glaubte, Tobias habe sich im Keller versteckt oder könne sich plötzlich materialisieren, wenn sie nur noch einmal in seinem Zimmer nachsah.

»Mama«, sagte ich, so ruhig ich konnte. »Das kommt schon in Ordnung. Wir finden ihn.«

Sie wischte sich die Augen und rannte wieder hin und her.

»Seine Jacke«, sagte sie. »Die hängt noch da.«

Wir standen auf dem Gang.

»Und die Schuhe! Seine Schuhe, Even, er hat ... er muss die Turnschuhe genommen haben. Er hat sich beschwert, dass die zu klein sind, aber ... er muss sie trotzdem genommen haben.«

Ich wusste nicht so recht, ob ich sie in diesem Zustand

allein lassen sollte, aber je schneller ich mich auf die Suche machte, umso besser.

»Das Beste, was du jetzt tun kannst«, sagte ich zu Mama, »ist, dich ans Telefon zu setzen und zu warten. Ich rufe dich an, sowie ich etwas weiß.«

Mama sah mich an, aber ihr Blick ging glatt durch mich hindurch. Ihre Augen waren glasig und standen voller Tränen. Ich wiederholte meinen Vorschlag, aber erst als ich sie um die Schultern fasste, reagierte sie.

»Hm?«

Ich sagte noch einmal, sie solle sich ans Telefon setzen.

»Okay«, flüsterte sie und blinzelte. Tränen liefen ihr über beide Wangen.

»Ruf Knut an«, sagte ich. »Erzähl ihm, was passiert ist, und lass ihn herkommen. Er kann mithelfen.«

Sie nickte.

»Aber blockier das Telefon nicht zu lange, für den Fall, dass ich anrufe.«

Sie nickte wieder, zaghaft zuerst, dann immer heftiger – fast manisch. Ich zog sie an mich und umarmte sie. Dann rannte ich los.

Die Luft war scharf und kalt. Die Wolken trieben über den Himmel, gejagt von einem hartnäckigen Wind. Der traf mich mitten im Gesicht, als ich losfuhr. Es kam mir vor, als ob er mich bestrafen wollte.

Jeder Windstoß war wie ein Faustschlag.

Als ich die Schule erreichte, auf die Tobias ging, war alles wie immer. Da ich so früh kam, waren noch nicht viele andere auf dem Weg zum Eingang. Erst als ich die Tür erreicht hatte, fiel mir ein, dass Maris Mutter dort arbeitete. Sie war jetzt sicher nicht hier, aber bei diesem Gedanken verspürte ich doch einen Stich der Unruhe.

Ich hielt Ausschau nach Tobias. Sah ihn nicht. Ich kannte niemanden aus seiner Klasse, aber ich sprach den Erstbesten an, einen Jungen, der ungefähr so alt aussah wie mein Bruder, und fragte, ob er wisse, wer Tobias Tollefsen sei und ob er den schon gesehen habe. Der Junge schüttelte den Kopf. Ich fragte noch einige andere, die vor der Schultür standen. Niemand hatte Tobias gesehen.

Ich ging hinein. Fand ihn auch dort nicht. Vor dem Lehrerzimmer sprach ich einen Mann an und fragte, ob er meinen Bruder gesehen habe.

»Nein?«, fragte der Mann mit leichtem Zögern. »Ist … ist etwas passiert?«

Ich wollte ihm die Wahrheit nicht sagen.

»Er ist ganz früh losgegangen, ehe ich ihn etwas fragen konnte«, flunkerte ich. »Aber es ist nicht so wichtig.«

Aber wichtig genug, dass du hier schweißnass noch vor acht Uhr morgens aufkreuzt, hältst du mich für blöd? Diese unausgesprochene Frage konnte ich ihm vom Gesicht ablesen.

»Warte mal, ich frag die anderen, die schon da sind.«

Der Mann verschwand, und ich blieb stehen und schaute mich um. Ich sah mein Handy an. Kein Anruf von Mama oder Imo, der wohl noch nicht angekommen war. Ich hoffte, dass Mama sich beruhigt hatte. Aber wie sollte sie das schaffen? Ich schaffte es doch auch nicht.

Der Lehrer kam zurück.

»Tut mir leid, Even«, sagte er und schüttelte den Kopf. »Niemand hat ihn gesehen.«

Ich runzelte ein wenig die Stirn, weil ich nicht wusste, woher der Mann meinen Namen kannte. Das begriff er sofort.

»Entschuldige«, sagte er und lachte kurz. »Ich war mit deinem Vater befreundet. Aber als ich dich zuletzt aus der Nähe gesehen habe, warst du noch nicht besonders groß.«

Er lachte wieder.

»Tom Hulsker«, sagte er und hielt mir die Hand hin. »Dein Vater war schon schwer in Ordnung.«

»Danke«, sagte ich, obwohl mein Vater mir in diesem Moment mehr als egal war. Deshalb sagte ich nur: »Ich muss machen, dass ich weiterkomme.«

Hulsker hob eine Hand und ich drehte mich um. Beschloss, mich an den Eingang zu stellen, bis es klingelte. Das Gedränge um mich herum wuchs. Ich hatte einige neugierige Blicke bemerkt, andere tuschelten und zeigten verstohlen auf mich, aber das war mir jetzt egal.

Dann klingelte es.

Die Leute strömten herein und es wurde immer unübersichtlicher. Meine Augen suchten in der Menge, die schnell ausdünnte, während ich mir immer sicherer war, dass Tobias nicht auftauchen würde. Bald waren so wenige übrig, dass ich mich bestätigt sah.

Tobias war nicht zur Schule gekommen.

Ich wollte Mama lieber nicht anrufen, aber ich musste. Sie reagierte genauso, wie ich es erwartet hatte, sie drehte wieder durch, und es half nichts, dass Imo nun bereitstand, um sie zu trösten. Ich hörte ihn im Hintergrund: »Aber, aber, alles wird gut, wir finden ihn, das verspreche ich dir.« Ich weiß nicht, ob Knut auch dort war, ihn hörte ich jedenfalls nicht.

»Kann ich kurz mit Imo sprechen?«, fragte ich.

Mama gab ihm das Telefon.

»Hallo«, sagte Imo.

»Hallo«, echote ich. »Ich fahr noch ein bisschen durch die Gegend, vielleicht sehe ich ihn ja. Man weiß nie.«

»Okay«, sagte Imo. »Ich setze mich auch bald ins Auto. Wir müssen überlegen, wo er vielleicht sein könnte. Man kann ja auf verschiedenen Wegen den Ort verlassen. Mit Auto, Bus und Zug.«

Ich hörte, wie Imo nebenher mit Knut sprach.

»Kannst du bei der Taxizentrale nachfragen, ob sie alle, die heute Nacht Dienst hatten, informieren können?«

Ich versuchte mich zu erinnern, wann etwa ich mich mit Tobias gestritten hatte.

»Zwischen Mitternacht und heute Morgen um halb acht«, fügte ich hinzu und erklärte Imo schnell, dass ich gestern Abend bei Tobias im Zimmer gewesen war.

Ich sagte nicht, warum, und verriet nicht, was sich zwischen uns abgespielt hatte.

»Okay«, sagte Imo. »Ich fahr zur Bushaltestelle. Wenn wir weder da noch bei den Taxis weiterkommen, dann haben wir keine andere Wahl, Even. Dann müssen wir zur Polizei gehen.«

Darüber war ich mir natürlich im Klaren.

22

Ich fuhr planlos überall in Fredheim herum. Im Einkaufszentrum hatten nur die Bäckerei und die Cafés offen. Ich hielt es nicht für sehr wahrscheinlich, dass Tobias dort war – er hasste große Räume und Menschenmengen –, sah aber trotzdem nach. Vergeblich.

Ich fuhr zu den Tankstellen. Ging ins McDonald's auf der anderen Seite der Brücke, da er dort ab und zu aß. Ich fuhr alle Straßen des Gewerbegebietes ab, schaute mich auf dem Sportgelände um, suchte überall. Mein Bruder war nirgends zu finden.

Ich rief Imo an.

»An der Bushaltestelle ist er auch nicht«, sagte mein Onkel. »Und niemand«, mit dem ich gesprochen habe, hat ihn gesehen. Das Taxiunternehmen wird alle Fahrer befragen, die heute Morgen Dienst hatten, vielleicht kommt dabei ja etwas heraus.

»Was ist mit dem Bahnhof?«

»Die wollen zuerst eine offizielle Anfrage der Polizei, ehe sie uns weiterhelfen, auch wenn die Abfahrten von einem so kleinen Ort wie Fredheim sicher überschaubar sind. Ich habe versucht, mich ein bisschen aufzublasen, aber die Frau hinter dem Schalter sagte nur, ich solle mit der Polizei zurückkommen. Dahin bin ich jetzt unterwegs.«

Ich zögerte kurz, dann sagte ich: »Es gibt da noch etwas, das du ihnen sagen musst.«

Dann erzählte ich Imo von meiner Befürchtung, dass mein Bruder etwas mit den Ereignissen zu tun hatte, von unserem Streit am Vorabend. Das iPad, das Tobias gestohlen hatte, erwähnte ich nicht, alles andere aber berichtete ich.

»Du meinst also, er ist auf der Flucht?«, fragte Imo schließlich.

»Ich weiß nicht«, sagte ich. »Aber es sieht doch sehr danach aus.«

Mein Onkel überlegte, dann sagte er: »Erzähl deiner Mutter nichts davon. Ihr geht es auch so schon schlecht genug.«

»Das kann schwierig werden. Sicher wird die Polizei zu uns kommen und mit ihr reden wollen. Und dann werden sie auch nach Tobias und der Schulaufführung und dem Mord an Mari und Johannes fragen.«

»Du hast recht«, sagte Imo und seufzte. »Verdammt.«

Wir überlegten beide.

»Na gut«, sagte Imo endlich. »Wir müssen es einfach nehmen, wie es kommt. Fahr jetzt zu deiner Mutter, ich schaue vorbei, sowie ich bei der Polizei gewesen bin.«

»Alles klar.«

Ich fuhr nach Hause zu Mama und fand sie auf dem Wohnzimmersofa. Knut saß neben ihr. Seine Hand ruhte auf ihrer Schulter.

»Ich habe ihr etwas Beruhigendes gegeben«, sagte Knut.

Ich hatte keine Ahnung, wieso Knut Zugang zu solchen Mitteln hatte, aber im Moment war das auch nicht so wichtig. Mama wirkte ganz ruhig, wie sie so dalag, langsam blinzelte und ohne frische Tränenspuren im Gesicht.

»Alles wird gut, Mama«, sagte ich. »Wir finden ihn.«

Es kam mir vor wie eine leere Versprechung, und das war es wohl auch.

Ich erinnerte mich an meinen ursprünglichen Plan und wollte eben nach oben in Tobias' Zimmer gehen und in seinen Sachen suchen, als Knut mich zurückhielt.

»Können wir ... irgendwo hingehen und kurz reden?«, fragte er.

Knut hatte mir nie je eine andere Frage gestellt, als die bei den Mahlzeiten, ob ich ihm Wasser oder Salz reichen könne. Er hatte total uninteressiert an allem gewirkt, was mit Tobias und mir zu tun hatte. Und jetzt wollte er plötzlich *reden*?

Ich sagte, wir könnten in die Küche gehen, nahm mir dort einen Zitronenjoghurt aus dem Kühlschrank und lehnte mich an die Anrichte, während ich darauf wartete, dass Knut das Wort ergriff. Zuerst schien er sich nicht richtig entscheiden zu können, auf welches Bein er sein Gewicht verlagern sollte.

»Ich mach mir ernste Sorgen um deine Mutter«, fing er endlich an. »Vorhin hat sie gesagt, dass sie nicht mehr kann. Es ist für sie sehr viel auf einmal gerade und sie ist total verzweifelt. Wenn Tobias nun auch noch etwas passiert ist, weiß ich nicht, was sie tut.«

Er sah mich mit ernster Miene an.

»Was denn tun? Aufzugeben? Sich das Leben zu nehmen?«

Knut hielt für einige Sekunden meinen Blick fest.

»So habe ich das verstanden, ja. Ich frage mich, ob sie nicht vielleicht Hilfe braucht. Professionelle Hilfe.«

»Eine Klinik meinst du?«

Knut zögerte kurz, dann nickte er.

»Damit wird sie nie im Leben einverstanden sein«, sagte ich. »Sie wird befürchten, dass der Klatsch im Dorf explodiert, wenn es herauskommt. Und du kannst mir glauben: Die Leute werden sich darauf stürzen wie die Geier.«

»Da hast du recht, glaube ich«, sagte Knut. »Aber ich weiß nicht, ob wir so viele andere Möglichkeiten haben.«

Ich überlegte. Sah Mama vor mir, wie sie in einen Wagen gezerrt und in eine psychiatrische Klinik verfrachtet wurde. Wie sie abstreiten würde, dass mit ihr etwas nicht stimmte. Wie sie alle hassen würde, die das behaupteten.

»Lass uns erst mal abwarten«, sagte ich. »Im Moment klammert sie sich an die Hoffnung, dass Tobias zurückkommt, und diese Möglichkeit besteht ja schließlich.«

Knut nickte bedächtig und sagte dann: »Ich passe so lang auf sie auf.«

»Schön«, sagte ich.

Bevor Imo kam, brachte Knut Mama in seine Wohnung. Er hielt es für besser, wenn sie nicht dabei wäre, sollte die Polizei kommen. Ich konnte ihm da nur zustimmen.

Imo holte sich ein Glas Wasser und trank in langen, gierigen Zügen. Er keuchte, als er fertig war. Im nächsten Moment hörte ich ein schmatzendes Geräusch im nassen Gras vor dem Haus. Ich ging zum Küchenfenster und schaute hinaus. Ein Streifenwagen hatte angehalten.

»Shit«, sagte ich. »Schon?«

Yngve Mork stieg aus dem Auto. Er trug keine Uniform, seine Kollegin dagegen wohl. Sie war mindestens zwei Köpfe kleiner und die beiden sahen ein bisschen komisch aus, als sie so nebeneinander auf die Treppe zukamen. Imo stellte sein Glas weg und ging ihnen entgegen. Ich blieb erst einmal in der Küche.

»Hallo«, hörte ich Imo draußen auf dem Gang sagen. Schwere Schritte näherten sich. »Ihr braucht euch die Schuhe nicht auszuziehen.«

Imo sagte, Mama sei im Moment nicht zu sprechen, und nannte auch den Grund. Danach kamen sie alle in die Küche, Imo vorweg, dicht gefolgt von Mork. Dann folgte die blonde Polizistin. Sie hatte einen Priem unter der Oberlippe.

»Morgen«, sagte Mork und kam auf mich zu. Der

hochgewachsene Mann kam mir jetzt weniger beängstigend vor.

»Therese Kyrkjebø«, stellte seine Kollegin sich vor. »Aber mit Sissel bin ich nicht verwandt.«

Ich hatte keine Ahnung, von wem sie sprach, aber sie lächelte freundlich. Sie hatte ein hübsches Lächeln. Doch dann schien der Ernst der Lage den Raum zu erfassen.

»Kein Lebenszeichen von deinem Bruder?«

Mork wandte sich an mich. »Was kannst du uns über deinen Bruder erzählen, Even?«

»Er ist zwei Jahre jünger als ich. Ungefähr gleich groß. Halblange Haare, ungefähr wie ich. Braune Augen.«

»Das ist alles gut und schön«, fiel Mork mir ins Wort, während Kyrkjebø Notizen machte. »Ich hatte aber eher an seine Persönlichkeit gedacht. Wie ist er denn so drauf?«

Ich sah Imo an, während ich mich fragte, was ich antworten sollte. Ich machte mir, wenn ich ehrlich sein sollte, schon seit einer ganzen Weile Sorgen um meinen Bruder. Er ging außer zur Schule fast nie aus dem Haus, seit er sich mit seiner Akne herumschlug – nahezu sein ganzes Gesicht war von großen roten Pickeln bedeckt, und ich wusste, wie ihn das quälte.

Ob Mork und Kyrkjebø wohl von dem Ereignis in Solstad erfahren hatten, das letzten Endes zu unserem Umzug geführt hatte?

Ein Mädchen namens Amalie hatte sich für meinen Bruder interessiert und Tobias dachte, sie seien zusammen. Doch wie sich rausstellte, hatte sie sich nur an Tobias herangemacht, um *mir* näherzukommen. Tobias war natürlich außer sich vor Wut, als er das erfuhr. Kurz darauf hat er Amalie dann vor aller Augen auf dem Schulhof angegriffen. Das hatte natürlich einen Haufen Ärger gegeben. Mama war durchgedreht. Und da Oma gestorben war und ihr Haus ohnehin leer stand, glaube ich, dass Mama die Gelegenheit ergriff, um Tobias aus einer Schule und einem Ort wegzuholen, wo er plötzlich als gewalttätig und gefährlich galt.

Das erzählte ich Mork und Kyrkjebø natürlich nicht, sondern nur, dass mein Bruder sozial nicht so ganz angepasst sei, obwohl ich mich dabei anhörte wie ein Hobbypsychologe. Mork bat mich, das genauer zu erklären, und ich antwortete, er habe nicht viele Freunde.

»Und was ist mit ... seiner Beziehung zu Mädchen?«

Ich schluckte einige Male, ehe ich den Blick hob.

»Er hatte hier nie eine Freundin, wenn Sie das wissen wollten.«

»Weißt du, ob er außerhalb der Schule mit Mädchen zusammen ist?«

»Das weiß ich eigentlich nicht«, sagte ich und zuckte mit den Schultern. »Es war in letzter Zeit nicht leicht, mit Tobias zu reden.«

Kyrkjebø machte wieder Notizen. Mork zögerte kurz, dann fragte er: »Even ... wusstest du, dass dein Bruder in letzter Zeit öfter Kontakt zu Mari hatte?«

Ich starrte ihn an, dann Kyrkjebø. Dann Imo.

»Wie meinen Sie das ... *Kontakt*?«

»Sie haben unter anderem im Netz ein bisschen gechattet.«

»Worüber denn?«, fragte ich, ehe Mork weiterreden konnte.

»Sie hat ihn vor allem um Hilfe gebeten, sie brauchte Bilder von dir und deinem Vater für ihren Artikel in der Schülerzeitung.«

Mein Blick wanderte weiter zwischen den drei anderen Anwesenden hin und her. Ich konnte einfach nicht fassen, dass Mari mich auf diese Weise hintergangen hatte. Warum hatte sie nicht einfach mich gefragt?

Kyrkjebø schien diese unausgesprochene Frage trotzdem gehört zu haben.

»Sie wollte sicher dich nicht fragen, weil sie davon ausging, dass du ihr dann deine Lieblingsbilder geben würdest.«

Immer noch verwirrt, fragte ich: »Und hat er ihr dann geholfen?«

Mork nickte.

»Das glauben wir. Die Kommunikation der beiden legt das jedenfalls nahe. Tobias hatte noch in den letzten Tagen versucht, Kontakt zu Mari aufzunehmen. Um die Bilder zurückzubekommen, die er ihr geliehen hatte.«

Ich starrte die anderen ungläubig an. Also hatte Tobias sich sogar mit ihr getroffen. Um ihr die Bilder zu geben.

Ich schüttelte den Kopf.

»Er …«

Kyrkjebø schaute rasch zu Mork hinüber, ehe sie weitersprach: »Wir wissen schon, dass dein Bruder an dem Abend in der Schule war.«

Das wusste inzwischen vermutlich ganz Fredheim. Trotzdem hämmerte mein Herz nun wie verrückt.

»Er stand an dem Abend zudem mit ihr in digitalem Kontakt.«

Das hier wurde immer schlimmer und schlimmer.

»Genauer gesagt, er hat versucht, mit ihr in Kontakt zu treten«, sagte Mork. »Aber ihr Telefon war defekt, deshalb hat sie ihm nicht geantwortet.«

Defekt, dachte ich.

Verdammt, hat sie mir deshalb nicht geantwortet?

»Was ...«

Die Worte blieben mir im Hals stecken.

»Was wollte er wissen?«, brachte ich mühsam heraus. Darauf bekam ich aber keine Antwort. Ich sah Imo an. Der wirkte ebenso überrascht wie ich. Je mehr ich darüber nachdachte, umso schlimmer sah es für Tobias aus.

»Hast du irgendeine Vorstellung, wo dein Bruder stecken kann?«

Diese Frage stammte von Kyrkjebø.

»Nein.«

»Hast du ein neues Bild von Tobias, das du uns leihen könntest?«

Ich war tief in meine eigenen Gedanken versunken, deshalb brauchte ich einige Sekunden, um diese Frage zu registrieren.

»Ja, doch …«, antwortete ich schließlich. »Das habe ich bestimmt.«

»Am besten eins, das deinen Bruder genau so zeigt, wie er ist. Also nicht beim Essen oder mit einer falsch herumgedrehten Mütze oder zu Halloween verkleidet.«

Kyrkjebø deutete ein Lächeln an. Es widerstrebte mir, aber ich fing an, die Bilder in meinem Mobiltelefon durchzusehen. Ich hatte seit unserem Umzug nach Fredheim nicht viele Bilder von Tobias gemacht, aber einige am Umzugstag und im Sommer, als wir das Haus gestrichen hatten.

Ich ließ mir Morks Mobilnummer geben und schickte ihm die Bilder.

»Sehr gut«, sagte er.

Dann drehte er sich zu Imo um.

»Ich rufe die Techniker an.«

Ich ließ wieder meinen Blick in der Runde wandern.

»Die Techniker?«

»Wir müssen das Zimmer deines Bruders durchsuchen«, sagte Mork. »Vielleicht finden wir dort etwas, das uns verraten kann, wo er sich aufhält.«

Aber das ist nicht alles, dachte ich. Denn ich wusste jetzt, warum sie zu uns gekommen waren.

Sie hatten meinen Bruder im Verdacht, Mari und Johannes umgebracht zu haben. Und vielleicht auch Børre.

23

Imo brach auf, sobald wir in der Küche fertig waren. Er wollte seine Suche fortsetzen, sagte er, mit Leuten reden. Ich wäre am liebsten im Haus geblieben, denn die Kriminaltechniker hatten viel mehr Ahnung vom Suchen als ich. Aber ich konnte den Blicken von Mork und Kyrkjebø entnehmen, dass sie mich bei der Arbeit lieber nicht dabeihaben wollten, deshalb setzte ich mich auf mein Rad, ohne so richtig zu wissen, wohin ich fahren wollte. Wenn Tobias wirklich auf der Flucht war, hatte er Fredheim sicher längst verlassen.

Vor unserem Haus kam mir dann allerdings ein entsetzlicher Gedanke, und ich konnte nicht begreifen, warum ich nicht schon längst daran gedacht hatte. Es wäre doch möglich, dass mein Bruder verschwunden war, weil irgendwer das genau so wollte. Ein Mörder lief in Fredheim frei herum. Mein Bruder war an dem Abend in der Schule gewesen. Er konnte etwas gesehen haben. Er konnte nach unserem Streit gestern Abend rausgegangen sein. Er konnte jemandem begegnet sein, der ihm etwas angetan hatte.

Mit einer ganz neuen Angst im Leib wollte ich gerade losfahren, als ich gleich hinter dem Zaun Ole Hoff entdeckte. Er hob eine Hand zum Gruß.

Ich konnte mir schon denken, warum er gekommen war. Er hatte das Video gesehen, wie alle anderen. Zuerst fragte er, wie es mir ging. Dann sah er die Einsatzwagen. Und ich wusste, dass er zwei und zwei zusammenzählen würde, deshalb erzählte ich nur, Tobias sei verschwunden und wir hätten keine Ahnung, was passiert sein könnte.

»Bitte«, sagte ich und schob mein Rad etwas dichter an ihn heran. »Schreib nichts darüber. Mama explodiert, wenn etwas darüber in der Zeitung landet und es dann doch falscher Alarm war.«

Ich merkte, dass Ole überlegte, wie er sich verhalten sollte. Tobias' Verschwinden gerade jetzt war aufsehenerregend. Zugleich konnte es viele Gründe haben, und ohne genügend Details über den Fall würde auch ein Journalist nicht gleich in die Redaktion rennen.

Ich sah auf meinem Handy nach. Nichts Neues von Imo.

»Ich muss los«, sagte ich zu Ole. »Du musst eben … tun, was du tun musst. Aber bitte, schreib nichts über meinen Bruder.«

Ich beschloss, Tobias' Schulweg noch einmal abzufahren, in der Hoffnung, dass er im Laufe des Vormittags doch noch in der Schule aufgetaucht war. Ich hatte das Gefühl, nach einem winzigkleinen Strohhalm zu greifen, und ich konnte auch keine Spur von Tobias entdecken. Wieder spürte ich die Blicke von einigen Schülern.

Ich traf bei meiner Suche Sara Anvik, Tobias' Klassenlehrerin. Ich musste ihr gestehen, dass ich nicht wusste, wo mein Bruder sich gerade aufhielt, aber ich fügte hinzu, dass er uns nicht immer Bescheid sagte. Frau Anvik meinte, sie habe sich in letzter Zeit durchaus Sorgen um Tobias gemacht.

»Wieso denn?«, fragte ich.

»Na ja, er ist so viel allein, dein Bruder. Ich habe versucht, ihn bei Aktivitäten einzubinden, aber er sagt ja nicht viel.«

»Er wird nicht etwa gemobbt, oder?«

»Ich glaube nicht«, antwortete sie.

Als ich die Schule verlassen wollte, mit dem deutlichen Gefühl, versagt zu haben, wurde ich von Tom Hulsker angehalten, dem Lehrer, mit dem ich schon früher an diesem Tag gesprochen hatte.

»Hallo«, sagte er mit besorgter Miene. »Hast du deinen Bruder inzwischen gefunden?«

Ich wollte schon verneinen und mich abwenden, aber dann fiel mir noch etwas ein.

»Heute Morgen«, fing ich an, »haben Sie gesagt, Sie hätten meinen Vater gekannt.«

Hulsker nickte aufmunternd.

»Ich wollte nur fragen … könnten Sie mir ein bisschen mehr über ihn erzählen?«

Eine Lehrerin ging an Hulsker vorbei. Sein Blick wanderte kurz zu ihr hinüber.

»Jimmy, ja …«

Er überlegte kurz, musterte mich. Dann schaute er auf die Uhr.

»Ich hab jetzt eine Freistunde, also geht es eigentlich … aber dann müssen wir ein bisschen rauchen, glaube ich. Oder jedenfalls ich.«

Er lächelte breit und flüchtig.

»Muss nur schnell meine Jacke holen.«

»Tausend Dank«, sagte ich.

Einige Minuten später standen wir vor der Schule.

»So«, sagte er und steckte sich begierig eine Zigarette an. »Du möchtest also etwas über deinen Vater wissen.«

»Ja«, sagte ich. »Ich bin nicht ganz sicher, worum es mir da geht, aber ich war doch noch so klein, als er gestorben ist. Ich weiß nicht besonders viel über ihn.«

Hulsker nahm einen tiefen Zug an seiner Zigarette und blies den Rauch langsam aus.

»Wir waren zusammen auf dem Lehrerseminar«, sagte er dann. Er schüttelte den Kopf, als ob darin plötzlich eine Erinnerung aufgetaucht wäre. »Das waren noch Zeiten!«

Ich wartete darauf, dass er aus seinen privaten Erinnerungen wieder zum Vorschein käme.

»Jimmy war ein tüchtiger Lehrer. Zutiefst geachtet. Und bei den Frauen kam er teuflisch gut an, das weiß ich noch.«

Wieder lächelte er und schüttelte den Kopf.

»Aber dann hat er deine Mutter kennengelernt und ist ruhiger geworden, was das angeht.«

Ich versuchte ihn mir vorzustellen, den Mann, von dem ich zu Hause Bilder gesehen hatte, im eifrigen Gespräch mit Mädchen, mit verführerischem Blick und einem witzigen Spruch. Es gelang mir aber nicht, er wurde nicht lebendig für mich. Imo dagegen konnte ich mir problemlos so vorstellen. Aber sie waren ja auch Brüder und einander vermutlich viel ähnlicher als Tobias und ich.

»Wie geht es übrigens deiner Mutter?«

Ich hätte über Mama viel erzählen können, aber jetzt war nicht der richtige Zeitpunkt.

»Gut«, sagte ich einfach.

»Schön, dass ihr wieder hergezogen seid«, sagte Hulsker nun. »Ich wollte mich schon längst mal bei ihr melden, aber … ich hab es einfach noch nicht geschafft.«

Das war die übliche Entschuldigung. Man hatte die Zeit nicht oder nahm sie sich nicht, um etwas zu tun, was man eigentlich tun müsste. Es war genauso, wie Mama gesagt hatte. Einige Freunde hatte man nur für eine gewisse Zeit.

»Hatten Sie auch in der Zeit vor seinem Tod noch viel mit ihm zu tun?«, fragte ich.

Hulsker zögerte ein wenig mit der Antwort.

»Nicht so viel. Wir hatten ja inzwischen beide eine Familie, und das nimmt einen schließlich sehr in Anspruch. Aber ab und zu gab es ja ein Schulfest.«

Er zog wieder an seiner Zigarette.

»Wissen Sie, ob damals irgendwer mehr Kontakt zu ihm hatte als andere?«, fragte ich.

Hulsker schaute nach links.

»Puh, da muss ich wirklich erst mal überlegen.«

Ich wartete.

Und wartete.

»Na ja«, sagte Hulsker, und plötzlich verdüsterte sich sein Gesicht. Danach schaute er mich wieder an.

»Jetzt ist es mir wieder eingefallen«, sagte er. »Aber wenn du vorhast, auch sie aufzusuchen, um mehr über deinen Vater zu erfahren, dann glaube ich, solltest du ein bisschen warten.«

»Wie meinen Sie das?«, fragte ich.

»Er hatte ein enges Verhältnis zu Cecilie«, sagte Tom Hulsker. »Cecilie Lindgren. Sie hat damals an derselben Schule gearbeitet wie dein Vater und hat nach seinem Tod zu uns gewechselt. Aber Cecilie hat doch gerade ihre Tochter verloren, die Arme, auf die schlimmst vorstellbare Weise, und da würde ich sie lieber erst mal in Ruhe lassen.«

Ich schaute vom Zeugenstand aus wieder zu Mama hinüber. Sie hatte das Kinn jetzt bis auf die Brust gesenkt. Ich sah, dass sie ganz leicht den Kopf schüttelte.

»Es hat mich zuerst überrascht«, sagte ich zu Staatsanwältin Håkonsen. »Aber Cecilie und Mama waren doch ungefähr zu dieser Zeit eng befreundet, und da war es an sich kein Wunder, dass auch mein Vater sie gut kannte.«

Die Staatsanwältin schien über meine Argumentation ein wenig nachzudenken.

»Haben Sie Ihre Mutter danach gefragt?«

»Nicht ... sofort. Das war ja an dem Tag, als Tobias verschwunden war, und wir waren mit anderen Dingen beschäftigt.«

»Aber Sie *haben* mit ihr gesprochen?«

Ich begriff, worauf die Staatsanwältin hinauswollte. Ich sah wieder Mama an, sah, dass sie die Schultern fast bis zu den Ohren hochgezogen hatte. Sie schien sich kleiner machen zu wollen, als ob sie ahnte, was in den nächsten Minuten kommen würde.

24

Ich überprüfte mein Handy. Keine Mitteilungen. Aber ich musste wissen, wie es Mama ging, also rief ich Knut an. Ich war noch nie bei ihm zu Hause gewesen, deshalb beschrieb er mir den Weg ganz genau.

Knut wohnte in einem ziemlich neuen Wohnkomplex unterhalb der alten Meierei. Das Haus war grau gestrichen und war so ein Block mit nur Zwei- und Dreizimmerwohnungen, die vermutlich alle genau gleich aussahen. Die Tür summte und ich lief die Treppe zum ersten Stock hoch. Knut wartete schon im Treppenhaus, das nach orientalischen Gewürzen roch.

Er erzählte, dass Mama schlief, und dann standen wir da und sahen einander an, Knut und ich.

»Kann ich dir eine Frage stellen«, sagte ich und signalisierte, dass ich eigentlich nicht um Erlaubnis bat. »Hast du mit Mama je über ... Papa gesprochen?«

Knut legte den Kopf ein wenig schräg.

»Über Jimmy? Nein ...«

Er schien zu überlegen.

»Ich glaube nicht.«

Er glaubte nicht? Solche Dinge weiß man doch. Ich war ziemlich sicher, dass mir dieser Gedanke ins Gesicht geschrieben stand.

»Warum willst du das wissen?«, fragte Knut.

»Ach, ich bin nur neugierig«, sagte ich. »Hast du Papa damals gekannt?«

Wieder zögerte er mit der Antwort.

»Ich war einige Jahre jünger als er«, sagte Knut und lächelte vorsichtig – als ob das alles erklären könnte.

»Hast du damals erfahren, was herausgekommen ist, über … den Unfall?«

Knut trat eine Stufe tiefer und sah mich an.

»Worum geht es hier eigentlich, Even? Warum fragst du gerade jetzt danach?«

»Ich versuche nur, ein paar … Dinge zu verstehen«, sagte ich und wusste genau, wie vage sich das anhörte. »Du hast es also erfahren?«

»Nein, ich habe nur gelesen, was in der Zeitung stand. Susanne und ich, wir … wir haben nie darüber gesprochen.«

Jetzt erinnerte er sich also doch. Ich sah ihn einige Sekunden lang an.

»Kann ich reinkommen?«, fragte ich. »Ich würde gern ein paar Worte mit Mama sprechen.«

»Ja, ja«, sagte er. »Natürlich.«

Knut führte mich in die Wohnung. Die Bodenfliesen im Gang, wo ich die Schuhe abstreifte, waren warm. Die Wände weiter hinten waren nackt und kalt.

»Sie ist im Schlafzimmer«, sagte Knut.

Ach was, dachte ich. *Sie schläft also nicht auf dem Badezimmerboden?*

»Kann ich reingehen?«, fragte ich.

Es gefiel mir nicht, Knuts Schlafzimmer zu betreten, wo er und Mama sicher noch ganz andere Dinge taten, als sich auszuruhen, aber ich wollte sehen, wie es ihr ging, selbst wenn sie schlief. Es war ein schmales kleines Zimmer. Nur auf einer Seite ein Nachttisch. Ein Fenster. Am Fußende des Bettes stand ein großer Schrank. Und es war fast nicht möglich, an dem Schrank vorbei auf die andere Seite zu gelangen. Die eine Schranktür war mit einem großen Spiegel verkleidet.

Mama hatte sich die Decke bis ans Kinn gezogen und lag auf der Seite. Sie schien tief zu schlafen, wie ein Kind. Ich hätte gern gewusst, was sie hinter ihrer etwas feuchten Stirn verbarg. Wie viel sie in all diesen Jahren für sich behalten hatte. Was ihren Alltag geprägt hatte, während Tobias und ich ahnungslos heranwuchsen, uns für nichts interessierten.

Ich weiß nicht, wie alt ich war, als ich zum ersten Mal begriff, dass es Mama nicht so gut ging. Aber ich kam eines Tages, als wir noch in Solstad wohnten, aus der Schule nach Hause – und ich glaube, sie hatte mich nicht kommen hören, denn als ich zu ihr in die Küche ging, saß sie da und weinte. Es war kein *Aua-ich-hab-mir-wehgetan*-Weinen, sondern ein stilles – und das machte mir klar, dass der Schmerz, der die Tränen ausgelöst hatte, sehr tief saß.

Ich habe sie damals gefragt, was los ist und ob was passiert ist, aber Mama gab keine Antwort, dazu war sie zu stolz. Sie dachte ganz bestimmt, ich sei noch nicht groß genug, um zu verstehen, womit ein erwachsener Mensch zu kämpfen hat, und damit hatte sie vermutlich recht.

Nun setzte ich mich auf die Bettkante und berührte dabei ihr Knie. Sie hatte ihre Beine angezogen wie ein Embryo. Die Berührung reichte aus, damit sich ihre Augen bewegten, und ich legte ihr eine Hand auf die Stirn. Schob einige Haare von ihren Augenbrauen und ihrer Nase weg und strich sie ihr hinters Ohr.

»Ich … ich gehe so lange in die Küche«, sagte Knut hinter mir. Ich drehte mich zu ihm um und nickte. Knut schloss die Tür nicht. Das, und die Tatsache, dass Mama gerade erst aufzuwachen schien, ließ mich leise reden.

»Hallo«, sagte ich sanft.

Als Mama meine Stimme hörte, blinzelte sie einige Male, zuerst langsam, dann schnell. Dann fuhr sie plötzlich hoch.

»Tobias«, sagte sie rasch. »Ist etwas passiert? Ist er … hat er …?«

Ich sah sie einen Moment lang an, dann schüttelte ich den Kopf.

»Es gibt nichts Neues«, erwiderte ich.

Sie setzte sich richtig auf und zog die Decke dabei mit. Mama besitzt ein eigenes Talent zum spontanen Weinen. Von einem Augenblick auf den anderen. Als ich den Brief vom norwegischen Fußballverband aufmachte, in dem stand, dass ich mit der Nationalmannschaft für unter Siebzehnjährige gegen Malta und Italien antreten sollte – da strömten bei ihr ganz plötzlich die Tränen. Sie war so stolz. Jetzt weinte sie wieder auf diese spontane Art. Doch das hier war ein *Aua*-Weinen, bei dem der Schmerz von innen und außen gleichzeitig zu kommen schien.

Ich wartete, bis sie sich ein bisschen beruhigt hatte. Sie beugte sich zu Knuts Nachttisch vor, wo eine Schachtel Kleenextücher stand. Sie zupfte eins heraus und putzte sich die Nase. Behielt das Tuch in der Hand und sah mich an.

Ihr Blick war noch immer ein bisschen glasig. Ich hätte gern gewusst, was Knut ihr für ein Medikament gegeben hatte, und ob ich vernünftig mit ihr reden konnte. Ich musste es darauf ankommen lassen, mir machten viel zu viele Fragen zu schaffen.

»Mama, ich … ich habe vorhin in der Schule mit Tom Hulsker gesprochen.«

Sie schaute wieder zu mir hoch.

»Mit Tom?«, fragte sie.

»Wir haben ein bisschen über Papa geredet«, sagte ich, unsicher, wie ich fortfahren sollte.

»Warum denn?«

Ihre Stimme klang jetzt wachsamer. Sie setzte sich zudem sehr gerade hin.

»Na ja, das hat sich einfach so ergeben«, sagte ich, unsicher, ob mir die Lüge nicht ins Gesicht geschrieben stand. »Du weißt doch, dass Mari für die Schülerzeitung einen Artikel über mich schreiben wollte, oder?«

Mama nickte, wollte, dass ich weiterredete.

»Eines der Dinge, über die ich deswegen mit ihr gesprochen haben, war … Papa – wie es für mich war, nach Fredheim zurückzukommen und auf eine Schule zu gehen, wo alle wussten, wer Papa gewesen war und so. Nicht zuletzt … was … mit ihm passiert ist.«

Mama kniff die Augen zusammen, um mich etwas klarer in den Blick zu nehmen.

»Mari hatte auch zu Tobias Kontakt aufgenommen«, sagte ich nun. »Hat er dir davon erzählt?«

Mama schüttelte den Kopf.

»Er hat dich nicht nach Papa gefragt?«

»Tobias? Nein …«

Sie schien zu überlegen.

»Oder …«

Sie schwieg für einen Moment.

»Er hat gefragt, ob ich wüsste, welche Blutgruppe Jimmy hatte.«

»Blutgruppe?«

Nun setzte ich mich ein wenig gerader hin.

»Ja, ich weiß nicht, weshalb, aber …« Mama machte eine vage Handbewegung.

»Du hast ihn nicht gefragt?«

Hm, dachte ich. *Das muss gewesen sein, als er Mari die Bilder gegeben hat. Aber warum hat er nach Papas Blutgruppe gefragt?*

Der Gedanke, dass Maris Wühlen in der Vergangenheit unserer Familie vielleicht zu ihrem Tod geführt haben könnte, zitterte ganz dicht unter der Oberfläche.

»Was ist eigentlich damals an dem Tag passiert?«, fragte ich.

Mama schaute mich wieder so intensiv an.

»Wie meinst du das?«

»An dem Tag, als Papa gestorben ist.«

Sie sah mich an, als ob sie nicht sicher sei, ob sie richtig gehört habe.

»Machst du Witze? *Jetzt* willst du darüber reden? Während Tobias verschwunden ist?«

»Ja«, sagte ich und versuchte, energisch zu klingen. Ich war nicht sicher, ob mir das gelang.

»Warum sollte das jetzt wichtig sein?«

»Ich muss es eben wissen«, erwiderte ich lahm.

Mama holte Luft und seufzte.

»Wir haben doch schon darüber gesprochen«, sagte sie.

»Aber nicht richtig.«

»Ich habe im Moment wirklich andere Sorgen.«

Sie schlug die Decke zur Seite und setzte die Füße auf den Boden. Fing an, sich anzuziehen. Ich blieb einfach sitzen und sah sie an.

»Ich glaube langsam, dass Mari etwas entdeckt hatte, das dann zu dem Mord geführt hat.«

Mama hielt mit einem Bein in der Hose inne. Sie war ein wenig aus dem Gleichgewicht geraten und schwankte ein bisschen hin und her, ehe sie endlich festen Stand fand.

»Was denn entdeckt?«

»Etwas über Papa«, sagte ich. »Über den Unfall.«

Der Schlag kam, ohne dass ich reagieren konnte. Mamas Hand traf mich an der linken Wange, und zwar hart genug, um meinen Kopf ein bisschen zur Seite zu schleudern. Sie stand danach nur da und starrte mich wütend an, hatte überhaupt keine Angst, ich könnte zurückschlagen. Meine Wange brannte noch immer, als sie sich fertig angezogen hatte und aus Knuts Schlafzimmer lief.

Mama hatte mich noch nie geschlagen, nicht dass ich wüsste jedenfalls. Jetzt war ich fast erwachsen und Mama scheuerte mir eine. Sie hatte mir wirklich eine gescheuert. Und ich hatte keine Ahnung, warum.

Klar, mein Timing war nicht ideal. Aber mir deshalb eine scheuern? Was konnte der Grund sein?

Ich war noch immer verwirrt, aber vor allem auch wütend, als ich mich aus dem Schlafzimmer schlich und auf dem Gang meine Schuhe anzog. Ich drehte mich nicht zu Knut um, als der herauskam, wollte nicht, dass er die rote Stelle sah, die ich auf meiner Wange spürte wie einen heißen Waschlappen. Ich verließ einfach wortlos das Haus.

Ich brauchte lange, um mich zu beruhigen, fuhr ziellos durch die Gegend, aber die brennende Stelle auf meiner Wange ließ mir keine Ruhe, im Gegenteil. Ich wusste, dass Papas Tod für Mama ein unangenehmes Thema war, aber mir deshalb eine runterhauen?

Ich ging das wenige durch, was ich über den Unfall wusste. Papa war unwohl geworden, Zeugen hatten gesehen, wie das Auto in ziemlich hohem Tempo einige Hundert Meter schlingerte, und dann war es von der Straße abgekommen und in die Baumgruppe gefahren, *peng, crash, kaputt, tot.*

Mir ging auf, dass ich keine Ahnung hatte, was *unwohl* bedeutete, konkret jedenfalls nicht, deshalb hielt ich an und googelte das Wort auf dem Handy. Ich fand Folgendes:

Unwohlsein, kurzfristiger und plötzlicher Zustand des Unbehagens, auch krankhafter Zustand, kann zu Ohnmacht führen.

»Genau«, sagte ich laut zu mir selbst. Ich informierte mich auch noch darüber, aus welchen Gründen jemand ohnmächtig werden konnte, und erfuhr, dass meistens zu wenig Blutzustrom ins Gehirn die Ursache war, was nun wieder an einer »Verengung der Adern« liegen konnte. Übliche auslösende Ursachen konnten Gemütsbewegungen sein, schlechte Luft, Blutdruckabfall, langes Stillstehen oder starke Müdigkeit.

Mama hatte nie erzählt, wovon Papas Unwohlsein ausgelöst worden war, und mir ging auf, dass ich auch nicht wusste, wohin sie damals unterwegs gewesen waren. Hatten sie jemanden besuchen wollen? Oder einkaufen gehen? Ich wusste nicht einmal, wo genau der Unfall passiert war, nur dass es irgendwo auf einer schmalen Straße gewesen war, die von Bäumen gesäumt war.

Oh Mann, wie wenig mich das früher alles interessiert hatte. Ich konnte verstehen, dass Mama mein plötzliches Interesse seltsam fand, gerade jetzt, wo sich die Ereignisse überstürzten. Aber ich würde sie nicht wieder fragen. Ich konnte mir im Moment ohnehin nur schwer vorstellen, dass ich je wieder mit ihr sprechen wollte.

Ich rief Imo an, der unterwegs nach Solstad war, für den Fall, dass Tobias sich dort blicken ließ. Ich erzählte ihm, was ich mit Mama erlebt hatte. Als ich fertig war, sagte Imo: »Wow.«

Mein Onkel war eigentlich sonst keiner, der um Worte verlegen war.

»Also«, fügte er nach einer Weile hinzu. »Ich wusste ja, dass sie Temperament hat, aber … Teufel auch.«

Wir schwiegen wieder für einen Moment.

»Was hast du über dieses *Unwohlsein* gehört?«, fragte ich dann. »Du bist doch sein Bruder«, fügte ich hinzu, ehe er antworten konnte. »Du hast ihn gut gekannt. Ich wollte nur wissen, wie es dazu kommen konnte.«

Ich benutzte dieses Wort nicht gern, ich hörte mich dabei an wie ein Arzt.

»Nein, ich weiß nicht recht«, sagte Imo zögernd. »Vielleicht hatte er viel Stress bei der Arbeit oder so. Es ist lange her, Even. Ich weiß es nicht mehr. Hast du noch etwas von der Polizei gehört?«

Ich schüttelte den Kopf und sagte gleichzeitig: »Nein.«

»Ich habe das Gefühl, dass wir jeden Moment eine schlechte Nachricht erhalten könnten«, sagte ich.

Imo holte Luft.

»Ich auch.«

»Hast du überhaupt Zeit für so was?«, fragte ich nach einem Moment. »Rumzufahren, meine ich?«

»Das fragst du mich?«

»Ja, nein, ich ... sicher wartet Arbeit auf dich. Deine Schweine.«

Imo schnaubte.

»Tobias zu finden, ist wichtiger als irgendeine Arbeit, Even. Das musst du doch begreifen.«

»Das schon. Aber trotzdem. Danke für ... die Hilfe.«

»Das ist ja wohl das Mindeste, Champ. Ich leg jetzt auf. Die Karre braucht Diesel.«

»Okay«, sagte ich. »Bis bald.«

Ich fuhr nach Hause und rechnete halbwegs damit, dass Tobias inzwischen aufgetaucht war. Er würde in seinem Zimmer sitzen, würde sicher nicht einmal die aufgetretene Tür gerichtet haben, sondern mitten im Chaos sitzen, als ob nichts passiert wäre.

Aber das tat er nicht.

Vor dem Haus parkten jetzt noch mehr Autos. Yngve Mork stand am Zaun und telefonierte, als ich kam. Er legte auf und lächelte mich ein bisschen verlegen an.

»Hallo, Even«, sagte er.

»Hallo.«

»Was ist dir denn passiert?«

Er zeigte auf mein Gesicht.

»Ach«, sagte ich. »Das da.«

Ich griff mir an die Wange, als ob ich hoffte, meine Handfläche könnte die rote Stelle verbergen, die meine Mutter mir verpasst hatte.

»Ach, ich … bin nur bei Knut auf einen Spaten getreten. Und da ist mir der Schaft gegen das Gesicht geknallt.«

Oh boy.

Wenn ich noch nicht rot im Gesicht gewesen wäre, dann war ich das jedenfalls jetzt.

»Au«, sagte Mork und deutete ein Lächeln an. Ich hatte das Gefühl, dass er mich voll durchschaute.

»Gibt's hier etwas Neues?«

Mork schüttelte den Kopf.

Ich wollte noch eine Frage stellen, auf die ich sicher keine Antwort erhalten würde, aber nun klingelte mein Telefon. Es war Imo. Schon wieder.

Ich sagte Hallo.

»Ich habe ihn gefunden«, sagte er rasch. »Ich habe deinen Bruder gefunden.«

Staatsanwältin Håkonsen trank einen Schluck Wasser. Gerade vor diesem Teil meiner Zeugenaussage hatte mir ganz besonders gegraust.

»Wo hat Imo Ihren Bruder gefunden?«

»In Solstad. Bei Ruben. Seinem besten Freund.«

»Was machte er da?«

Ich sah zu Mama hinüber.

»Er rauchte ... Hasch.«

»Hasch«, wiederholte die Staatsanwältin, als wäre das besonders wichtig. »Wie war er dorthin gelangt?«

»Nach unserem Streit am Vorabend hatte er Ruben angerufen und der war nach Fredheim gekommen.«

»Mitten in der Nacht?«

»Ja, die genaue Uhrzeit weiß ich nicht. Aber die steht sicher in Ihren Unterlagen.«

Ich sah, dass im Saal gelächelt wurde und dass meine Bemerkung Håkonsen überhaupt nicht gefiel. Aber ich war jetzt müde von ihren vielen Fragen. Ich sah auf die Wanduhr und fragte mich, wie lange das noch dauern würde. *Noch eine ganze Weile*, dachte ich dann. Wir waren ja noch nicht einmal bei Ole Hoff angelangt.

»Ihr Bruder hatte sich von Ruben holen lassen, obwohl der keinen Führerschein besitzt. Er hat heimlich das Auto seines Vaters genommen.«

Håkonsen sagte das auf eine Weise, die andeutete, dass sie eine Antwort erwartete.

»Das kann stimmen«, sagte ich.

»Dann sind sie zusammen nach Solstad zurückgefahren.«

»Ja.«

Dass Tobias ab und zu eine rauchte, wusste ich, aber als ich erfuhr, dass es nicht nur Tabak war, begriff ich, wozu er Geld gebraucht hatte. Warum er das iPad gestohlen hatte.

Nachdem Imo ihn gefunden hatte, war ich unsicher, wie ich mich eigentlich fühlte – wütend, weil Tobias das getan hatte, oder erleichtert, weil er unversehrt war. Vermutlich beides gleichermaßen.

»Hat Ihr Onkel etwas darüber gesagt, wie Tobias' Zustand war, als er ihn gefunden hat?«

»Nur, dass Tobias müde und erschöpft war, er und Ruben müssen die ganze Nacht auf gewesen sein. Imo ging es nur darum, Mama und mir so schnell wie möglich Bescheid zu geben und dann nach Hause zu fahren.«

»Aber Yngve Mork stand neben Ihnen, als Sie dieses Telefongespräch geführt haben, stimmt das nicht?«

»Doch. Er wollte dann auch mit Imo reden.«

Ich hatte Mork das Telefon gereicht, und er versuchte, ein wenig zur Seite zu treten, aber ich blieb dicht genug neben ihm, um seine Fragen und Anweisungen zu hören. Mein Onkel sollte Tobias direkt auf die Wache bringen, wo mein Bruder in den kommenden Stunden dann vernommen werden würde.

Ich konnte Tobias' Rückkehr kaum erwarten. Mein Bruder würde nach der polizeilichen Vernehmung mit mir noch eine Fragenrunde durchstehen müssen, das stand jedenfalls fest.

Während Mork mit Imo sprach, dachte ich an Ole Hoff, der vom Verschwinden meines Bruders wusste. Ich hatte keine Ahnung, ob er schon etwas über Tobias geschrieben hatte. Also musste ich mein Telefon zurückhaben, aber als ich noch ein bisschen dichter an Mork herantrat, hob der die Stimme.

»Imo, was ist los?«

Er starrte mit großen Augen vor sich hin. Ich versuchte zu begreifen, was los war, ich konnte Mork ansehen, dass es nichts Gutes war.

»Imo ...«

Mein Onkel gab offenbar keine Antwort, denn Mork rief immer weiter nach ihm.

»Was zum Teufel ist da los?«, brüllte ich Mork an, aber der bohrte sich nur einen Finger ins andere Ohr, um alle Geräusche auszusperren. Ich begriff gar nichts mehr. Waren sie von der Straße abgekommen?

Ich weiß nicht, wie lange ich vor Mork stand und auf Antworten wartete, aber dann hatte Mork jedenfalls wieder Kontakt zu Imo. Er fragte, was gerade geschehen sei. Ich starrte ihn an, während er zuhörte, während er nickte, während sein Gehirn offenbar zu verarbeiten versuchte, was Imo ihm erzählte. Ich konnte mittlerweile die gehetzte Stimme meines Onkels hören, so dicht war ich Mork auf die Pelle gerückt.

»Okay«, sagte Mork. »Ist er stabil?«

Stabil?

Dann sagte Mork: »Sorg dafür, dass er sicher liegt. Heb

ihn nicht wieder ins Auto. Ich schicke euch sofort einen Rettungswagen. Wo genau seid ihr?«

Morks Fragen kamen dicht hintereinander, ich bekam kaum mit, was er sagte.

»Dann müsste Ahus das nächstgelegene Krankenhaus sein«, sagte Mork. »Ich rufe an und gebe ihnen deine Nummer.«

Dann legte der Polizist auf und drehte sich mit dem ganzen Körper zu mir um. Er holte tief Luft und sah mich an.

»Even ... dein Bruder ...«

Mork unterbrach sich kurz, während er mir mein Telefon zurückgab. Dann seufzte er und sagte: »Man kann das nicht auf eine irgendwie schonende Weise ausdrücken, also sage ich es ganz offen: Dein Bruder hat eben versucht, sich das Leben zu nehmen.«

25

Ich dachte schon, die Staatsanwältin werde jetzt fragen: »Und was haben Sie in dem Moment gedacht«, aber das tat sie glücklicherweise nicht. Ich weiß jedoch noch genau, wie mir in diesem Augenblick zumute war.

Alles hörte einfach auf. Mein Atem, meine Bewegungen. Meine Gedanken. Am Ende konnte ich nur das Wichtigste tun. Atmen. Und mich auf den Beinen halten. Als mir das gelungen war, ließ ich meinen Gedanken freien Lauf, einem nach dem anderen.

Mein Bruder hatte versucht, sich das Leben zu nehmen.

Er hatte verdammt noch mal versucht, sich umzubringen.

Ich hörte, wie Mork einen Rettungswagen anforderte und erklärte, wo Imo und Tobias sich befanden. Danach bat er mich um Imos Mobilnummer, die er an die Notrufzentrale weiterreichte. Als Letztes, ehe er auflegte, sagte er noch: »Beeilt euch.« Dann schaute Mork mich an.

»Wird er durchkommen?«, fragte ich verzweifelt.

»Ich …«, fing Mork an. Dann fügte er hinzu: »Weiß nicht.«

In dem Moment war das alles zu unwirklich, zu neu, deshalb kamen keine Tränen. Ich musste zuerst wissen, was passiert war, und warum.

»Hat er das gemacht, während … Imo mit Ihnen redete?«, fragte ich.

»Es scheint so«, sagte Mork.

»Aber …«

Der Polizist legte mir eine Hand auf die Schulter, dachte dann aber wohl, dass mir das vielleicht nicht recht sei, und zog die Hand langsam zurück.

»Imo sagt, dass er etwas geschluckt hat, eine Tablette oder … vielleicht viele, er wusste es nicht. Aber Tobias ist einfach so auf dem Sitz nach vorn gekippt.«

Mork holte tief Luft. Ich wartete darauf, wie es weiterging.

»Imo hat sein Telefon weggelegt, als es passiert ist, aber wenn ich alles richtig verstanden habe, hat er sofort angehalten, ist auf die andere Seite des Wagens gerannt und hat deinen Bruder vom Sitz gerissen und auf den Boden gelegt. Hat ihm den Finger in den Hals gesteckt, um ihn zum Erbrechen zu bringen. Aber …«

Er schaute sich um.

»… Imo wusste nicht, ob er alles herausbekommen hat.«

Ich versuchte mir das alles vorzustellen. Imo, der mit-

216

ten im Verkehr so schnell reagierte. Aber war es schnell genug gewesen?

»Jetzt ist ja bald der Rettungswagen bei ihnen«, sagte Mork. »Und dann ist dein Bruder in den besten Händen.«

Das war ein magerer Trost. Und ich konnte mich nicht von dem Gefühl befreien, dass alles teilweise meine Schuld war. Ich hatte ihm am Vorabend diese Anklagen an den Kopf geworfen.

»Sie fahren sicher nach Ahus«, sagte Mork. »Vielleicht möchtest du auch hin?«

»Ja«, sagte ich. »Ja, ja, natürlich.«

Mork nickte und signalisierte, dass ich mich in seinen Einsatzwagen setzen könnte. Das tat ich. Und da saß ich dann und starrte aus dem Fenster, während Mork mich so schnell es ging zu Knut fuhr. Er sagte zum Glück nichts, ließ mich einfach meinen Gedanken nachhängen. War es denn so schlimm, Tobias zu sein? Wie sah sein Leben wohl wirklich aus?

Ich drehte mich zu Mork um.

»Wie ist sie gestorben?«, fragte ich.

Er drehte den Kopf in meine Richtung.

»Hm?«

»Mari. Wie ist sie getötet worden?«

Mork legte eine Hand auf den Schalthebel.

»Even, ich bin nicht sicher, ob …«

»Mir scheißegal«, sagte ich hart. »Ich muss das wissen. Ich muss es einfach wissen!«

Mork atmete laut hörbar durch den Mund aus. Ich sah

ihn nur an. Wartete. Es dauerte seine Zeit, bis er sagte: »Sie wurde erwürgt.«

Ich versuchte zu schlucken, hatte das Gefühl, fremde Hände um meinen eigenen Hals zu spüren, dann fiel mir das Atmen schwer, aber irgendwann konnte ich mich zusammenreißen.

Ich sah es klar und deutlich vor mir. Viel zu klar und deutlich, zwei Hände, die das Leben aus ihr herauspressten, die sie erst langsam losließen, als sie tot war.

»Es ist sicher kein Trost, aber es wurden Wiederbelebungsmaßnahmen versucht.«

Ich drehte mich zu Mork um.

»Was sagen Sie da, verdammt noch mal?«

»Sie hatte zwei Rippen gebrochen«, sagte er. »Das kommt bisweilen vor, wenn eine Herzkompression vorgenommen wird.«

»Also …« Ich bekam meine Gedanken nicht zu fassen. »Also hat jemand versucht, das rückgängig zu machen … was passiert war, wollten Sie das sagen?«

»Wir wissen es nicht«, sagte Mork. »Aber es besteht Grund zu dieser Annahme.«

Als Mama mit überfließenden Augen aus Knuts Haus kam, lief sie auf mich zu, schlang die Arme um mich und schluchzte in meine Halsgrube. Ich ließ sie gewähren, es war nicht der richtige Zeitpunkt, um beleidigt oder wütend zu sein, weil sie mir vorhin eine gescheuert hatte.

»Ich werde jetzt Gas geben«, sagte Knut zu Mork. »Wenn einer von euch mich wegen Geschwindigkeitsübertretung aufhalten will, dann ...«

Mork hob die Hände.

»Das ist schon in Ordnung«, sagte er. »Fahrt jetzt einfach.«

Für die Strecke zum Krankenhaus brauchten wir knapp über eine halbe Stunde.

Wir fanden Imo in einem Wartezimmer im ersten Stock. Er sprang sofort auf, als wir kamen, und schon bevor sie eintrat, rief Mama, dass sie wissen wollte, wie es Tobias ging.

»Sie versuchen jetzt, ihn zu ... *reinigen*«, sagte Imo, als wir ihn erreicht hatten. »Er hat hier einen Schlauch ...«

Er zeigte auf seinen Hals.

»... und er wird ausgespült.«

»Was bedeutete das?«, schrie Mama.

»Dass er so viel auskotzen soll wie möglich.«

Ich schnitt eine Grimasse.

»Und dann geben sie ihm flüssige Kohle, die alles Gift aufsaugt, das er möglicherweise im Leib hat. Das muss der Körper dann nach und nach wieder ausscheiden.«

Mama weinte noch ein bisschen, dann bat sie Imo, alles zu erzählen, was geschehen war, seit er Tobias gefunden hatte und bis der im Auto umgekippt war. Obwohl Imo langsam und deutlich sprach, war ich nicht sicher, ob Mama besonders viel mitbekam. Sie stand nur mit leerem Blick da und schüttelte den Kopf.

»Kann ich ihn besuchen?«, fragte sie, als Imo geendet hatte.

»Noch nicht. Sein Körper ist übel mitgenommen, und es ist nicht der richtige Moment, um ...«

»Ich will ihn doch nur sehen«, flehte sie.

»Das geht nicht«, sagte Imo. »Noch nicht. Jetzt müssen wir erst mal die Ärzte ihre Arbeit tun lassen und seinem Körper alles Weitere überlassen, und danach erfahren wir dann, ob wir mit ihm sprechen können.«

Danach, dachte ich.

Was wird danach passieren?

Wird er in eine psychiatrische Klinik eingewiesen werden? Wie sollen wir uns um ihn kümmern, wenn das nicht passiert? Wie sollen wir ihn von Drogen fernhalten? Können wir das überhaupt schaffen?

Uns blieb nichts anderes übrig, als zu warten. Stunde für Stunde, Tag, für Tag, immer weiter. Aber was mir ganz klar vor Augen stand, war, dass nichts wieder so sein würde wie vorher.

26

Imo fuhr dann irgendwann nach Hause, vor allem, weil die Ärzte nicht wussten, wie lange es dauern würde, bis wir mit Tobias sprechen konnten, aber auch, weil Imo seine Schweine füttern musste. Mama bedankte sich bei ihm und umarmte ihn lange.

Niemand wusste, wie Tobias' Körper auf die Behandlung hier im Krankenhaus reagieren würde, außerdem sollte für eine Weile ein Psychiater bei ihm sein. Ehe Imo aufbrach, überlegte ich, ob ich mit ihm fahren sollte, aber ich kam zu dem Schluss, dass es besser wäre, wenn ich bei meinem Bruder blieb.

In den nächsten Stunden weinte Mama entweder oder lehnte sich an Knuts Schulter, während sie fragte, wie das hier denn enden solle, und ob *sie* etwas falsch gemacht habe und was das eventuell sein könne.

Irgendwann ging ich ein bisschen raus und rief Ole Hoff an. Der hatte zum Glück nichts über Tobias veröffentlicht, und er werde das auch nicht tun, sagte er. Ich wusste, dass die Presse in den meisten Fällen um Selbstmorde oder Selbstmordversuche einen großen Bogen machte.

Anfangs war Ole ebenso geschockt wie ich, und er stellte mir einen Haufen Fragen, die schwer zu beantworten waren. Dennoch merkte ich, dass es guttat, über alles mit einem Außenstehenden zu sprechen, mit jemandem, der ebenso wie ich in diesem Sinnlosen irgendeinen Sinn finden wollte.

»Wie geht es denn mit ... mit *deinen* Untersuchungen«, fragte ich, als Ole für einen Moment die Fragen auszugehen schienen. Ich hätte gern gewusst, ob er etwas darüber herausgefunden hatte, warum Mari sich so sehr für Papas tödlichen Unfall interessiert hatte.

»Hast du gewusst, dass Maris Eltern in der letzten Woche, ehe Mari ermordet wurde, bereits nicht mehr zusammen gewohnt haben?«, fragte Ole.

Bei dieser Frage hob ich die Augenbrauen.

»Nein?«, sagte ich.

»Darüber hat sie also nicht mit dir gesprochen?«

»Nein«, sagte ich noch einmal.

Ich dachte an Mari, die laut Ida an den Tagen vor ihrem Tod Ärger mit ihren Eltern hatte, die sogar in den letzten Nächten bei Ida übernachtet hatte. Irgendetwas versuchte sich in mein Sichtfeld zu schieben, das ich nicht ganz zu fassen bekam. Ich sollte wirklich versuchen, mit Cecilie zu sprechen, aber beim Gedanken daran, wie mein letzter Versuch verlaufen war, beschloss ich doch, es zu lassen. Was ich von Frode, Maris Vater, halten sollte, wusste ich auch nicht so recht, wenn er es wirklich war, der mich am Vorabend verfolgt hatte.

Nach dem Gespräch mit Ole ging ich zurück zu Mama und Knut. Sie wussten noch nichts Neues über Tobias.

»Wann hast du zuletzt etwas gegessen?«, fragte ich Mama.

Sie zuckte mit den Schultern.

»Gestern Abend, glaube ich.«

»Dann müssen wir dir etwas zu essen besorgen. Egal, was. Sicher gibt es hier irgendwo eine Kantine.«

Widerwillig gab sie nach. Knut sollte so lange die Stellung halten.

Wir fuhren mit dem Fahrstuhl hinunter ins Erdgeschoss, und dort fanden wir eine Kantine, in der Suppe und belegte Brötchen verkauft wurden. Mama bat um eine Minestrone, ich nahm ein Baguette mit Käse und Schinken, das mindestens drei Tage alt aussah.

Wir setzten uns. Aßen zuerst schweigend.

Dann sagte Mama: »Entschuldige.«

Sie streckte die eine Hand nach meinem Gesicht aus und legte sie an meine Wange. Genau auf die Stelle, wo sie mich geschlagen hatte.

»Es war nur …«

Mama suchte nach der Fortsetzung.

»In dem Moment war alles einfach ein bisschen zu viel.«

Ich begriff noch immer nicht, warum meine Fragen nach Papa sie zu so einer Reaktion getrieben hatten, aber ich hoffte, sie würde ausführlicher antworten.

»Kein Kind darf von seinen Eltern geschlagen werden«, sagte sie. »Entschuldige.«

Ich brachte es nicht über mich zu sagen, das sei in Ordnung, denn das war es nicht. Also erwiderte ich: »Aber ich frage mich noch immer«, ich biss in mein Baguette, »warum es dir so schwer fällt, darüber zu sprechen, selbst nach so langer Zeit noch.«

Mama legte ihren Löffel neben den Teller. Sie hatte vielleicht zehn Prozent der Suppe gegessen, deren Farbe mich an meine Begegnung mit Imos Toilette vor einigen Tagen erinnerte.

»Was ist damals passiert?«, fragte ich.

Ich war mir sicher, dass sie mich diesmal nicht schlagen würde.

»Du hast wohl ein Recht, das zu erfahren«, sagte sie und seufzte, und ich fragte mich, ob jetzt ein Geständnis folgen würde.

»Ich glaube, es gibt Dinge über deinen Vater, die du noch nicht weißt«, begann sie. »Er war überall ziemlich beliebt. Alle mochten ihn … wirklich alle.«

Sie hob ein wenig den Blick und lächelte. Es war ein trauriges Lächeln, und zuerst verstand ich nicht, warum, aber dann kam es.

»Leider mochte Jimmy auch ziemlich viele. Auch … andere Frauen als mich.«

Mir klappte das Kinn herunter. Ich dachte daran, was Tom Hulsker gesagt hatte. Dass Papa bei den Frauen »teuflisch gut« angekommen sei.

»Du weißt vielleicht noch, dass ich mal in einem Chor gesungen habe?«, fragte Mama.

»*Girls with Curls*«, sagte ich.

»Ja.«

Sie lächelte kurz und schüttelte leicht den Kopf.

»Wir waren gar nicht schlecht.«

Mamas Blick wanderte in die Ferne und mir war klar, dass sie an damals dachte.

»Eines Tages fand ich auf der Rückbank im Auto ein Notenblatt. Wir sangen mehrstimmig, und Imo druckte uns die Notenblätter für die jeweilige Stimme aus und versah sie mit dem Namen der Sängerin.«

Mama senkte den Kopf und starrte die Tischplatte an.

»Also …«

Sie unterbrach sich. Es war, als wären die Worte so lange irgendwo tief in ihr begraben gewesen, dass es ihnen schwerfiel, den Weg an die Oberfläche zu finden.

Mama räusperte sich, schaute aber nicht auf.

»Als ich ein Notenblatt mit einem fremden Namen fand, war mir klar, dass dein Vater mit einer anderen als mir in unserem Auto unterwegs gewesen war.«

Mama seufzte. Holte tief Luft, schüttelte den Kopf, verdrängte etwas, von dem ich nicht so ganz wusste, ob es Tränen waren oder Wut.

»Ich fand auch … Kondome«, sagte sie dann. »Oder jedenfalls – die Verpackung von einem. Unter dem Sitz. Und an dem Tag, an dem wir … von der Straße abgekommen sind, habe ich deinen Vater damit konfrontiert. Ich

225

hatte auch vorher schon einen Verdacht gehabt, und er …
gab zu, dass er fremdgegangen war.«

»Mit wem denn?«, fragte ich.

Mama zögerte. Dann hob sie den Kopf und sah mich
an.

»Julia.«

Julia? Kannte ich eine Julia?

»Julia Hoff. Oles Frau.«

Oskars Mutter.

Oh, verdammt.

Jetzt wusste ich plötzlich, warum Mama Oskars Familie gegenüber so ein angespanntes Verhältnis hatte.

»Und ich hatte deshalb seit damals ein schlechtes Gewissen, Even. Aber …«

Ich machte mich bereit für das, was jetzt noch kommen
würde.

»Ich bin nicht gerade stolz darauf, was ich getan habe«,
fing sie an. »Aber ich … hatte getrunken, nachdem ich
den Zettel gefunden hatte. Ich war so verzweifelt. Dann
wurde ich wütend, und dann wollte ich wissen, was passiert war. Ich fuhr zu Ole nach Hause …«

Ihr Blick ging nun wieder ins Leere. Ich wollte ihr jetzt
keine Fragen stellen, wollte sie nicht aus den Gedanken
und Erinnerungen reißen, die in ihrem Kopf abliefen.

»Und dann fuhr ich weiter zur Schule und holte deinen
Vater. Ich rannte einfach ins Schulgebäude und schleifte
ihn dort raus.«

Wieder schüttelte sie den Kopf.

»Cecilie versuchte mich aufzuhalten«, fuhr Mama fort. »Aber ich war so wütend, so verdammt wütend, und dein Vater kam zum Glück widerspruchslos mit.«

Ich konnte es vor mir sehen. Maris Mutter, die versuchte ihre Freundin zur Vernunft zu bringen, damit sie keine Szene machte. Papa, der das ebenfalls verhindern wollte. *Da hat es vielleicht angefangen*, dachte ich, *danach hat sich das Verhältnis zwischen Mama und Cecilie abgekühlt.*

»Jimmy wollte unbedingt fahren, da ich …«

Sie fuchtelte mit den Händen. Mir war klar, was sie meinte.

»Ich bin nicht ganz sicher, was damals danach passiert ist. Tobias war jedenfalls im Kindergarten, und wo du in dem Moment warst, weiß ich nicht.«

Ich war zu Hause.

Ich war mit dem Fahrrad aus der Schule gekommen, aber weil niemand zu Hause war, hatte ich mich draußen auf die Treppe gesetzt und gewartet, bis Imo mit Tobias auf der Rückbank vorfuhr. Er müsse mir etwas Entsetzliches erzählen, sagte er. Das waren so ungefähr alle meine Erinnerungen an jenen Tag.

»Jimmy wollte jedenfalls erst nach Hause, nachdem wir uns ausgesprochen haben. Er wollte nicht, dass wir uns vor euren Ohren streiten. Und ich – ich habe mich auch gar nicht gestritten. Ich habe ihn vor allem angeschrien.«

Mama griff nach dem Salzstreuer, der auf dem Tisch

stand. Drehte und wendete ihn einige Male. Dann stellte sie ihn wieder hin.

»Ich weiß nicht, wie lange wir schon unterwegs waren, als er …«

Sie verstummte.

Mama weinte jetzt wieder, aber sie schluchzte zum Glück nicht, deshalb merkten die Leute an den anderen Tischen nichts. Dann riss sie sich zusammen und nahm die Schultern ein wenig zurück.

»Ihm wurde unwohl«, sagte sie rasch. »War einfach weg, ganz plötzlich.«

»*Einfach weg?*«

»Ja.«

Ich versuchte, in ihren Augen weitere Antworten zu finden. Fand aber keine.

»Wie meinst du das – wurde er ohnmächtig oder was?«

»Ich weiß nicht.«

Plötzlich hatte ich wieder das Gefühl, dass sie mich nicht ansehen wollte.

»Er hatte eben ein kleines Unwohlsein.«

Wieder dieses seltsame Wort. Es war so irritierend unpassend.

»Und dann sind wir von der Straße abgekommen. Den Rest weißt du.«

Mama trank rasch einen Schluck Wasser. Ihre Hände zitterten, während sie trank. Ich hatte mit weiteren Details gerechnet, aber entweder wollte sie die nicht mit mir teilen oder ihr fehlte die Kraft dazu.

»Aber Oskars Mutter ...«

Ich wusste nicht so ganz, welche Frage ich hier zu formulieren versuchte.

»Ich meine ... bist du sicher?«, fragte ich. Ich konnte mir das einfach nicht vorstellen.

Mama gab keine Antwort. Sondern fragte: »Bist du fertig? Ich will zurück zu Tobias.«

Ich sah mein Baguette an. Ich hatte nur wenige Bissen gegessen, aber ich war überhaupt nicht mehr hungrig.

»Ja«, sagte ich. »Das bin ich wohl.«

Mama schob eilig ihren Stuhl zurück. Dann lief sie davon. Wartete nicht auf mich, steuerte einfach den Ausgang an, die Schultern zurückgenommen, den Kopf erhoben. Als ob kein Mensch auf der ganzen Welt sie anrühren könnte oder dürfte.

27

Um einundzwanzig Uhr kam dann endlich ein Arzt und erzählte uns, die Behandlung bei Tobias sei jetzt abgeschlossen und ein Psychiater habe ihn einige Stunden lang beobachtet. Er müsse über Nacht bleiben, berichtete der Arzt, aber das Wichtigste sei, dass alles gut aussah und dass er keine bleibenden Schäden davontragen würde. Mama war so froh, dass sie wild durcheinander schluchzte und lachte.

Tobias wollte uns nicht sofort sehen, aber eine Stunde später, nachdem Mama allen Weißkitteln ein Loch in den Kopf gequengelt hatte, durften wir zu ihm, mit dem strengen Befehl, ihn nicht mit Fragen nach dem vergangenen Tag zu quälen. Der Psychiater sagte, es sei möglich, dass Tobias mit Schuldgefühlen und Scham zu kämpfen habe.

Als wir zu ihm ins Zimmer kamen, saß er halbwegs aufrecht im Bett. War bleich. Spielte an der Bettdecke herum. Wollte unsere Blicke nicht erwidern.

Mama sollte den Vortritt haben, deshalb hielten Knut und ich uns zuerst im Hintergrund. Vorsichtig näherte sich Mama dem Bett. Sie blieb davor stehen und sagte sanft: »Hallo.«

Tobias starrte nur seine Decke an. Mama beugte sich zu ihm vor und umarmte ihn. Er ließ sich von ihr auf die Stirn, die Wange, in die Haare küssen, dann zog er seinen Kopf zurück.

Mama setzte sich aufs Bett. Legte ihm eine Hand an die Wange. Wischte sich eine Träne von ihrer eigenen.

»Wie fühlst du dich?«, fragte sie. Tobias zuckte mit den Schultern. Wollte noch immer nicht den Kopf heben und sie, Knut oder mich ansehen. Sie strich ihm einige Haare aus der Stirn. Seine Stirn glänzte im Licht der Neonröhren unter der Decke.

Ich sah, dass Mama vor Fragen schier überquoll und dass sie sich große Mühe geben musste, um sie nicht alle über ihn zu ergießen. Sie stellte lieber eine Reihe von harmlosen Fragen, erzählte von GP und von der Arbeit, sagte nichts davon, dass die Polizei bei uns zu Hause gewesen war und sein Zimmer durchsucht hatte, auf der Jagd nach Beweisen dafür, dass er Mari und Johannes und vielleicht auch Børre umgebracht hatte.

Als Mama die Themen ausgingen, mit denen sie meinen Bruder bombardieren konnte, bat ich, ihn zwei Minuten unter vier Augen sprechen zu dürfen. Mama ließ sich widerwillig überreden, als ich versprach, so lange gut auf ihn aufzupassen.

Als wir das Zimmer endlich für uns hatten, sagte ich: »Ich schulde dir eine Tür.«

Tobias schaute zu mir auf. Ich erklärte, was geschehen war, als Mama und ich ihn am Morgen nicht hatten finden können.

»Wow«, sagte er, aber seine Stimme klang tonlos und gleichgültig. »Du schuldest mir auch einen Playstation-Controller«, fügte er hinzu.

»Das lässt sich doch arrangieren«, sagte ich.

»Wie fühlst du dich?«, fragte ich dann nach einer Weile.

»Mies«, sagte er. »Total mies.«

»Fiese Behandlung?«

»Das war das Schlimmste, was ich jemals mitgemacht habe.«

Er wirkte sauer, auf die Ärzte, die ihm das angetan hatten, oder auf mich, einfach, weil ich da war. Oder er war sauer auf die ganze Welt, das war schwer zu sagen.

»Brauchst du etwas?«, fragte ich. »Ein Glas Wasser oder so?«

Er schüttelte den Kopf.

»Du warst bei Ruben, habe ich gehört«, sagte ich.

»Wow«, sagte Tobias. »Wo hast du das denn gehört?«

Ich lächelte über den Sarkasmus in seiner Stimme und freute mich darüber, dass er den in einem solchen Moment aufbrachte.

Ich setzte mich auf einen Stuhl neben dem Bett. Zum Glück lag er in einem Einzelzimmer – einem engen kleinen Raum mit weißen Wänden und einem quadratischen Spiegel, der schräg über einem weißen Porzellanwaschbecken hing. Tobias' Haare waren fettig und die Pickel in seinem Gesicht wirkten ein bisschen schorfig.

Ich wusste nicht, wie ich mich den Fragen nähern sollte, auf die ich Antworten brauchte, aber irgendwie musste es mir gelingen.

»Wir haben mit der Polizei gesprochen«, fing ich an. »Die kommen heute nicht her.«

Tobias senkte seinen Blick wieder auf die Decke. Ich weiß nicht, ob er erleichtert war oder gleichgültig. Seine Augen wirkten jetzt wieder leer.

»Aber du musst damit rechnen, dass die morgen einige Fragen stellen werden«, fügte ich hinzu. »Unter anderem wollen sie wissen, warum du an dem Abend, an dem sie ermordet wurde, versucht hast, Mari zu erreichen.«

Tobias schaute zur Decke hoch. Irgendwo im Krankenhaus hörte ich einen Mann rufen. Erst einmal, dann noch einmal.

»Du weißt, dass du irgendwann antworten musst, nicht wahr?«

Tobias legte die Hände aneinander. Fing an, an seinen Fingern herumzuzupfen.

»Geht das also wieder los?«, fragte er. Seine Stimme war ruhig. Fast tonlos.

»Was denn?«

»Dass du *Dein Freund-und-Helfer* spielst?«

Er sagte das voller Verachtung, ohne mich anzusehen.

»Findest du es seltsam, dass ich das wissen möchte?«, fragte ich. »Die Polizei sagt, du hast Mari an dem Abend eine SMS geschickt. Was hast du ihr geschrieben, Tobias?«

Noch immer wich er meinem Blick aus, seufzte aber tief. Es dauerte lange, dann erzählte er von den Bildern, denen von mir und meinem Vater, die Mari ausgeliehen hatte. Tobias sagte, sie hätten sich vor ungefähr einer Woche getroffen, eines Abends, als ich beim Fußballtraining war.

»Ihr habt also nur über die Bilder gesprochen?«

Mein Bruder zögerte ein bisschen mit der Antwort.

»Sie wollte auch wissen, ob ich rausfinden könnte, welche Blutgruppe Papa hatte.«

Mir fiel das Kinn herunter. Also … deshalb hatte Tobias mit Mama darüber gesprochen. Er hatte in Maris Auftrag gehandelt.

»Warum wollte sie das wissen?«, fragte ich.

»Ich weiß nicht«, sagte Tobias.

»Hast du nicht gefragt?«

»Doch, aber … sie sagte nur, sie sei eben neugierig.«

Er zuckte wieder mit den Schultern.

»Und du warst nicht erstaunt über so eine Frage?«

»Doch, ein bisschen vielleicht, aber … ich habe ehrlich gesagt nicht so viel darüber nachgedacht.«

Ich konnte noch immer nicht begreifen, warum Mari Papas Blutgruppe wissen wollte.

»Hast du das denn rausfinden können?«

»Ja. Er hatte B.«

Ich wusste, dass B eine eher seltene Blutgruppe war.

Wir hatten das ja im Jahr zuvor in der Schule durchgenommen.

»Und dann hast du das Mari erzählt?«

»Ja.«

Ich blieb sitzen und sah ihn einen Moment lang an. Ich dachte an Ida, die gesagt hatte, sie hätten im Unterricht gerade die Blutgruppen durchgenommen. Vielleicht wusste sie etwas darüber, woher Maris Interesse an Papas Blutgruppe stammen konnte. Ich hatte nur keine große Lust, Ida anzurufen, nach dem, was bei ihr zu Hause im Badezimmer passiert war.

Ich fragte Tobias noch einmal, was er bei der Aufführung gewollt und warum er Mari an dem Abend die SMS geschickt hatte. Wieder dauerte es lange, bis mein Bruder mich ansah.

»Mama hatte entdeckt, dass einige von den Fotos fehlten«, sagte er dann. »Du weißt ja, wie sie ist, also wollte ich die Bilder zurückholen, ehe sie total ausrastet.«

Tobias legte eine kurze Pause ein.

»Deshalb bin ich an dem Aufführungsabend in die Schule gegangen, um mit Mari zu reden. Ich hatte sie nicht erreicht, sie antwortete nicht auf meine SMS.«

Ich überlegte, ob ich ihm erzählen sollte, dass Maris Telefon defekt gewesen war und sie deshalb nicht geantwortet hatte, ließ es dann aber sein.

»Ich fand sie in der Schule, während der Aufführung, und sie sagte, sie hätte die Bilder in dem Raum, in dem sie die Schülerzeitung zusammenstellen. Und sie hätte gerade keine Zeit, sie zu holen. Ich könnte das aber selbst tun, wenn es so eilig wäre.«

Deshalb hat Børre Tobias also in dem Fenster im ersten Stock gesehen, dachte ich.

»Sie gab mir ihre Schlüssel, weil der Raum abgeschlossen war. Aber ich konnte die Bilder nicht finden, und deshalb wollte ich nach der Show noch mal mit ihr sprechen. Ich bin raus und hab gewartet. Aber sie kam ja nicht. Ich habe sehr lange auf sie gewartet.«

»Hast du gesehen …«

Ich verhedderte mich in meinen Gedanken.

»Ich hatte noch ihre Schlüssel«, sagte jetzt Tobias. »Ich hab sie einfach in die Tasche gesteckt, als ich die Fotos nicht finden konnte. Und als sie dann tot war, da …«

Er hob die Hände.

»Ich wusste, wie das aussehen würde«, fügte er hinzu.

»Die Schlüssel«, sagte ich. »Wo sind die jetzt?«

»Sie liegen in einer Schublade in meinem Zimmer.«

Bestimmt hat die Polizei sie gefunden, dachte ich. *Und dann haben sie sicher ihre Schlüsse daraus gezogen.*

Ich war erleichtert und irritiert zugleich. Erleichtert, weil es eine ganz natürliche Erklärung dafür gab, warum Tobias in der Schule gewesen war und er Maris Schlüssel hatte. Irritiert, weil er mir das erst jetzt erzählte. Es hätte uns das ganze Kopfzerbrechen ersparen können.

»Ich hab Mari auch gemocht. Sie hat richtig mit mir gesprochen, nicht wie …«

Er wandte sich ein wenig ab.

»Ich wollte nicht, dass irgendwer dachte, ich hätte …«
Er verstummte.

Wir blieben einen Moment lang schweigend sitzen.
Ich dachte wieder an Mari. Während der letzten vierundzwanzig Stunden war es vor allem darum gegangen, Tobias zu finden, zu erfahren, was er getan hatte. Jetzt war sie wieder in meinen Gedanken und ich merkte, wie sehr sie mir fehlte. Es gab so viele Fragen, die ich ihr gern gestellt hätte. Ich hatte das Gefühl, die Trauer in einem Raum in mir aufzubewahren. Einem Raum, den ich öffnen oder schließen konnte, der aber immer da sein würde.

»Aber ich muss dir noch etwas sagen.«

Tobias ließ die Zunge über seine Lippen gleiten. Er schien sich auf das vorbereiten zu müssen, was er sagen wollte.

»Du hast gefragt, wo ich gleich nach der Aufführung war«, sagte er.

»Ja?«

Ich war jetzt wieder ein wenig nervös.

»Ich habe draußen gewartet, wie gesagt. Vor der Schule. Und als ich dort stand, da … da kam Knut angefahren.«

Ich starrte ihn an.

Tobias nickte in Richtung Tür, als ob ich nicht begriffen hätte, wen er meinte.

»Was wollte der denn da?«

»Ich dachte zuerst, er wartet einfach auf einen Fahrgast, weil doch nach der Show sicher viele nach Hause wollten. Aber er saß nur da im Auto. Lange.«

»Du bist nicht zu ihm gegangen?«

Tobias schnaubte.

»Zu Hause rede ich so gut wie nie mit ihm«, sagte er. »Was hätte ich ihn fragen sollen? Wie es ihm geht? Wie viele Fahrten er an dem Abend gehabt hat? Ich scheiß auf Knut. Aber auch als Leute aus der Schule kamen, blieb er einfach sitzen.«

Tobias sah mich an.

»Ich dachte, dass er vielleicht auf Mama wartet, aber ich habe sie nicht herauskommen sehen. Und irgendwann ist Knut dann selbst in die Schule gegangen.«

Ich schluckte.

»Wirklich?«

»Und ich hab schon so lange gewartet und es wurde richtig kalt, da dachte ich, scheiß auf die Bilder, die können sicher noch bis zum nächsten Mal warten. Und dann bin ich nach Hause gegangen.«

»Nachdem du das iPad geklaut hattest?«

Die Sache mit dem iPad schien für einen Moment aus seiner Erinnerung verschwunden zu sein. Aber dann nickte er.

Ich versuchte zu verdauen, was mein Bruder mir da gerade erzählt hatte.

»Du sagst also, dass Knut nicht lange vor dem Mord an Mari und Johannes im Schulgebäude war?«

Tobias holte tief Luft. Dann sagte er: »Genau das sage ich, ja.«

Ich dachte an Mama und daran, was sie Papa vielleicht

angetan hatte. Ich dachte an Mari, die vielleicht dahinter-
gekommen war. Und ich dachte an Knut, von dem ich
wusste, dass er schon lange, ehe sie zusammenkamen, in
Mama verliebt gewesen war. Der vielleicht alles dafür
tun würde, dass sie weiter mit ihm zusammenblieb. Dass
Dinge, die in die Vergangenheit gehörten, auch dort blieben.

Was tut man nicht alles für die Menschen, die man
liebt?

»Aber ich weiß wirklich nicht«, sagte Tobias. »Ob er …
es getan hat. Ich fand das nur ein bisschen seltsam. Und
ich hatte auch keine Lust, darüber zu sprechen, das hätte
mir sicher nur einen Haufen Ärger mit Mama einge-
bracht … und mit dir und …« Er schüttelte den Kopf.
»Das konnte ich einfach nicht ertragen.«

Ich überlegte, was ich mit dem, was er mir gerade erzählt hatte, anfangen sollte. Yngve Mork informieren? Ich
hatte noch immer keine Ahnung, was Mama nach der
Aufführung unternommen hatte, und Tobias wusste es
offenbar auch nicht.

»Was passiert also jetzt?«, fragte er schließlich. »Was
passiert mit … mir?«

Ich hob die Hände.

»Ich weiß es nicht, Bruderherz. Ich habe keine Ahnung.«

Aber ich fand es schön, dass er mich danach fragte. Dass
er mich wieder als großen Bruder betrachtete, als einen,
den man um Rat bitten konnte, und nicht als Mistkerl,

der ihm das Leben ruinierte. Ich hoffte, dass er das Gefühl hatte, solange wir zusammenhielten, egal wobei, würde alles in Ordnung kommen.

Ich selbst war mir da allerdings nicht so sicher.

28

Mama klopfte an und kam im selben Moment herein.

»Wie geht es euch?«, fragte sie und lächelte liebevoll. Tobias und ich wechselten einen Blick. Keiner von uns antwortete. Knut kam einige Schritte hinter Mama. Wie immer schien er nicht zu wissen, wo er hinschauen sollte. Ich fragte mich, ob er wohl den Mikrofonkoffer von Johannes Eklund irgendwo in seiner Wohnung stehen hatte. Oder in der Garage. Falls er eine Garage besaß.

Es war ein seltsames Gefühl, in einem Zimmer zusammen mit drei Menschen zu sein, die ich entweder im Verdacht gehabt oder die ich noch im Verdacht hatte, meine Ex-Freundin umgebracht zu haben. Eigentlich war ich mir bei allen dreien nicht so sicher. Was Tobias mir erzählt hatte, ergab immerhin einen Sinn, und ich hatte ihn eigentlich schon lange nicht mehr so viel in so kurzer Zeit reden hören. Aber ich fand das alles zugleich ein wenig seltsam. Dass ihm die Bilder so wichtig gewesen sein sollten, Mamas wegen. Aber ich begriff schon längst die Motive meines Bruders nicht mehr, warum sollte es sich mit den Fotos also anders verhalten?

»Es wird spät«, sagte Mama. »Knut, kannst du vielleicht Even nach Hause fahren? Er muss morgen ja in die Schule.«

Ich schaute sofort zu ihr hinüber. Ich sollte mich allein zu Knut ins Auto setzen? Jetzt?

»Ja, das … kann ich natürlich«, sagte Knut.

Mama sah mich an. Wartete auf eine Antwort. Ich drehte mich zu Tobias um, dem offenbar eine Bemerkung auf der Zunge lag, aber die kam niemals heraus.

»Ich bleibe hier«, fügte Mama hinzu. »Ich bleibe bei Tobias.«

Mein Bruder sah nicht gerade begeistert aus, aber ihm war wohl klar, dass er keine Wahl hatte.

»Okay«, sagte ich und sah ihn an. »Du schaffst das, ja? Du machst keinen Quatsch?«

Tobias schüttelte den Kopf.

»Denk dran, dass viele dich gern haben.«

Er lächelte ganz kurz, aber es war ein Lächeln, das sagte: »Ich glaub dir kein Wort.«

»Bis dann«, sagte er nur.

Dann gingen wir. Knut und ich.

Allein schon neben ihm zu laufen, oder zwei Schritt vor ihm, machte mich nervös.

Wir wechselten auf dem Weg zum Auto kein Wort. Ich setzte mich nach vorn und legte den Sicherheitsgurt an.

Wir waren vielleicht zehn Minuten gefahren, als Knut sagte: »Es ist eigentlich gut, dass wir hier jetzt im Auto unter vier Augen sind.«

Ich schaute kurz zu ihm hinüber.

»Ich dachte, wir könnten ein bisschen reden.«

Ich weiß nicht, was es war – vielleicht weil mir das, was Tobias erzählt hatte, noch frisch in Erinnerung war, während mir meine eigenen Fragen durch den Kopf gingen –, aber Knuts Stimme kam mir kälter vor. Berechnender. Als ob er auf genau diesen Moment gewartet hätte.

»Worüber denn?«

Ich räusperte mich und versuchte, cool und lässig zu wirken, aber ich war nicht sicher, ob mir das gelang. Vielleicht hörte er, dass ich nervös war. Knut ist weder groß noch kräftig, aber ich wusste, dass er joggte, und nahm an, dass er mit der entsprechenden Motivation genug Kraft besaß, um Mari erwürgen und einen Jungen wie Johannes totschlagen zu können.

»Deine Mutter und ich, wir …«

Er zögerte, dann fügte er hinzu: »Wir sind ja schon eine ganze Weile zusammen.«

Es fiel ihm offenbar schwer, darüber zu reden, denn er stammelte und es dauerte eine Weile, ehe er weitersprechen konnte.

»Und wir … wir überlegen, ob wir zusammenziehen wollen.«

Mir fiel das Kinn herunter.

»Oder … also eher, dass ich zu ihr ziehe. Zu euch.«

Ich brachte kein Wort heraus. Und weil ich kein Wort herausbrachte, redete Knut weiter: »Das kommt vielleicht ziemlich plötzlich, Even, und ich weiß, dass du gerade eine Menge anderer Sorgen hast. Aber ... ich glaube, für deine Mutter könnte das gut sein.«

Wir fuhren jetzt auf der Autobahn. Knut hielt haarscharf die Geschwindigkeitsbegrenzung ein. Autos sausten vorüber.

»Also ... denk einfach mal darüber nach. Und du kannst das gern mit deinem Bruder bereden. Wenn sich die Gelegenheit gerade ergibt. Wir tun das nicht, wenn ihr damit nicht einverstanden seid.«

Er packte das Lenkrad fester. Ich weiß nicht, wie lange ich wartete, bis ich etwas sagte, aber als ich dann endlich den Mund aufmachte, klang es ein bisschen wütender als beabsichtigt.

»Was hattest du in der Schule zu suchen, an dem Abend, als Mari und Johannes ermordet worden sind?«

Knut schaute zu mir herüber.

»Wie meinst du das?«

»Tobias hat dich gesehen«, sagte ich und bereute sofort, meinen Bruder vorgeschoben zu haben.

»Er hat gesehen, dass du nach Ende der Aufführung ins Schulgebäude gegangen bist«, sagte ich. »Was wolltest du da? Was hast du da gemacht?«

Obwohl wir hundert Stundenkilometer fuhren, sah Knut nur mich an, nicht die Straße.

»Warum willst du das wissen, Even?«

Seine Stimme klang in meinen Ohren total kühl.

»Glaubst du ... dass *ich* etwas damit zu tun habe ...?«

»Ich weiß nicht, Knut.«

Er wartete einen Moment, dann schaute er wieder nach vorn und sagte: »Ich habe deine Mutter gesucht. Ich hatte eine Tour in der Nachbarschaft und wusste ja, dass sie in die Aufführung wollte. Ich dachte, ich könnte sie vielleicht nach Hause fahren.«

»Du bist also reingegangen, um sie zu suchen?«

»Ja. Sie war nicht bei denen, die zuerst herauskamen. Ich blieb also eine ganze Weile sitzen, dann bin ich reingegangen.«

Ich suchte in Knuts Gesicht Hinweise darauf, ob er log oder nicht. Aber es war unmöglich.

»Hast du sie dann gefunden?«, fragte ich. »In der Schule?«

»Nein.«

»Nein?«

»Nein, ich habe sie nicht gefunden. Zu diesem Zeitpunkt waren nicht mehr viele dort, da war es nicht schwer zu sehen, dass sie nicht da war.«

Hm, dachte ich.

»Wo war sie also?«

»Weiß ich nicht«, sagte Knut.

»Hast du sie nicht gefragt, als ihr euch das nächste Mal gesehen habt?«

»Nein, dazu sah ich keinen Grund – sie wäre nur sauer gewesen, wenn sie erfahren hätte, dass sie auch hätte mit mir fahren können, statt zu Fuß zu gehen. Es war spät. Und kalt war es auch.«

Ich konnte mir ihre Reaktion sehr gut vorstellen, ja.

»Hat dich jemand gesehen?«

»Ganz bestimmt.«

»Aber du weißt es nicht?«

Er zuckte ganz leicht mit den Schultern.

»Ich weiß nicht, ob mich jemand bemerkt hat.«

Knut machte nie viel von sich her, ich konnte ihm das also problemlos glauben. Nur wünschte ich in diesem Moment, dass ihn doch irgendwer gesehen hätte.

»Du hast also einfach kehrtgemacht und bist wieder gegangen?«

»Ja.«

»Hast du Mari gesehen, als du in der Schule warst?«

Er zögerte einen Moment mit seiner Antwort.

»Nein.«

Ich sah ihn einige Sekunden lang an. Konnte dieses kurze Zögern etwas zu bedeuten haben?

»Hast du mit der Polizei darüber gesprochen?«, fragte ich.

Knut wartete wieder einige Sekunden, ehe er sagte: »Nein.«

»Nein? Warum nicht?«

Knut gab keine Antwort.

»Die wollen doch mit allen reden, die dort waren«, sagte ich.

»Ja, aber ich habe doch nichts Besonderes gesehen.«

Ich schnaubte.

»Das muss ja wohl die Polizei entscheiden«, ich wurde jetzt laut. »Meinst du nicht …«

Ich verstummte und schüttelte den Kopf.

Er kratzte sich ein bisschen an der Wange.

»Ich wollte nicht …«

Ich blieb nur sitzen und sah ihn an, wartete auf eine Fortsetzung, die niemals kam. Ich hatte gehofft, er würde etwas sagen, das mein verstörtes Herz beruhigen könnte.

Und wo zum Teufel war Mama gewesen?

»Mama hat bei dir übernachtet, nicht wahr?«, fragte ich schließlich. »In dieser Nacht?«

»Sicher«, sagte Knut. »Das hat sie.«

»Wie … wie hat sie sich verhalten?«, fragte ich.

»Na ja«, sagte Knut und zögerte ein wenig. »Sie hat sich eigentlich normal benommen. Sie war gerade schlafen gegangen, als ich gekommen bin. Es war spät und ich habe erst am nächsten Tag mit ihr geredet.«

Ich versuchte nachzudenken. Am nächsten Tag – da war Ole zu mir nach Hause gekommen und Mama hatte sich so seltsam benommen. Gedanken wirbelten mir durch den Kopf, und es war schwer, auch nur einen richtig zu fassen zu bekommen.

Weder Knut noch ich sagten auf der restlichen Fahrt etwas. Ich fragte mich, ob er wütend war, weil ich ihn mehr oder minder verdächtigt hatte. In seiner Miene wies zwar nichts darauf hin, aber Knut zeigte eigentlich nie, ob er froh oder wütend, traurig oder glücklich war.

Sollte ich gleich zu Imo fahren und mit ihm darüber reden? Oder mich darauf verlassen, dass die Polizei das Rätsel selbst löste?

Da fuhr Knut bei unserem Haus vor und hielt an.

»Denk daran, worüber wir gesprochen haben«, sagte er. »Das mit …«

Er wollte gerade auf das Haus zeigen, als etwas ihm die Sprache verschlug.

»Was ist los?«, fragte ich und beugte den Kopf, um an ihm vorbeizuschauen. Und da sah ich es auch. Jemand hatte in schwarzen Buchstaben ein Wort an unsere Haustür gesprayt.

MÖRDER

»Verdammt«, murmelte ich vor mich hin, während ich aus dem Wagen sprang. *Wer war damit gemeint, mein Bruder oder ich?*

Knut trat neben mich und wir stiegen zusammen die Treppe hoch. Ich betastete die Buchstaben. Die Farbe war trocken. Aber wir waren auch etliche Stunden unterwegs gewesen.

Børre war ein Sprayer gewesen. War das eine Art Rache seiner Freunde? Unmöglich zu sagen. Es konnte wirklich jeder getan haben.

»Hast du Farbe im Haus?«, fragte Knut.

»Ja«, sagte ich. »Wir haben im Sommer das Haus gestrichen. Da müsste noch was übrig sein.«

»Hol sie«, sagte Knut. »Susanne darf das hier nicht sehen.«

»Du brauchst mir nicht zu helfen«, sagte ich. »Ich schaff das allein.«

Knut drehte sich zu mir um.

»Das bezweifle ich gar nicht«, sagte er. »Aber ich möchte dir trotzdem helfen.«

Wir brauchten nur eine Viertelstunde, um alle Buchstaben zu übermalen, aber noch immer war es möglich, unter der neuen Farbschicht ihre Umrisse zu erkennen.

»Wir müssen morgen noch mal streichen«, sagte Knut.

Ich trat von der Treppe zurück und musterte die Tür aus einer gewissen Entfernung. *Saubande*, dachte ich. *Scheiß Mistkerle.*

Ich sah auf die Uhr. Es war reichlich spät.

Knut wischte sich mit einem Lappen, den ich aus dem Keller mitgebracht hatte, Farbe von den Händen. Er ging auf sein Auto zu.

»Danke«, sagte ich. »Dafür, dass du …«

Ich zeigte auf die Tür.

»Gern geschehen. Sag Bescheid, wenn ich dich morgen ins Krankenhaus mitnehmen soll. Ich fahr sicher irgendwann am Vormittag ohnehin dahin.«

»Danke«, sagte ich und lächelte zaghaft. »Aber morgen muss ich in die Schule gehen.«

29

In dieser Nacht träumte ich von Mari.

Ich träumte, dass ich einen Raum voller Menschen betrat, wo Mari etwas beobachtete, was auf einer Bühne vor sich ging, irgendwelche Schriftsteller redeten dort über ihre Bücher. Sie sah mich zuerst nicht, aber ich sie schon. Und ich blieb einfach stehen und schaute sie an, bis sie den Blick hob und mich entdeckte.

Ich sah die Überraschung in ihren Augen. Die Freude in ihrem Lächeln. Aber weil sie zwischen so vielen anderen saß, konnte sie nicht aufstehen und zu mir kommen, nicht sofort, aber ich sah, dass sie es gern getan hätte. Sie wurde ein wenig rot, während sie zugleich versuchte, die Geschehnisse auf der Bühne zu verfolgen.

In der Pause stand sie auf und wir trafen uns zu einer vorsichtigen Umarmung – die anderen im Raum sollten nicht sehen, was sich zwischen uns abspielte. Es war ein Geheimnis, dass wir zusammen waren. Aber ich legte ihre Hand auf meine Brust, denn sie sollte spüren, wie schnell und heftig mein Herz hämmerte.

Und dann kam noch eine Umarmung, etwas fester

diesmal, und sie dauerte etwas länger als eine normale freundschaftliche Umarmung. Ich schob eine Hand unter ihre Haare und legte sie in ihren Nacken, spürte, wie warm sie war, spürte ihre Herzschläge unter der Haut, ein Rhythmus, der immer schneller wurde, und als ich sie von mir wegschob, sah ich, dass sie nicht atmen konnte, dass ihr etwas im Hals zu stecken schien, sie wurde immer verzweifelter, während ich mich nach Hilfe umschaute, sie versuchte, etwas zu sagen, brachte aber kein einziges Wort heraus.

Und dann erwachte ich, wurde von meinem eigenen Schrei geweckt. Es war ebenso ein Schluchzen wie ein Schrei, und ich saß erst einmal da und rang um Atem. Ich konnte noch immer ihren Herzschlag unter meinen Fingerspitzen fühlen. In der Etage über mir schlug unsere alte Standuhr siebenmal. Es war ein neuer Tag.

Ich stand auf und ging die Treppe hoch, berührte die Farbe an der Haustür. Sie war noch immer ziemlich feucht, aber ich strich trotzdem gleich nach. Vielleicht würde eine weitere Schicht nötig sein, aber nun konnten die Nachbarn die sechs Buchstaben jedenfalls nicht lesen, selbst wenn sie das versuchten.

Der bloße Gedanke, jetzt in die Schule zu gehen, zu versuchen, etwas zu lernen, war mir an den vergangenen Tagen unendlich fern gewesen. Ich konnte mir nicht so richtig vorstellen, wie es sein würde, wieder in einem Klassenzimmer zu sitzen. Zur normalen Routine zurückzukehren. Mich für Fächer und Freunde zu interessieren.

Die anderen hatten nach den Morden schon einen Schultag hinter sich gebracht. Als ich dort ankam, überraschte es mich zu sehen, dass sich nichts geändert hatte. Sie standen in kleinen Gruppen herum und redeten und lachten, als ob nichts geschehen wäre.

Als es klingelte, ging ich hinter den anderen her, blieb aber auf der Treppe zwischen Erdgeschoss und erstem Stock stehen, wo laut Tic-Tac Johannes umgebracht worden war. Es war kein Foto aufgestellt worden, wie ich es erwartet hatte. Nichts zur Erinnerung. Keine Blumen oder Karten. Alles war wie immer. Nur war es das eben nicht.

Aber ich spürte, dass ich auch den Raum sehen musste, in dem Mari umgebracht worden war. Vielleicht würde es mir etwas verraten.

Wir hatten in den ersten beiden Stunden Norwegisch. Unser Lehrer, Herr Ellefsen, versuchte so zu tun, als sei alles ganz normal.

In der großen Pause ging ich mit Oskar, Kaiss und Fredrik in den Musiksaal, wo Mari ermordet worden war. Der Raum war immer offen, damit alle, die ein bisschen spielen, eine Runde üben wollten, die Möglichkeit hatten. Der Rektor war in dieser Hinsicht in Ordnung.

»Echt, jetzt?«, fragte Fredrik plötzlich. »Hat keiner von euch vor, zu fragen?«

Wir drehten uns zu ihm um.

Fredrik sah mich an.

»Es gibt Gerüchte, nach denen du Ida an dem Abend neulich auf ihrem Klo gevögelt hast.«

Oskar und Kaiss sahen mich jetzt auch an und lächelten dabei ein wenig albern. Ich schüttelte den Kopf und dachte daran, was Imo gesagt hatte, dass nämlich ein Gentleman niemals etwas verriet, und wer unter solchen Gerüchten würde zu leiden haben.

»Das stimmt nicht«, sagte ich.

»Echt nicht?«, fragte Oskar.

»Echt nicht«, sagte ich. »Es ist nichts passiert.«

Die anderen schienen mir nicht zu glauben.

»Ich habe gehört, du hast sie fast in das Badezimmer gestoßen.«

Das war Fredriks Beitrag zu diesem immer absurderen Gespräch.

»Und dass du sie dann über …«

»Jungs«, fiel ich ihm ins Wort. »Ihr müsst aufhören, auf solch blödes Geschwafel zu hören und es dann auch noch weiterzutratschen. Hört doch zu, was ich sage! Ich war da und nichts ist passiert. Okay?«

Sie sahen mich an und wirkten noch immer ein bisschen ungläubig.

»Was ist denn dann passiert?«, fragte Fredrik.

»Nichts«, sagte ich genervt. »Aber hier ist was passiert.«

Ich zeigte auf den Musiksaal. Oder – auf die verschlossene Tür. Ich wartete einen Moment. Spürte, wie sich in mir etwas aufbaute, eine neue Unruhe, Furcht davor, was ich empfinden würde, wenn ich die Tür öffnete.

253

Dann griff ich nach der Klinke. Zog die Tür auf.

Tische waren aufeinandergestapelt. Auch Stühle. Ein Klavier stand an der einen Wand. Notenständer. Trommeln, Gitarrenkästen, Ein Kontrabass. An der Wand hing ein Bild von Beethoven. Mir lief es eiskalt den Rücken hinunter. Hier hatte sie also ihr Leben ausgehaucht.

»Shit«, sagte Kaiss, als wir hineingingen.

»Was ist los?«

»Es ist widerlich, hier zu sein.«

»Hier gibt es sicher eine Posaune«, sagte Fredrik. »Blas ein bisschen, dann geht es dir gleich besser.«

Kaiss zog eine *Ach-wie-witzig*-Grimasse. Ich sah mich um und überlegte, wo genau sie wohl gestorben war. Wo sie und Johannes gesessen hatten, als sie ihn interviewen wollte. Ob er versucht hatte, mit ihr zu flirten, und ob sie auf diesen Versuch eingegangen war. Ob jemand das gesehen hatte.

Fredrik setzte sich an ein Schlagzeug und fing an, darauf herumzuhämmern und zu -trommeln. Er hatte keinen Sinn für Rhythmus und es klang einfach nur nach Lärm.

»Ich hab gehört, *Metallica* sucht einen neuen Schlagzeuger«, sagte Oskar.

»Ich bin bereit«, sagte Fredrik. »Aber nur, wenn auch Kaiss mit der Posaune einsteigen darf.«

Kaiss regte sich auf: »Hast du ein Problem damit, dass ich Posaune spiele?«

»Nein?«

»Warum nervst du dann die ganze Zeit rum?«

»Ich nerv doch nicht rum!«

»Doch, das tust tu.«

»Lass den Jungen doch nach Herzenslust blasen«, sagte Oskar. »Du bist ja nur neidisch, Fredrik.«

»Also echt.«

Ich drehte mich um und starrte die ganze Bande an, und ich glaube, sie kapierten, was ich über sie dachte.

»Mari ist hier umgebracht worden«, sagte ich.

Sie senkten die Köpfe.

»Entschuldigung«, sagte Kaiss.

Fredrik legte die Trommelstöcke weg.

»Entschuldigung«, sagte er.

Auch Oskar schloss sich an.

»Trottel«, sagte ich.

Ich dachte an Mari und die letzten Minuten ihres Lebens. Ich fragte mich, ob sie begriffen hatte, was da vor sich ging. Ob sie an mich gedacht hatte, oder ob es nur den Kampf mit dem Täter gegeben hatte, den Versuch, sich loszureißen.

Hatte Knut sie umgebracht?

Oder Mama?

Ich lief los.

»Wo willst du hin?«, fragte Fredrik.

Ich hatte den Musiksaal bereits verlassen. Die Jungs kamen hinterher. Drei Räume weiter blieb ich vor einer anderen Tür stehen. Sie hatte keine Aufschrift, aber der Raum dahinter beherbergte die Redaktion der Schülerzeitung. Hier war mein Bruder gewesen, und später war dort der Täter durch eins der Fenster verschwunden. Vermutlich, weil Tobias die Tür nicht abgeschlossen hatte.

Ich zog an der Klinke. Die Tür bewegte sich nicht.

»Du brauchst einen Schlüssel«, sagte Kaiss.

Ich drehte mich zu ihm um.

»Mit *Sesam-öffne-dich* funktioniert das also nicht?«

Kaiss senkte den Kopf.

»Wer hat denn einen Schlüssel?«, fragte Fredrik.

»Tic-Tac«, sagte Oskar. »Tic-Tac hat sicher Schlüssel für alle Räume.«

Ich dachte für einen kleinen Moment an unseren Hausmeister. Kam es nicht ganz oft vor, dass derjenige, der einen Mord begangen hatte, dann auch derjenige war, der andere darüber informierte?

Vielleicht passierte das aber nur im Film.

»Und Kjell-Ola bestimmt«, sagte Kaiss.

Ich blickte ihn verständnislos an.

»Der ist doch der Redaktionschef der Schülerzeitung, oder?«

»Alles klar«, sagte ich. »Dann machen wir uns mal auf die Suche nach Kjell-Ola.«

Kjell-Ola hieß mit Nachnamen Trulsen und war ein Typ mit langen schwarzen Haaren, der damals in die letzte Klasse ging. Der Bart, an dem er lange gearbeitet hatte, spross in seinem Gesicht wie schwarze Pünktchen, und er trug ein rot-weiß kariertes Hemd, das aussah wie seit

Wochen nicht gewaschen. Er stank zudem nach Zigarettenrauch, und ich fragte mich, ob er so einer war, der jeden Tag sechs Tassen Kaffee trank, obwohl er im tiefsten Herzen fand, dass Kaffee wie Teer schmeckte.

Wir gingen wieder in den ersten Stock hoch. Oskar war noch immer dabei, während Kaiss und Fredrik es offenbar langweilig fanden, die ganze Zeit hinter mir herzudackeln, deshalb verschwanden sie in einer anderen Richtung.

Kjell-Ola schloss die Tür auf und knipste das Licht an. In dem Raum befanden sich nur vier Tische. Sie standen einander gegenüber ungefähr in der Mitte, getrennt durch niedrige Trennwände. Ich sah in der Ecke einen Drucker. Auf einer Tafel stand *AUSGABE 4/16*, darunter sah ich eine Menge Stichwörter. Mein eigener Name war auch dabei, deshalb ging ich davon aus, dass ich hier vor einer Art Inhaltsverzeichnis für die nächste Nummer stand.

»Weißt du, ob Mari schon ein Manuskript für diesen Artikel über mich fertighatte?«, fragte ich. Kjell-Ola schüttelte den Kopf.

»Ich bin kein Chefredakteur, verstehst du. Die wollten hier nur einen, der die Türen aufschließen kann und entscheidet, wann wir Redaktionssitzungen haben und so. Und dazu haben sie eben mich gewählt.«

Ich nickte.

»Aber jetzt wird es ja ein paar Änderungen geben«, sagte Kjell-Ola und schaute zu der Tafel hoch. »In der nächsten Ausgabe.«

Ich sah ihn an. Plötzlich wirkte auch Kjell-Ola traurig und verlegen.

»Mir graust schon davor, den Leitartikel zu schreiben, um das mal so zu sagen. Das wird doch wie ein Nachruf. Ich hab noch nie einen Nachruf geschrieben.«

Ich wusste nicht, was ich sagen sollte. Deshalb trat ich ans Fenster ganz hinten im Raum. Durch das der Täter vermutlich aufs Dach geklettert war.

Als ich das Fenster öffnete und hinausschaute, traf mich ein kalter Windstoß mitten ins Gesicht. Ich merkte, wie warm mir geworden war. Bei der Vorstellung, dass er hier gewesen war – oder sie, wer immer also Mari und Johannes umgebracht hatte –, wurde mir fast schlecht.

Ich schaute zum Eingangstor hinüber. Wo Børre Halvorsen wohl gestanden hatte, als er Tobias gesehen hatte? War er nur zufällig vorbeigekommen oder wollte er an diesem Abend auf dem Schulgelände eine Wand oder zwei vollsprayen?

War Børre allein gewesen, als er Tobias gesehen hatte?

Ich wusste, dass er oft mit einem rothaarigen Typen durch die Gegend fuhr, der ungefähr in seinem Alter war.

Ich drehte mich zu Oskar um.

»Als du an dem Abend mit Børre vor dem Kulturhaus gesprochen hast. War sein Kumpel mit den roten Haaren auch dabei?«

»Ja, der war auch da.«

»Weißt du, wie er heißt?«

»Der wird nur *Vic* genannt, aber ich glaube, er heißt

Victor«, sagte Oskar. »Und mit Nachnamen Ramsfjell oder so. Warum willst du das wissen?«

Ich schaute wieder aus dem Fenster. Der Mord an Børre war ein ebenso großes Mysterium wie die Morde an Mari und Johannes, aber wenn Børre umgebracht worden war, weil er etwas gesehen hatte oder etwas wusste, dann war es ja möglich, dass sein Kumpel über dieselben Informationen verfügte.

»Sie beschlossen dann also, sich auf die Suche nach Victor Ramsfjell zu machen.«

Das war eher eine Feststellung der Staatsanwältin als eine Frage.

»Ja«, sagte ich und nickte.

»Sie haben ihn letztlich durch Herumfragen in der Schule eines Nachbarorts gefunden?«

»Ja.«

»Wie hat er reagiert, als Sie dort aufgetaucht sind?«

»Zuerst hatte er Angst.«

»Angst?«

»Zu diesem Zeitpunkt glaubten noch immer sehr viele in Fredheim, ich hätte sie alle umgebracht. Das galt sicher auch für Victor – ich hatte den Verdacht, dass vielleicht er unsere Tür besprayt hatte. Aber ich konnte ihm wohl klarmachen, dass ich nichts mit dem Mord an seinem Kumpel zu tun hatte. Er war dann jedenfalls bereit, mit mir zu reden.«

»Was konnte er Ihnen erzählen?«

»Eigentlich nichts Neues. Jedenfalls bei diesem Gespräch nicht. Er war an dem Abend, als Mari und Johannes ermordet worden waren, nicht mit Børre zusammen gewesen.«

»Aber er hatte davon gehört? Børre hatte ihm erzählt, was er gesehen hatte?«

Håkonsen wischte sich so diskret sie konnte ein wenig Speichel aus dem Mundwinkel.

»Ja.«

Und Victor hatte sogar noch mehr gewusst. Etwas absolut Grundlegendes.

Nur war ihm das zu diesem Zeitpunkt noch nicht klar gewesen.

30

Es war halb vier, als Victor Ramsfjell sich nach unserem Gespräch verabschiedete und auf dem Rad davonfuhr. Ich blieb vor seiner Schule stehen und wusste nicht so recht, was ich jetzt machen sollte.

Ich sah mein Telefon an. Ole Hoff hatte wieder angerufen. Papa war vor Jahren mit Oles Frau fremdgegangen. Ich wusste nicht, warum, aber mir kam es vor, als ob das aus irgendeinem Grund nicht stimmen könne. Trotzdem brachte ich es nicht über mich, Oles Stimme zu hören, aus Angst, er könnte aus meiner etwas heraushören. Ole war ein guter Zuhörer.

Es wirkte nicht besonders verlockend, in unser großes altes Haus zurückzufahren und mit meinen Gedanken allein zu sein. Ich musste immer wieder an Maris Fragen nach Papas Blutgruppe und nach dem Unfall denken. Ole hatte auch gesagt, Frode Lindgren habe in den letzten Nächten vor dem Aufführungsabend nicht zu Hause übernachtet. In der Familie Lindgren war irgendetwas vorgefallen, da war ich mir sicher.

Ich stieg auf mein Rad, wusste aber nicht so recht, ob

ich meinen Entschluss wirklich in die Tat umsetzen sollte. Ich dachte daran, wie meine letzte Begegnung mit Cecilie Lindgren verlaufen war, und wenn mich außerdem an dem Abend Frode mit dem Auto verfolgt hatte, dann könnte ein Besuch bei den beiden sehr schnell unangenehm werden. Vielleicht sogar gefährlich.

Als ich beim Lindgren-Haus ankam, war Frodes Auto nicht zu sehen. Ich lehnte mein Rad an den Zaun und versuchte, Mut zu fassen. Schlich mich langsam auf die Türklingel zu. Drückte ein wenig zögernd darauf.

Schritte auf der anderen Seite. Kurze Schritte, leise Schritte.

Dann wurde die Tür aufgeschoben.

Cecilie Lindgren sagte nichts, als sie mich sah. Sie wurde nicht wütend, wurde nicht traurig. Sie starrte mich nur an.

»Bitte«, fing ich an und hob die Hände. »Bitte, schicken Sie mich nicht weg. Ich … ich muss einfach mit Ihnen reden.«

Die Frau, die vor mir stand, sah nicht aus, als ob sie Kraft zum Reden hätte. Sie klammerte sich nur an die Türklinke und sah mich aus Augen an, die leer wirkten.

Sie schien zudem seit vielen Tagen nicht mehr geduscht zu haben. Sie war auch nicht gekämmt. Wirkte dünn und knochig, fast ein bisschen wie Mama.

»Warum willst du mit mir reden?«, fragte sie mit tonloser Stimme.

»Ich möchte ... versuchen, ein paar Dinge zu verstehen«, sagte ich und war mir vollkommen darüber im Klaren, wie vage das klang.

»Bitte nicht«, sagte Cecilie flehend, sie klang furchtbar müde. »Ich weiß nicht, ob ich es über mich bringe, mit dir zu reden.«

»Bitte«, sagte ich noch einmal. »Ich habe in den letzten Tagen auch eine Menge durchgemacht. Gestern ... mein Bruder ...«

Ich unterbrach mich, dachte, dass ich nicht herumerzählen sollte, was mit Tobias passiert war.

»Vielleicht wäre es gut für uns, ein bisschen miteinander zu sprechen«, schlug ich vor, voller Angst, dieses Psychogefasel könne sie wütend machen. Aber sie ließ ihre Schultern nur ein wenig sinken und atmete aus.

»Trinkst du Kaffee, Even?«

»Eigentlich nicht«, sagte ich mit zaghaftem Lächeln. »Aber jetzt möchte ich gern einen.«

Sowie ich das Haus betreten hatte, machten sich meine Augen auf die Suche nach Maris Sachen. Ihren Schuhen. Ihrer Jacke. Einem Haargummi, das sie auf einem Tisch vergessen hatte. Einem Glas, aus dem sie getrunken hatte. Aber ich konnte nichts entdecken, und ich fragte mich, ob Cecilie alles bereits weggeräumt hatte. Ob sie auf diese Weise diese Tage überlebte.

Cecilie zeigte auf das Sofa, und ich setzte mich. Bald

darauf kam sie mit einer Kaffeekanne und zwei Tassen zurück und schenkte für uns beide ein, gab sich selbst aber nur einen winzigen Schluck.

»Tu ganz viel Zucker rein. Das hilft.«

»Zucker hilft gegen fast alles«, sagte ich und bereute meine Wortwahl sofort. Ich redete viel zu oft Blödsinn, vor allem dann, wenn es völlig unpassend war.

»Es ist schon seltsam«, sagte Cecilie. »Aber wenn es im Leben ganz schlimm kommt, dann erfährst du erst wirklich, wer deine Freunde sind.«

Sie goss einen Schuss Milch in ihre Tasse. Rührte ein bisschen darin.

»Am ersten Tag haben sie mir hier die Bude eingerannt. Nachbarn, Kolleginnen, Freunde. In der Hinsicht habe ich Glück, es gibt viele, die sich kümmern. Aber was viele nicht wissen, ist, wenn die Sache anfängt, sich zu beruhigen, wenn alle das Gefühl haben, ihre Pflicht getan zu haben – dann brauchen wir sie erst wirklich. Denn dann kommt die Leere. Dann müssen wir die mit etwas füllen.«

Ich dachte wieder an Mama. Sie hatte vor nicht allzu langer Zeit etwas Ähnliches gesagt, hatte die Frau, die mir hier gegenübersaß, ziemlich scharf kritisiert. Und als ob sie meine Gedanken gelesen hätte, sagte Cecilie: »Nach dem Tod deines Vaters war ich für deine Mutter wohl keine gute Freundin.«

Sie senkte den Blick ein wenig.

»Es war auch für mich eine schwere Zeit. Dein Vater war ein guter Kollege. Ein guter Freund.«

Ich dachte daran, was Tom Hulsker gesagt hatte. Cecilie schaute in eine andere Richtung.

»Der Unfall hat auch mir arg zu schaffen gemacht. Meine Trauer ... mit der konnte ich nicht so leicht umgehen. Oder sie auch nur erklären.«

Sie schaute zu mir auf. Alte Trauer, vermischt mit neuer.

»Ich glaube, deine Mutter war ein bisschen enttäuscht von mir«, sagte sie dann. »Dass ich nicht für sie da war, als sie mich brauchte. Aber ich konnte das nicht. Nicht, wo ...«

Wieder wandte sie sich von mir ab. Ich war nicht ganz sicher, ob ich begriff, was sie meinte, aber ich glaubte, es habe vielleicht etwas damit zu tun, dass es ganz schön viel Klatsch gegeben hätte, wenn eine Frau den Mann einer anderen so tief betrauerte.

Sie sah mich wieder an und lächelte.

»Du hast große Ähnlichkeit mit deinem Vater.«

»Wirklich?«

»Du hast genau die gleiche Kinnpartie. Und er hatte solche Augen wie du. Aber etwas längere Haare.«

Wieder lächelte sie.

Ich wartete ein wenig, ehe ich eine neue Frage stellte.

»Mari war sehr neugierig auf meinen Vater, in der letzten Zeit, ehe sie ...«

So wie ich das sagte, war es eher eine Feststellung als eine Frage. Cecilies Augen wurden dunkler. Mir war klar, dass ich an etwas rührte, über das sie nur mit Mühe sprechen konnte. Sie stand auf und ging zu dem runden Tisch in der Ecke. Dort hatten wir gesessen, wenn ich bei ihnen gegessen hatte. Sie packte einen Stuhl und hielt sich daran fest.

Ich hörte, dass sie weinte.

»Hat sie Ihnen erzählt, dass sie mit mir Schluss gemacht hatte?«, fragte ich.

Cecilie nickte. Dann schüttelte sie den Kopf.

»Sie konnte doch nicht mehr mit dir zusammen sein, Even«, sagte sie, plötzlich mit tränenerstickter Stimme. Es klang wie ein Echo jener SMS, mit der Mari mir den Laufpass gegeben hatte. In der sie behauptete, ich sei wunderbar, aber sie könne nicht mehr mit mir zusammen sein. Sorry.

Ich erhob mich ebenfalls und ging langsam auf Cecilie zu.

»Warum konnte sie das nicht?«, fragte ich. Cecilie schniefte, und als sie sich zu mir umdrehte, standen ihre Augen voller Tränen.

»Hast du das wirklich nicht begriffen, Even?«

Ich schüttelte den Kopf.

»Was denn?«

Cecilie holte tief Luft, hob die Schultern und ließ sie dann langsam wieder sinken.

»Dein Vater und ich, wir … wir waren etwas mehr als nur gute Freunde«, sagte sie und schluchzte.

Dann sah sie mir tief in die Augen.

Und nun begriff ich – alles.

Ich begriff die Tränen. Das Schluchzen, das darauf folgte. Ich begriff endlich, warum Mari und ich kein Paar sein konnten. Ich begriff, warum sie Tobias nach Papas Blutgruppe gefragt hatte.

Nämlich, weil mein Vater auch ihr Vater war.

31

Bei dieser Erkenntnis ging ich in die Knie.

Mari war meine Halbschwester.

Cecilie war von meinem Vater schwanger geworden, während sie mit einem anderen Mann verheiratet war und er mit einer anderen Frau. Ihrer besten Freundin.

Aber … Mama hatte doch gesagt … dass es Julia war, Oskars Mutter, die damals etwas mit Papa hatte. Hatte er dazu noch ein Verhältnis mit Cecilie gehabt?

Ich brauchte lange, um wieder einigermaßen meine Fassung zurückzugewinnen. Ich verstand endlich, warum Mari versucht hatte, mir aus dem Weg zu gehen. Wie hätte sie mir das nur erklären sollen? Wozu wäre es gut gewesen? Was hätte ich mit dieser Information angefangen? Wie hätte Mama …

Beim Gedanken an meine Mutter krampfte sich mir der Magen zusammen. Mama war über zehn Jahre nach Papas Tod endlich wieder auf die Beine gekommen, mit neuem Job, neuem Freund. Sie war noch immer nicht wieder auf geradem Kurs, aber sie gab sich jedenfalls Mühe. Und wenn sie etwas hasste, dann Dorfklatsch.

»Ich wusste es ja nicht einmal selbst«, schluchzte Cecilie. »Aber sie haben in der Schule die Blutgruppen durchgenommen, und Mari hatte festgestellt, dass ihre nicht von meiner und Frodes stammen konnte, dass diese Mischung nicht Blutgruppe B ergab. Das ist eigentlich ziemlich leicht festzustellen, und ich weiß nicht, weshalb ich nicht …«

Sie verstummte und fing wieder an zu weinen. Ich sah, dass noch mehr kommen würde, sobald sie sich zusammenreißen konnte. Das dauerte einen Moment.

»Sie hatte schon eine Weile an diesem Artikel gearbeitet, den sie schreiben wollte. Den über dich und … Jimmy. Sie hatte mit ziemlich vielen Leuten gesprochen, und alle hatten sicher nur Gutes über deinen Vater gesagt, er war sehr beliebt gewesen. Sie hatte auch mich nach ihm gefragt, ehe sie … weiterschnüffelte. Ich habe ihr gesagt, er sei ein guter Freund gewesen. Ein guter Kollege.«

Sie schaute weg.

»Ich weiß nicht, ob etwas an der Art, wie ich das gesagt hatte, in ihr den ersten Verdacht … geweckt hat. Ich habe natürlich alles abgestritten. Zuerst. Aber im tiefsten Herzen wusste ich, dass es stimmte, ich bin keine gute Lügnerin, und als Frode nach Hause kam und Mari mich immer weiter in die Mangel nahm, da … da musste ich am Ende eben doch mit der Wahrheit herausrücken.«

Ich versuchte mir diese Szene vorzustellen. Frode Lindgren, der Mari so viele Jahre lang für seine Tochter gehalten hatte. Was sie nun plötzlich nicht mehr war, jedenfalls nicht biologisch betrachtet.

Ich bekam eine SMS, hatte jetzt aber keine Zeit, sie zu lesen. Und auch keine Lust. Cecilie war noch immer außer sich, deshalb ging ich zu ihr und nahm sie in den Arm. So standen wir für einen Moment da, bis sie mich wegschob und um Entschuldigung dafür bat, dass sie dermaßen die Fassung verloren hatte.

»Das ist ja nicht schwer zu verstehen«, sagte ich.

Sie lächelte tapfer und wischte sich einige Tränen ab. Ich dachte an die Tatsache, dass Mari meine Halbschwester gewesen war, wir verwandt waren. Wir hatten nicht miteinander geschlafen, aber wir hatten uns geküsst. Einander angefasst. Daran *gedacht,* miteinander zu schlafen. Ich jedenfalls. Mir wurde ein bisschen schlecht, aber das konnte die Trauer über ihren Tod nicht überdecken.

»Ich muss wohl machen, dass ich nach Hause komme«, sagte ich.

Cecilie brachte mich zur Tür.

»Du hattest recht«, sagte sie. »Es war … es hat gutgetan, mit dir darüber zu reden. Das brauchte ich.«

Ich nickte und versuchte zu lächeln.

»Wie … wie geht es denn deiner Mutter?«, fragte sie. Ich holte Luft und überlegte, was ich sagen sollte.

»Nicht so gut«, sagte ich.

Ich merkte, dass Cecilie mit dieser Antwort gerechnet hatte.

»Sie sollte vielleicht nichts davon erfahren?«

Cecilie sah mich flehend an. Ich fragte mich, ob sie sehen konnte, welche Angst ich davor hatte, dass Mama es bereits wusste, und deswegen drei Jugendliche aus dem Ort nicht mehr lebten.

»Nein – ich werde es ihr jedenfalls nicht sagen«, versprach ich.

Cecilie sagte: »Danke!«, und wir umarmten einander noch einmal. Währenddessen fragte ich mich, wie ihre nächsten Tage und Monate wohl aussehen würden. Ob etwas oder jemand ihr helfen könne, das Vakuum auszufüllen. Ob sie irgendwann wieder an der Schule hier unterrichten und jemals wieder richtig über etwas lächeln würde. Ob eine Zeit kommen würde, in der sie schallend über irgendetwas lachte, ohne ein schlechtes Gewissen zu haben.

Ich hatte meine Zweifel.

Die SMS war von Ole Hoff. Ich öffnete sie, ehe ich mein Fahrrad aufschloss.

Ruf mich an. Wichtig.

Ich rief ihn an, erreichte aber nur den Anrufbeantworter. Ich schickte ihm deshalb eine SMS und behauptete, ich hätte jetzt Zeit, falls es um etwas Eiliges ginge. Vielleicht hatte er ja etwas herausgefunden.

Während ich in Richtung Ortsmitte fuhr, versuchte ich, die Teile des Puzzlespiels so zusammenzusetzen, dass sie einen Sinn ergaben. Je mehr ich darüber nachdachte, umso weniger glaubte ich, dass Mama mit den Morden zu tun haben könne. Wenn sie das von Jimmy und Cecilie und Mari erfahren hätte, wäre ihr das anzumerken gewesen. Sie hätte geweint und einen Höllenaufstand gemacht, und sie hätte mehr getrunken als sonst. Und wenn sie keinen Grund gehabt hatte, Mari umzubringen, dann hatte auch Knut keinen.

Sofern er nicht irgendetwas über Papas tödlichen Unfall herausgefunden hatte. Etwas, das Mari vielleicht auch wusste, etwas über Mama, das er nicht an die Öffentlichkeit kommen lassen wollte. Oder es ging doch um etwas ganz anderes, etwas, das ich noch nicht begriffen hatte.

Ich fuhr zur Redaktion der *Fredheimpost* und fragte nach Ole. Der sei nicht da, teilte eine der Frauen mit, die der Eingangstür am nächsten saßen.

Mein Telefon klingelte.

Ich ging davon aus, dass es Ole war – aber es war Imo.

»Even«, sagte Imo, sowie ich mich gemeldet hatte. Ich hörte, dass er schwer atmete, als ob er sich gerade angestrengt hätte. »Ich brauche Hilfe. Kannst du mal kurz vorbeischauen?«

Ich konnte hören, dass etwas nicht stimmte. Ich fragte mich, ob sein Rücken wieder Schwierigkeiten machte.

»Ja ... natürlich«, sagte ich ein bisschen zögernd. »Zu dir nach Hause? Was ist denn passiert?«

»Das erkläre ich dir, wenn du hier bist.«

»Okay«, sagte ich. »Bin schon unterwegs.«

Für die Fahrt zu Imos kleinem Hof brauchte ich nur zwanzig Minuten. Um mich herum dämmerte es schon. Der Kiesweg zum Hof führte durch dichten Wald, was den Weg noch dunkler machte. Hinter mir wurde das Verkehrsrauschen der Straße immer leiser.

Imos Mercedes parkte wie immer vor dem Haus, aber dort stand auch noch ein anderer Wagen – einer, von dem ich ziemlich sicher war, dass er Ole gehörte. Ich schaute kurz durch eins der Autofenster und entdeckte einen Regenschirm mit dem Aufdruck *Fredheimpost.*

Ich stellte mein Rad vor dem Haus ab und fragte mich, warum Ole Imo nicht hatte helfen können. Oder war Ole vielleicht gekommen, nachdem Imo mich angerufen hatte?

Die Tür war geschlossen und in der Küche war alles dunkel. Aber im Studio sah ich Licht. Ich hörte auch Geräusche von dort. Gitarrenspiel. Ich erkannte das Lied sofort. Die Solonummer von Johannes. Das Lied, das Imo für die Show geschrieben hatte.

Ich rief nach Imo, damit er nicht erschrak, wenn ich plötzlich in der Tür stand.

»Komm einfach rein, Champ«, rief er zurück.

Ich schaute durch die Tür. Imo saß in einem Sessel, den er ein Stück weit zurückklappen konnte, wie eine Ruheliege. Ich hatte selbst oft dort gesessen und mir ein Stück angehört, das Imo geschrieben hatte.

»Komm rein«, sagte er noch einmal und spielte dabei weiter. »Das ist ziemlich gut, was?«

»Allerdings.«

Imo sang auch den Text, aber mit leiser Stimme, fast geflüstert.

»Ich hab das vor langer Zeit geschrieben«, sagte er. »Vor deiner Geburt schon.«

Das überraschte mich ein bisschen, aber es war nicht das, was mich am meisten überraschte.

»Wo ist Ole?«, fragte ich.

Imo gab keine Antwort, er schloss nur die Augen – wie um seine eigene Musik zu genießen. Seine Finger huschten behände über die Saiten.

»Wobei brauchst du Hilfe?«, fragte ich.

»Der Chor deiner Mutter hat es gesungen.«

Imo hatte die Augen noch immer geschlossen – als habe er nicht gehört, dass ich ihm eine Frage stellte.

»*Girls with Curls*«, sagte ich.

»Ja«, sagte Imo und lachte. »Was für ein Name!«

Er wechselte von den Einzelnoten zu Akkorden über. Ich schaute aus dem Fenster und hielt Ausschau nach Ole.

»Imo, wo ist ...«

»Psst«, sagte er und ließ mich nicht ausreden. »Das ist der beste Teil.«

Dann kam der Refrain und er sang mit. Diesmal mit etwas mehr Kraft. Danach verstummte er und öffnete die Augen.

»Deine Mutter war eine unglaublich gute Sängerin«, sagte er. »Ich weiß nicht, ob du dich daran erinnerst. Ich glaube, sie hat in den letzten zehn Jahren nicht mehr viel gesungen.«

Imo sah mich an. Lange. Er wirkte ... erschöpft. Traurig vielleicht. Ich hatte meinen Onkel noch nie so gesehen. Das fand ich beunruhigend.

»Du weißt, dass alles hier eines Tages dir gehören wird?« Er breitete die Arme aus.

»Mir? Wie meinst du das?«

»Das Studio. Das Haus. Der Hof. Dein Bruder ist zum Schweinehirten nicht geeignet«, antwortete Imo. »Fragt sich, was überhaupt aus ihm werden soll.«

Ich wusste nicht, was ich sagen sollte. Es war ungewohnt, Imo so über meinen Bruder reden zu hören.

Mein Onkel erhob sich.

»Ich habe dieses Lied damals für deine Mutter geschrieben. Ziemlich kurz bevor sie deinen Vater kennenlernte, übrigens.«

Ich starrte ihn nur an.

»Mama?«, fragte ich.

Er nickte.

»Aber ...«

Ich versuchte verzweifelt, meine Gedanken in den Griff zu bekommen, doch die vermischten sich mit dem Text, den Johannes gesungen hatte, Worte, die von der Sehnsucht erzählten, wenn jemand nicht mehr da ist, von der Freude, die man empfinden kann, wenn man nach Hause kommt. Es war ein Text, von dem alle geglaubt hatten, er handle von Fredheim – doch das tat er nicht.

Imo trat einen Schritt näher an mich heran. Ich dachte an das Gespräch, das wir vor einigen Tagen geführt hatten, als ich gefragt hatte, ob es in seinem Leben niemals eine Besondere gegeben habe.

»Doch schon. Das wohl.«

»Aber was ist passiert?«

»Nichts. Das war ja gerade das Problem. Sie wollte mich nicht, und da …«

Mama war Imos große Liebe gewesen.

»Wollte sie dich auch nicht, als Papa tot war?«, fragte ich atemlos. Ich konnte nicht richtig atmen. Imo antwortete nicht sofort. Dann schüttelte er den Kopf.

»Hast du es ihr jemals gesagt?«

»Aber sicher doch«, sagte Imo. »Mehrmals. Vielleicht nicht ganz offen, aber … ich bin sicher, dass es ihr klar war. Aber … ihr Herz gehörte eben Jimmy«, sagte er mit einem wehmütigen Lächeln. »Diesem Idioten.«

Ich dachte daran, was Cecilie mir vorhin erzählt hatte.

»Jimmy hat deine Mutter nicht gut behandelt, Even.«

»Ja, ich weiß«, sagte ich. »Ich habe gerade herausgefunden, dass Mari meine Halbschwester war.«

Imo blickte rasch zu mir herüber.

»Das hast du also herausgefunden. Meine Güte.« Er schüttelte ausgiebig den Kopf. Dann sagte er: »Das hatte Ole Hoff auch.«

Ich hatte in den letzten Minuten Ole total vergessen. Dass sein Auto hier war, Ole aber nicht, machte mir mittlerweile Angst.

»Mehr als zehn Jahre lang haben deine Mutter und Ole geglaubt, Jimmy sei mit Julia fremdgegangen. Aber das stimmt nicht. Seine Geliebte war Cecilie.«

Ich konnte mir nicht vorstellen, worauf dieses Gespräch hier hinauslief.

»Unter anderem wollte er deshalb noch einmal mit mir sprechen. Heute Nachmittag. Er hat mich angerufen. Ich war nicht zu Hause, als er kam, und vielleicht hat er sich deshalb entschlossen, hier ein bisschen herumzuschnüffeln.«

Ich begriff immer weniger.

»Und dann hat er den da gefunden.«

Imo nickte zu der einen Wand hinüber. Und dort, auf dem Boden, stand ein kleiner Koffer, den ich schon oft aus der Nähe gesehen hatte; ich hatte sogar sein Foto in der Zeitung gesehen.

Es war der Mikrofonkoffer von Johannes.

32

»Imo«, sagte ich und schluckte. »Was zum Teufel.«

Ich versuchte in seinen Augen zu lesen, aber die starrten einfach durch mich hindurch.

»Mari hätte es niemals für sich behalten können«, sagte Imo. »Dass ihr Halbgeschwister wart. Und wenn deine Mutter erfahren hätte, dass Jimmy noch ein Kind hatte, und dieses Kind geboren worden war, als sie schon verheiratet waren, dann … ich glaube, damit wäre sie nicht fertiggeworden. Wirklich nicht, Even, es hätte sie kaputtgemacht.«

Er schaute zu Boden und schüttelte den Kopf.

»Ich konnte das nicht zulassen. Ich konnte nicht zulassen, dass deine Mutter das auch noch durchmachen musste, nach allem anderen. Und jetzt kann ich es erst recht nicht, nachdem Tobias …«

Er verstummte wieder.

Ich schloss die Augen.

Nein, sagte ich mir. »*Nein, nein, nein.*«

»Du musst mir glauben, Even, dass ich nichts davon wollte. Ich habe versucht Mari zu überreden, die Sache

278

auf sich beruhen zu lassen, aber sie hatte ja gerade mit dir Schluss gemacht, natürlich, wo ihr doch denselben Vater hattet, und du hättest das niemals hingenommen, ohne eine richtige Antwort zu verlangen, deshalb …«

»Es ist also alles meine Schuld, willst du das damit sagen?«, rief ich. Mir standen Tränen in den Augen.

»Nein, nein. Das nun wirklich nicht. Nichts ist deine Schuld, abgesehen vielleicht davon, dass du dich in die Falsche verliebt hast. Aber das kann man sich nicht aussuchen. Bei mir war das ja auch so – ich hätte mich gern in eine andere Frau als deine Mutter verliebt. Aber das Herz geht eben seine eigenen Wege.«

Ich ballte die Fäuste, und ehe ich wusste, was ich tat, hatte ich ihn mitten ins Gesicht geschlagen; Imo kippte rückwärts und knallte gegen das Mischpult. Seine Nase fing sofort an zu bluten, aber er blieb ganz stumm, hielt sich nur fest und versuchte wieder auf die Beine zu kommen.

»Na los«, sagte er und spuckte Blut aus. »Raus damit. Schlag mich nur, solange du willst. Ich weiß, dass ich es verdient habe.«

Ich wollte weiter auf ihn einschlagen, aber etwas hielt mich zurück. Der Gedanke an Ole, dass er irgendwo hier war, dass Imo den Mikrofonkoffer hatte, und dass er mich angerufen hatte, weil er Hilfe bei … *etwas* brauchte.

»Erzähl mir, was passiert ist«, sagte ich – meine Stimme zitterte. »Alles.«

Imo wischte sich ein wenig Blut aus dem einen Mundwinkel. Streifte die Hand an seiner Jacke ab.

»Ich wollte nur das eine Schlagzeug zurückstellen«, fing er an. »In den Musiksaal, nach der Show. Und Mari wollte gerade gehen. Sie war fertig mit Johannes' Interview.«

Er schüttelte den Kopf.

»Wir haben zuerst kurz über die Vorstellung gesprochen. Über das Lied. Sie sagte, sie habe noch nie etwas so Schönes gehört.«

Imo lächelte ganz kurz. Es war ein trauriges Lächeln.

»Aber du warst nicht der Einzige, der wissen wollte, warum sie mit dir Schluss gemacht hatte, Even. Und deshalb habe ich ... sie gefragt.«

Er legte eine kleine Pause ein, dann fügte er hinzu: »Anfangs wollte sie nicht mit der Sprache heraus. Ich sagte, sie könne sich aber nicht bis in alle Ewigkeit vor dir verstecken. Ich fragte, ob ich dir etwas ausrichten solle, etwas, das erklären könne, was passiert sei. Und ... da schien sie einfach aufzugeben oder es einfach nicht mehr für sich behalten zu können – sie seufzte und sank ein bisschen in sich zusammen. Und dann setzte sie sich. Und ich setzte mich.«

Imo redete jetzt schneller.

»Und dann erzählte sie, was sie herausgefunden hatte, über Jimmy und ihre Mutter, und dass ihr beiden Halbgeschwister seid. Bei der bloßen Vorstellung wurde ihr schon schlecht, und sie wusste, dass sie es nicht schaffen würde, dir die Wahrheit zu verschweigen. Es würde herauskommen, sagte sie, und eigentlich habe sie es satt, sich zu verstecken, satt, alles unter den Teppich zu kehren; sie hatte beschlossen, es dir am nächsten Tag zu sagen.«

Ich schaute nach unten. Presste die Finger gegeneinander.

»Ich sagte zu Mari, das dürfe sie nicht tun. Vor allem Susanne zuliebe, aber auch aus Rücksicht auf uns andere alle – nicht zuletzt ihre Eltern. Aber die hatten es schon erfahren, sagte Mari, die Ehe sei bereits in Auflösung begriffen, und auch wenn ihre Eltern im Dorf sicher nicht die Wahrheit erzählen würden, könne Mari es doch nicht über sich bringen, dir nichts zu sagen. Sie wisse, dass sie keine gute Lügnerin sei – du würdest es ihr ansehen, dass sie log.«

Ich überlegte. Ja, vielleicht, so etwas konnte ich gut.

»Also ... musste ich sie doch daran hindern.« Imo wartete wieder ein wenig. »Das was dann passierte, wollte ich aber nicht. Ich packte sie einfach, als sie das Zimmer verlassen wollte. Sie wehrte sich, und ohne zu überlegen, hatte ich ihr die Hände um den Hals gelegt und ...«

Er senkte den Kopf.

»... sie sackte in meinen Armen in sich zusammen.«

Er seufzte tief.

»Ich habe dann versucht, sie wiederzubeleben, aber das ist mir natürlich nicht gelungen. Und da tauchte Johannes auf.«

Ich schluckte wieder.

Imo holte Luft.

»Er hatte sein Handy vergessen. Er sah mich und er sah

Mari. Und dann rannte er los. Mir blieb nichts anderes übrig, als dafür zu sorgen, dass er niemandem erzählen konnte, was er gesehen hatte.«

»Und da hast du ihn totgeschlagen. Mit seinem Mikrofonkoffer.«

Er gab keine Antwort, aber das war ja auch nicht nötig. Ich schüttelte den Kopf. Ich hatte große Lust, wieder auf ihn einzuprügeln.

Imo schien meine Gedanken gelesen zu haben.

»Mach schon«, sagte er. »Ich will, dass du dir allen Zorn aus dem Leib schaffst, denn danach musst du eine Entscheidung treffen. Eine große und wichtige Entscheidung, Champ.«

Ich hatte noch immer die Fäuste geballt und ein Fingerknöchel an meiner rechten Hand blutete. Ich verspürte aber keinen Schmerz, kein Brennen. Nur Wut.

»Wovon redest du da?«, fauchte ich.

Imo richtete sich mühsam auf.

»Du kannst natürlich zur Polizei gehen und ihnen alles erzählen, was ich dir gesagt habe. Dann ist alles zu Ende. Aber ehe du das tust, Even, bitte ich dich, dir die Folgen genau zu überlegen. Glaubst du, Susanne würde damit leben können, dass sie der Grund von all dem war?«

Und ehe ich antworten konnte, fuhr er fort: »Sie würde damit niemals fertigwerden, Even. Sie würde sich zu Tode trinken. Und was glaubst du, was dann aus deinem Bruder werden soll – der eben erst versucht hat, sich das Leben zu nehmen? Ohne seine Mutter, ohne mich …

willst *du* etwa für den Rest seines Lebens auf ihn aufpassen?«

Er schüttelte den Kopf.

»Deine ganze Familie wird zerstört werden, Even. Und damit musst *du* dann leben, wenn du dich dafür entscheidest, mit deinem Wissen zur Polizei zu gehen. Oder du kannst über die Alternative nachdenken.«

Ich sah ihn an. Er hielt zwei Finger in die Luft.

»Ole ist der Einzige, der den Mikrofonkoffer gesehen hat. Er hatte noch keine Zeit, der Polizei etwas zu sagen, außer dir ist er also der Einzige, der mich entlarven kann.«

Ich schlug die Hände vors Gesicht. Ich wusste plötzlich, wobei Imo Hilfe brauchte. Warum er mich herbestellt hatte. Warum er mir das alles erzählt hatte.

Ich sollte ihm dabei helfen, Ole Hoff verschwinden zu lassen.

Ich sollte zu seinem Mitschuldigen werden.

»Es gibt aber noch eine Alternative«, sagte Imo und wischte sich wieder Blut aus dem Mundwinkel. »Wer hat zu den Letzten gehört, die Johannes Eklund und Børre Halvorsen lebend gesehen haben?«

Ich ließ meine Hände sinken und starrte ihn an.

»Das war Oskar, nicht wahr? Dein Kumpel? Oles Sohn?«

Ich starrte ihn nur weiter an.

»Was glaubst du, was die Polizei denkt, wenn sie plötzlich den hier« – er zeigte wieder auf den Mikrofonkoffer – »bei Oskars Sachen findet? Und wenn sie diese hier finden« – er öffnete eine Schublade und zog ein Paar Lederhandschuhe heraus, bei denen an einem Finger ein kleines Stück fehlte – »bei ihm zu Hause, meine ich?«

Imo trat einen Schritt auf mich zu.

»Sie werden natürlich glauben, dass er der Mörder ist«, sagte Imo. »Auch wenn er vielleicht ein Alibi hat, weil er an dem Abend die Schule rechtzeitig verlassen hat. Er kann aber unterwegs umgekehrt und zurückgegangen sein. Sein Alibi wäre nicht hieb- und stichfest. Das ist es auch nicht für den Abend, als er mit Børre Halvorsen gesprochen hat. Oskar fuhr nach Hause und rief dich an, als du bei mir warst. Dein Kumpel könnte danach alles Mögliche getan haben.«

Ich schüttelte den Kopf.

»Alles wird auf Oskar hinweisen«, fuhr Imo fort. »Er kann abstreiten und protestieren, so viel er will, aber diese beiden Dinge da werden ihn den Kopf kosten.«

Er zeigte wieder auf Koffer und Handschuhe. Ich versuchte verzweifelt zu begreifen, wie die Person vor mir, der Mann, der in all den Jahren für mich wie ein Vater und ein Freund gewesen war, plötzlich so kalt und berechnend geworden sein konnte. Wie er einen so perfekten Instinkt für Morde, und wie man ungeschoren davonkommt, entwickelt haben konnte.

»Es ist auch nicht so schwer, sich vorzustellen, dass Ole beides herausgefunden und Oskar damit konfrontiert haben könnte«, sagte Imo jetzt. »Und wenn Ole auch verschwunden wäre ...«

Ich schüttelte wieder den Kopf. Imo hatte offenbar an alles gedacht.

»Also hast du auch Børre umgebracht?«

Imo gab keine Antwort. Das war aber auch nicht nötig.

»Warum hast du das getan?«

»Wir haben jetzt keine Zeit, um darüber zu sprechen«, sagte er.

»Doch, das haben wir.«

»Nein«, sagte Imo nachdrücklich. »Haben wir nicht. Ich bekomme bald Besuch im Studio, es kommt jemand zum Gesangsunterricht, und bis dahin müssen du und ich das getan haben, was wir zu tun haben. Und danach müssen wir uns so normal verhalten wie nur möglich.«

Er holte Luft.

»Mit anderen Worten, es wird jetzt Zeit für dich, deine Entscheidung zu treffen, Even. Und ich würde Oskar lieber nicht auch noch in diese Sache hineinziehen. Er ist ein feiner Junge. Was weiter geschieht, liegt ganz allein bei dir. Du kannst deinem Kumpel das alles ersparen, aber dann musst du dich für mich entscheiden, dann musst du dich dafür entscheiden, deine Mutter zu beschützen, deinen Bruder, deine Familie! Also musst du dich fragen, Even: Was ist dir wichtiger?«

Er legte mir die Hände auf die Schultern. Ich hätte nicht die Kraft gehabt, mich von ihm loszureißen, selbst wenn ich das gewollt hätte.

»Das alles kann sich in Luft auflösen, wenn du mir nur bei dieser einen letzten Kleinigkeit hilfst.«

Er wartete, bis ich seinen Blick erwiderte.

»Ole darf keine Möglichkeit bekommen, mich zu entlarven.«

Es war unmöglich, die Tränen zurückzuhalten. Ich konnte nicht fassen, dass Imo mich zu einer dermaßen unmöglichen Entscheidung zwingen wollte. Zu einer *solchen* Entscheidung.

»Das alles kann sich in Luft auflösen«, sagte er noch einmal. »Und ich weiß, dass du stark genug bist, um damit fertigzuwerden, Even. Du bist stark genug, um den ganzen Zusammenhang zu sehen. Das, was wir tun müssen.«

»Du meinst … du meinst also, ich soll den Rest meines Lebens die Klappe darüber halten, was du getan hast?«

Meine Tränen strömten nur so.

»Genau das meine ich, ja.«

Ich schüttelte den Kopf.

»Das werde ich nie im Leben schaffen.«

Imo berührte ein wenig die Schwellung auf seiner Wange und warf einen kurzen Blick auf seinen roten Finger. Dann bohrte er seinen Blick wieder in meinen.

»Was glaubst du, wie das Dorf reagieren wird, wenn herauskommt, dass Jimmy Maris Vater war?«

Ich begriff nicht, was er meinte.

»Glaubst du nicht, dass irgendwer denken wird, dass Jimmys Unfall vielleicht doch kein Unfall war? Dass deine Mutter an dem Tag im Auto durchgedreht ist? Jimmy war kerngesund – er ist in seinem ganzen Leben noch nie ohnmächtig geworden. Glaubst du nicht, dass jemand in diesem Klatschverein hier im Dorf denken wird, dass deine Mutter das der Polizei gegenüber nur behauptet hat, um den Verdacht von sich selbst abzulenken?«

Er legte eine kurze Pause ein.

»Und scheiß auf Beweise – *hier* wird das eigentliche Urteil gefällt werden, Even. Hier im Dorf. Alle werden sich ihr Teil denken, sie werden glauben, dass sie ihn umgebracht hat, und du weißt so gut wie ich, dass deine Mutter damit niemals leben könnte.«

Ich brachte kein einziges Wort heraus. Es war einfach alles zu viel.

»Ich habe damals mit Susanne telefoniert«, sagte Imo nun. »Vor dem Unfall. Sie wollte, dass ich Tobias vom Kindergarten abhole. Sie klang total durchgedreht, Even. Es wäre nicht schwer, den Leuten einzureden, dass sie auf deinen Vater losgegangen ist, im Auto. Sie hatte herausgefunden, dass er sie hinterging, und sicher hat sie versucht, unterwegs die Wahrheit aus ihm herauszuprügeln. Vielleicht ist deshalb der Wagen ins Schlingern geraten, weil sie ihn gestört hat, weil sie seine Aufmerksamkeit abgelenkt hat. Vielleicht war es wirklich ihre Schuld, Even. Vielleicht hat sie ihn umgebracht.«

Imo packte meine Schultern wieder mit festem Griff. Ich versuchte noch immer verzweifelt, alles zu verarbeiten, was er mir erzählt hatte.

»*Das* werden die Leute denken.«

Ich schüttelte den Kopf. Wollte es nicht glauben, aber im tiefsten Herzen wusste ich, dass er recht hatte.

»Und noch eins«, sagte er. »Wenn ich im Gefängnis lande, komme ich niemals lebend wieder heraus. Das weißt du. Die Insassen hegen selten Sympathien für Leute, die Kinder oder Jugendliche umgebracht haben.«

Noch etwas, das ich dann auf dem Gewissen haben würde.

Noch ein Leben!

Mein Kopf schmerzte schrecklich.

»Uns bleibt nur noch eine Etappe«, sagte Imo. Ich hob den Blick zu ihm. »Uns bleibt nur noch dieses Letzte zu tun, dann können wir unter alles einen Schlussstrich ziehen. Und dann reden wir nie mehr darüber.«

Ich weinte. Konnte die Tränen nicht zurückhalten. Egal, was ich tat, es würde etwas zum Teufel gehen, für Oskar, Mama, Imo, Tobias oder mich.

Würde ich damit weiterleben können?

Sollte ich die Morde an Mari und Johannes, den Mord an Børre Halvorsen, den Mord an Ole Hoff einfach zu einem der ungeklärten Fälle werden lassen, über die Zeitungen ab und zu berichteten? Würde jemals wieder irgendetwas normal werden können?

Ich musste eine Entscheidung treffen.

Meine Familie.

Oder …

Ich überlegte lange, dann wischte ich mir die Tränen ab und sah Imo an.

Ich nickte und fragte: »Wo ist er?«

33

»Sie hatten sich also entschlossen, das zu tun, was Ihr Onkel wollte?«

Die Staatsanwältin stand jetzt wieder ganz dicht vor dem Zeugenstand. Ich sah Mama an. Cecilie. Oskar und meine Freunde, die im Saal saßen und sich keines meiner Worte entgehen ließen.

Ich räusperte mich und sagte: »Ja.«

Wenn Imo nicht losgegangen wäre, hätte ich mich nicht bewegen können – ich folgte ihm einfach, als ob ein Autopilot die Kontrolle über mich an sich gerissen hätte. Ich hatte das Gefühl, mich im nächsten Moment erbrechen zu müssen.

»Wo ist er?«, fragte ich noch einmal.

»Hier rein«, sagt Imo und zeigte auf den Schweinestall.

Im Herbst hatte ich drei Wochen lang in diesem Stall gearbeitet, jeden Morgen und Nachmittag, weil Imo am Rücken operiert worden war. Es war keine schwere Arbeit gewesen, aber eine verdammt widerliche. Schweine sind nicht gerade als wohlriechend bekannt.

»Du meinst doch nicht … dass *die* …?«

Ich konnte es nicht einmal aussprechen.

»Überleg doch mal«, sagte Imo über seine Schulter. »Wenn wir ihn vergraben oder in einem Waldsee versenken, wird immer die Gefahr bestehen, dass jemand ihn findet. Das Gewicht kann losgerissen werden, ein Tier kann ihn ausbuddeln. Wenn wir ihn hier wegschaffen, besteht die Möglichkeit, dass jemand uns sieht. Das dürfen wir nicht riskieren.«

Ich hatte das Gefühl, dass mein Magen Purzelbäume schlug. Ich spürte den Boden unter mir nicht mehr.

Imo hatte jetzt Schweißflecken auf dem Rücken, die sogar durch seine Jacke zu sehen waren. Ich hoffte, das bedeutete, dass auch er es grauenhaft fand. Ich hoffte, dass er jeden Moment stehen bleiben, sich umdrehen und sagen würde: *Nein, das lassen wir lieber,* dass alles nur ein schrecklicher Traum war. Aber nichts deutete darauf hin, dass Imo sich die Sache anders überlegen könnte. Er hielt die ganze Zeit sein Tempo. Wirkte zielstrebig.

Der Arsch, dachte ich, *jetzt hat er mir auch noch diese Verantwortung aufgehalst. Was glaubt er wohl, wie wir danach miteinander leben sollen? Sollen wir Tequila trinken, wenn wir auf andere Gedanken kommen wollen?*

Nein, verdammt.

Ich würde es nie wieder über mich bringen, irgendetwas mit ihm zu tun zu haben.

Imo öffnete eine Seitentür des Schweinestalls. Wir gingen hinein. Hinter der Tür blieb ich sofort stehen. Ole Hoff lag zusammengekrümmt auf dem Boden. Seine Augen waren offen. Er blinzelte hektisch und schnaufte durch die Nase. Seine Hände waren mit Kabelbindern auf den Rücken gefesselt.

Er war nicht tot.

Noch nicht jedenfalls.

Die Schweine fingen bei Imos Anblick sofort an zu grunzen. Sie wussten, dass sein Erscheinen eine Mahlzeit bedeutete.

In diesem Fall Ole Hoff.

Der Vater meines besten Freundes.

Ich blieb einfach stehen und glotzte. Ich versuchte zu schlucken, aber das gelang mir nicht. Sollte ich … mithelfen, Ole umzubringen?

Ole versuchte etwas zu sagen, aber durch das Klebeband auf seinem Mund drang nur ein Stöhnen.

»Er hat vorhin versucht, mich anzurufen«, stammelte ich. »Was, wenn er auch noch andere angerufen hat? Irgendwen? Erzählt, dass er herkommen wollte?«

»Das Risiko müssen wir eben eingehen«, sagte Imo und trat auf den Schweinekoben zu. Ich schloss die Augen, fluchte in Gedanken. Als ich sie wieder öffnete, flehte Ole mich mit großen, nassen Augen an.

»Ziehst du ihn hoch?«, fragte Imo.

Die Schweine grunzten noch lauter.

»Das soll … *ich* tun?«

»Ich hab mir den Rücken verknackst, als ich ihn vorhin hier reingetragen habe«, sagte Imo. »Und er wird sich wehren, jetzt, wo er bei Bewusstsein ist.«

Ich sah wieder auf Ole hinunter.

»Wir können ihn da doch nicht lebend reinwerfen«, widersprach ich. »Das ist doch … einfach krank!«

Ich würde Oskar nie wieder in die Augen blicken können. Ich würde jeglichen Kontakt zu ihm abbrechen müssen. Wir würden wegziehen müssen. Noch einmal. Mit allem und allen brechen. Ich würde nicht hier sein, durch die Straßen fahren können, in denen Mari und Johannes und Børre gelebt hatten oder an der Redaktion vorbeigehen, in der Ole gearbeitet hatte.

»Nein, Schweine sind keine Raubtiere«, sagte Imo. »Dann müssten wir sie zuerst eine Weile hungern lassen. Wir müssen ihn zerstückeln.«

Ihn zerstückeln.

Großer. Gott.

Das Einzige, was ich in meinem Leben bisher getötet hatte, war eine Wespe. Und selbst das war mir schrecklich zuwider gewesen.

Und nun begriff ich es.

Ich würde das hier nicht schaffen.

Ich *wollte* es auch nicht schaffen.

Es war ganz einfach unmöglich. Ich schüttelte den Kopf und sagte: »Nein!«

Imo drehte sich zu mir um. Die Schweine grunzten.

»Was hast du gesagt?«

»Ich mach das nicht, Imo.«

Er blieb nur stehen und starrte mich an.

»Ich werde Ole nicht umbringen und ich werde ihn nicht zerstückeln, damit … die Schweine ihn fressen können. Nein, verdammt!«

Imo sagte nichts, er starrte mich nur immer weiter an.

»Even, wir haben keine andere Wahl.«

»Doch, die haben wir«, sagte ich. »Das hier ist einfach nur total falsch, und das weißt du. Du bist doch nicht verrückt.«

»Nein, aber weißt du eine andere Lösung?«

Ich überlegte.

Heftig.

Ich hatte keine.

»Du musst mir helfen«, sagte Imo und ich schaute in seine flehenden Augen. Ich wünschte, ich hätte etwas tun können, um ihn zu retten. Etwas, das alles hier verschwinden lassen würde.

Ich blinzelte. Neue Tränen liefen aus meinen Augen.

Imo kam mit raschen Schritten auf mich zu. Für einen kurzen Moment hatte ich Angst, er würde mich schlagen oder Ole einfach allein in den Schweinekoben zerren. Stattdessen ging er an mir vorbei und verließ den Stall.

Was zum Teufel hatte er nun vor?

Ich sah Ole an, wusste nicht, was ich tun sollte, hatte Angst davor, was in den nächsten Minuten passieren würde. Ich beugte mich zu ihm und riss ihm das Klebeband vom Mund. Er fing sofort an, kurz und hektisch Atem zu holen.

»Du musst die Polizei anrufen, Even«, keuchte er. »Schnell, ehe er zurückkommt.«

Ich brauchte einen Moment, um mich zu sammeln. Und ich fragte mich, was passieren würde, vielleicht nicht in einem Tag, sondern in einer Woche oder einem Monat, vielleicht einem Jahr. Wie könnte Imo sich darauf verlassen, dass ich nichts von dem verraten würde, was ich wusste?

Das konnte er nicht.

Also würde er mich ebenfalls umbringen. Allen Zweifel auslöschen. Solange es ihn und Mama beschützte.

Ich tastete in meinen Jackentaschen und zog das Handy heraus. Entsperrte die Tastatur und fing an, die drei Ziffern einzugeben, die mich mit der Polizei verbinden würden. Meine Hände zitterten und ich konnte das Telefon nur mit Mühe festhalten.

Ich hörte Ole aufkeuchen, und gleich darauf stand Imo in der Türöffnung.

In der Hand hielt er eine Pistole.

Und die zeigte auf mich.

34

»Leg das weg, Even«, sagte Imo und wies auf mein Telefon. Seine Hand zitterte ein bisschen, wie ich es in letzter Zeit immer häufiger an ihm beobachtet hatte. »Sofort.«

Ich schaute Ole an, der die Augen zusammenkniff. Ich sah, dass seine Kopfhaut schweißnass war. Imo kam auf mich zu, mit einer Waffe, die ich selbst vor einigen Monaten in der Hand gehalten hatte, als Imo mit mir und Tobias in den Wald gegangen war, um dort auf Blechdosen zu schießen.

Ich steckte das Handy wieder in die Tasche.

»Wolltest du mich wirklich denunzieren?«

Imo schnalzte mit der Zunge und schüttelte den Kopf. Die Enttäuschung war ihm vom Gesicht abzulesen. Er hielt die Waffe weiter auf mich gerichtet. Seine Hand zitterte noch immer. Ich nahm das als Zeichen dafür, dass er ebenfalls nervös und diese Situation auch für ihn schwer war.

Imo warf einen hasserfüllten Blick auf Ole, der noch immer auf dem Boden lag.

»Bitte«, sagte ich. »Wir können doch eine andere Lösung finden.«

Imo fuhr sich mit der Hand über sein schwitzendes Gesicht.

»Das können wir«, sagte er. »Wir können die Polizei anrufen, und dann kann ich sagen, du hättest mich gebeten, Mari umzubringen. Weil du traurig warst, nachdem sie mit dir Schluss gemacht hatte, und weil du auf sie und Johannes eifersüchtig warst.«

Mir klappte die Kinnlade herunter.

»Das kannst du abstreiten, soviel du willst, aber dann steht Aussage gegen Aussage, Even.«

Ich schüttelte den Kopf.

»Das würdest du mir nie im Leben antun«, sagte ich. »Das würdest du Mama nie im Leben antun. Nicht, wenn es stimmt, was du sagst, dass du das in der Schule getan hast, um sie zu beschützen.«

Das schien ihm erst mal die Sprache zu verschlagen. Sein ausgestreckter Arm senkte sich ein wenig, während er zu überlegen schien, aber dann hob er ihn wieder. Abermals zitterte seine Hand, als sei es sehr schwer, die Waffe festzuhalten.

»Letzte Chance, Even. Zieh ihn auf die Beine.«

Ich schüttelte den Kopf und sagte: »Nein!«

»Mach schon«, sagte er. »Wir haben nicht viel Zeit.«

Ich blieb wie angewurzelt stehen. Hatte durchaus nicht vor, mich zu bewegen.

»Na gut«, sagte er mit einem lauten Seufzer, während

er zugleich die Waffe hinten in seinen Hosenbund steckte. »Dann muss ich eben alles allein machen.«

Er bückte sich über Ole und packte ihn an den Armen. Ole setzte sich mit aller Kraft zur Wehr, aber Imo war stärker. Ich hatte oft gesehen, wie er Schweine oder Futtersäcke stemmte, als ob sie gewichtlos wären. Ole versuchte sich so schwer wie möglich zu machen, aber es half nichts, sosehr er auch mit den Beinen strampelte und um sich trat – Imo hielt ihn mit festem Griff unter den Armen und zerrte ihn hinter sich her, während er gleichzeitig stöhnte, als der Schmerz in seinen Rücken schoss.

»Mach was, Even!«, rief Ole.

Ich blieb stehen wie angewachsen. Alles geschah jetzt so schnell. Um uns herum wurde das Grunzen lauter. Imo öffnete die Tür zum Koben. Ich begriff, warum Imo Ole nicht einfach vorher erschoss – der Boden vor dem Koben bestand aus reinem Beton, während die Schweine auf hartem, buckeligem Kunststoff standen. Es würde viel schwerer sein, das Blut vom Beton abzuwaschen.

Ole konnte sich losreißen, aber das führte nur dazu, dass er auf den Boden fiel. Sofort fing er an, auf mich zuzukriechen, aber schon stand Imo über ihm und riss ihn wieder hoch. Diesmal ging er halbwegs in die Hocke und lud sich Ole über die Schulter. Bei dieser Anstrengung stöhnte Imo auf und presste sich eine Hand in den Rücken. Die mehr als siebzig Kilo über seiner Schulter, die nicht in Ruhe liegen blieben, brachten Imo ein wenig ins Schwanken, aber er taumelte weiter auf den Koben zu und atmete dabei immer schwerer. Er hatte die Tür offen stehen lassen, und nun trat er sie mit dem einen Fuß ganz auf. Dann ließ er Ole fallen.

Ole knallte mit dem Kopf auf den Boden, als er mit einem Stöhnen landete, verlor aber nicht das Bewusstsein. Einige Schweine zogen sich zuerst ein wenig zurück, als ob sie nicht begriffen, was hier vor sich ging. Aus Oles Augen liefen Tränen. Er hatte furchtbare Angst um sein Leben.

Imo presste sich noch immer die Hand in den Rücken, wo seine Pistole im Hosenbund steckte, und dann riss er sie plötzlich heraus.

Ole keuchte auf.

Ich keuchte auf.

Imo wollte Oskars Vater erschießen. Er wollte es jetzt tun. Es wäre natürlich viel leichter, einen Toten zu zerstückeln. Imo trat einen Schritt auf Ole zu. Hob die Waffe. Er stöhnte wieder auf und ging ein wenig in die Knie. Ich dachte an seine Operation.

Und plötzlich wusste ich, was ich zu tun hatte.

Imo hatte mir den Rücken zugekehrt, als ich nach einer Mistgabel griff und ebenfalls in den Koben lief. Ich hob die Mistgabel, zielte auf die Stelle, von der ich wusste, dass es dort am wehsten tat, ich hatte die Wunde mit eigenen Augen gesehen, die Narben, und dann schlug ich mit aller Kraft genau dorthin, genau auf die Stelle, wo er operiert worden war. Imo schrie auf und sank in die Knie. Aber er hielt noch immer die Pistole in der Hand. Ich schlug auch danach, verfehlte sie aber, traf dafür Imos Handgelenk, und nun schrie er noch lauter auf. Die Waffe fiel ihm aus der Hand.

Ich stand über meinem Onkel und keuchte, hätte ihn gern noch einmal geschlagen, mitten ins Gesicht. Stattdessen versetzte ich der Waffe einen Tritt und sie landete zwischen den Schweinen.

Imo blieb halbwegs auf der Seite liegen und wand sich vor Schmerzen. Sie waren so groß, dass er nicht einmal fluchen oder schreien konnte. Mit der unversehrten Hand hielt er sich einigermaßen aufrecht.

»Was zum Teufel soll das denn?«, keuchte er, und gleich darauf glitt seine Hand im Schweinedreck weg und er fiel mit dem Gesicht vorweg auf den Boden.

Ich half Ole auf die Beine.

Das gelang mir nur mit großer Mühe, der Boden war glatt und feucht, aber wir konnten uns dann doch aus dem Schweinekoben schleppen.

Vorher sah ich noch, dass Imo auf allen vieren im Dreck kauerte und keuchte, während er versuchte, auf die Knie zu kommen. Er schien nach der Pistole greifen zu wollen, fast unbewusst. Er kroch langsam auf die Schweine zu, wo die Waffe lag.

Vor dem Stall befreite ich Ole von dem Strick um seine Beine, aber ich hatte nichts, womit ich den Kabelbinder hätte durchtrennen können. Wir hatten auch keine Zeit dazu. Jetzt, da Ole gehen konnte, liefen wir auf sein Auto zu.

299

»Die Schlüssel«, rief ich.

Ole blieb stehen und hob die Hände. Ich suchte in seinen Taschen.

Fand nichts.

»Sicher hat Imo die an sich genommen«, sagte Ole, jetzt wieder verängstigt. Ich schaute zum Schweinestall hinüber und wartete fast darauf, dass Imos verschmiertes Gesicht herausschaute, wartete auch darauf, dass er seine zitternde, bebende Hand hob und auf uns zielte.

Stattdessen fiel ein Schuss.

Im Schweinestall.

Es knallte dermaßen, dass ich zusammenzuckte, aber es war nicht schwer zu begreifen, was passiert war.

Ole und ich wechselten einen Blick, der mir so lang vorkam wie ein ganzes Leben. Ich konnte erst nach einer ganzen Weile wieder klar denken, wieder schlucken. Ich blieb nur stehen und starrte blind vor mich hin.

Imo.

Mein Ersatzpapa.

Mein Kumpel.

Es kamen keine Tränen. Ich fühlte mich nur wie benommen.

Dann ging ich los, auf den Schweinestall zu. Ich hörte, dass Ole etwas zu mir sagte, verstand aber nicht, was – ich dachte nur an Imo und seine Schweine. Die hatten sicher noch nicht solchen Hunger, dass sie sich an meinem Onkel vergreifen würden, aber wenn auch nur die geringste Gefahr bestand, dann wollte ich das verhindern.

Ich musste Imo wegholen, seine Leiche schützen, weg von den Schweinen, die er versorgt hatte, als wären sie seine eigenen Kinder.

Zum Glück war der Boden um ihn herum verschlammt, sodass das Blut und seine Kopfverletzung nicht so gut zu sehen waren. Ich konzentrierte mich auf die Beine. Zog ihn aus dem Koben und machte die Tür sorgfältig zu. Dann ging ich nach draußen und setzte mich ins Gras, lehnte mich mit dem Rücken an Imos Wagen. Ole setzte sich neben mich. Ich rief die Polizei an. Und dann warteten wir.

Ole und ich saßen einfach da und lauschten dem Wald, der um uns herum zum Leben erwacht war. Vögel, Bäume und Zweige, die sich im Wind bewegten, Tannenzapfen, die auf den Boden fielen. Sonst zuckte ich manchmal bei solchen Geräuschen zusammen. Jetzt nicht.

Dann stieg das Geheul der Sirenen über die Baumwipfel und vermischte sich mit dem Rauschen des Windes. Ich verspürte eine seltsame Ruhe. Als ob alles in mir still wäre.

35

»Brauchen Sie eine Pause?«

Staatsanwältin Håkonsen legte eine Hand auf die Tischplatte vor mir. Ich hatte das Gefühl, dass mein Hemd an meinem Körper klebte. Der Schlips war eng, und ich überlegte, ob ich den Knoten lockern könnte.

»Nein, ich ... ich glaube nicht«, antwortete ich und trank einen Schluck Wasser. Ich sah Mama an, und Tobias. Mein Bruder starrte zu Boden, wie schon während meiner ganzen Aussage. Mama blickte leer vor sich hin.

Wir hatten nach jenem grauenvollen Tag nicht über Imo gesprochen, weder an dem Tag selbst noch an den folgenden. Mama brach sofort in Tränen aus, als sie hörte, was passiert war, aber danach ging es ihr nur darum, sich um Tobias zu kümmern. Das bedeutete, den Weg des geringsten Widerstandes, alles, alles, um meinen Bruder ja nicht zu verstören. Aber ich dachte in dieser Zeit oft an meinen Onkel. *Peng*, und schon war alles verschwunden. Ihm blieb das Gefängnis erspart, es blieb ihm erspart, Mama in die Augen schauen zu müssen. Es blieb ihm erspart, damit zu leben, was er getan hatte und wozu er mich hatte zwingen wollen.

Håkonsen wartete mit der nächsten Frage, bis ich mich wieder ihr zuwandte.

»Dein Onkel konnte der Polizei gegenüber ja kein Geständnis ablegen«, sagte sie nun. »Aber sie hatten den Mikrofonkoffer von Johannes. Sie hatten Imos Lederhandschuhe. Sie hatten Ihre Zeugenaussage und die von Ole Hoff. Die Menschen in Fredheim und im ganzen Land hätten nun eigentlich einen doppelten Schlussstrich unter den Fall ziehen können.«

Sie legte eine kleine Pause ein und schien dabei Anlauf für die nächste Frage zu nehmen.

»Wann ist Ihnen aufgegangen, dass es nicht so war?«

Ich hielt im Saal Ausschau nach Ole Hoff. Entdeckte ihn zwei Reihen hinter Yngve Mork. Ich hob die Schulter und ließ sie dann wieder sinken, als ich sagte: »Bei der Beerdigung.«

Børre wurde an einem Dienstag beerdigt, Mari und Johannes an einem Donnerstag. Es war kalt – über Nacht war ein wenig Schnee gefallen und der Boden sah aus, als ob ihn irgendwer mit Puderzucker bestreut hätte. Das bildete einen scharfen Kontrast zu der dunklen Erde zwischen den Gräbern.

Die Beerdigungen waren so, wie Beerdigungen eben sind. Traurig. Scheußlich. Schön – in gewisser Weise. Es war schön, dass so viele zusammenkamen, um sich von Menschen zu verabschieden, die ihnen wichtig gewesen waren.

Maris Mutter fragte, ob ich nach der Beerdigung mit zu ihnen nach Hause kommen wolle, doch ich lehnte dankend ab, vor allem, weil ich keine Lust hatte, mit einem Haufen von Leuten zu reden, die ich überhaupt nicht kannte, aber auch, weil es vielen davon sicher ein bisschen unangenehm sein würde, wenn ich da wäre. Zum Glück konnte Cecilie das verstehen. Es war jedenfalls nett von ihr, mich zu fragen.

Frode, ihr Mann, saß oder stand während der gesamten Beerdigung neben ihr, und ich sah, dass sie ab und zu Blicke wechselten, dass er ihr die Hand auf die Schulter legte und sie ihren Arm unter seinen schob, als sie von der Kirche zum Grab gingen. Danach, als alle ihr Beileid aussprachen, zog er mich an sich und umarmte mich lange. Ich hatte das Gefühl, dass er etwas sagen wollte, aber das schaffte er nicht. Ich schaffte auch nichts anderes, als lautlos zu weinen.

Ich wollte den Friedhof gerade verlassen, als Ole mich ansprach.

»Even«, sagte er, »hast du zwei Minuten Zeit?«

»Ja, ja«, sagte ich. »Selbstverständlich.«

Er ging mit mir ein Stück zur Seite. Wir blieben bei seinem Auto stehen.

»Was ist los?«, fragte ich, denn ich sah, dass irgendetwas ihm zu schaffen machte.

»Das …«

Er winkte einem Mann im Anzug zu, in dem ich Tic-Tac erkannte.

Dann drehte Ole sich wieder zu mir um und sagte: »Etwas stimmt hier nicht.«

Ich sah ihn an.

»Wie meinst du das?«, fragte ich und meine Stimme zitterte ein wenig.

»Wie viel weißt du eigentlich darüber, was an dem besagten Abend passiert ist?«

Ich begriff nicht, was Ole meinte.

»Darüber, wie Mari ermordet worden ist«, fügte er hinzu.

»Ich weiß nur das, was Imo mir erzählt hat«, sagte ich. »Dass er ihr die Hände um den Hals gelegt hat und nicht begriff, was er da tat, ehe er sie erwürgt hatte.«

Ole schaute mir tief in die Augen.

»Er hat nichts darüber gesagt, dass er sie vorher geschlagen hatte?«

»*Sie geschlagen?*«

Ole wartete auf Antwort.

»Nein«, sagte ich, noch nervöser. »Davon hat er nichts erwähnt.«

»Mir gegenüber auch nicht«, sagte Ole. »Aber Mari wurde geschlagen, ehe sie erwürgt wurde. Ehe die Wiederbelebungsversuche vorgenommen wurden. Ich habe den Obduktionsbericht gesehen.«

Ich versuchte zu überlegen.

»Und so, wie du deinen Onkel gekannt hast … war er einer, der Mädchen schlägt?«

Ich dachte daran, was Imo an dem Abend nach der Sache in Idas Badezimmer gesagt hatte – wie man sich Mädchen gegenüber verhalten sollte.

Drei Dinge darfst du Mädchen niemals antun, Even. Erstens: Du darfst niemals Gerüchte über sie in die Welt setzen. Das ist einfach nur gemein. Zweitens: Halte dich immer an eine. Und drittens: Schlag niemals eine Frau. Unter gar keinen Umständen.

Ole sah mich an.

»Also … was willst du mir eigentlich sagen?«, fragte ich. Meine Stimme zitterte.

»Was ich dir sagen will«, sagte Ole langsam, »ist, ich glaube nicht, dass Imo Mari ermordet hat.«

36

Es gibt Dinge, die alles auf den Kopf stellen. Ein Komma an der falschen Stelle, ein Minus oder Plus, und schon ist die ganze Rechenaufgabe versaut.

Es gab vieles, was dagegensprach, dass Imo Mari nicht umgebracht hatte. Die Tatsache, dass er gestanden hatte zum Beispiel. Die Tatsache, dass Johannes' Mikrofonkoffer bei ihm zu Hause gefunden worden war.

Was war es also, das hier nicht stimmte?

Ich sah Ole an, dass er etwas herausgefunden hatte und es ihm unangenehm war, mir davon zu erzählen.

»Hast du gewusst, dass Imo krank war?«, fragte er.

Ich sah ihn fragend an.

»*Krank?* Wie denn krank?«

»Er hatte Parkinson«, sagte jetzt Ole. »In einem frühen Stadium. Du weißt doch, was Parkinson ist?«

Eine Krankheit, die dazu führt, dass die Nervenzellen die Bewegungen nicht mehr lenken können. Das erklärte die zitternden Hände. Die vielen Medikamente in seinem Schrank. Ich hatte geglaubt, er müsse diese Tabletten wegen der Rückenoperation nehmen.

»Parkinson ist eine grauenhafte Krankheit«, sagte Ole »Eigentlich stirbst du daran, nur unendlich langsam.«

»Und ... du glaubst, er ... hat die Schuld für diese Morde auf sich genommen? Wo er doch keine richtige Zukunft mehr hatte?«

Ich fror inzwischen, weil ich so lange auf dem Friedhof gestanden hatte, aber nicht nur deshalb zitterte ich jetzt.

»Das hat vielleicht auch eine Rolle gespielt, ja«, sagte Ole. »Aber obwohl ich nicht glaube, dass er Mari umgebracht hat, so nehme ich doch an, dass dein Onkel Johannes Eklund und Børre Halvorsen auf dem Gewissen hat.«

Meine Augen wurden nur immer größer. Ich begriff überhaupt nichts. Ole erklärte nicht, was er meinte, aber plötzlich fand ich den Fehler in meiner eigenen Gleichung. Das Plus, das ein Minus hätte sein müssen.

Und ich begriff, was Ole sagen wollte.

Ich schüttelte den Kopf und bedeckte ihn dann mit meinen Händen.

»Nein«, sagte ich. »Nein, nein, nein.«

»Und dann haben Sie Victor Ramsfjell angerufen. Den Freund von Børre Halvorsen.«

Ich nickte.

»Da alles mitstenografiert wird, müssen wir ...«

»Ja«, sagte ich. »Ich habe Victor angerufen.«

»Was haben Sie ihn gefragt?«, wollte Staatsanwältin Håkonsen wissen.

Ich schaute zu Mama hinüber. Ich sah, dass sie weinte.

Nach der Beerdigung fuhren Ole und ich sofort auf die Wache, wo wir Yngve Mork, Therese Kyrkjebø und Fredheims Polizeijuristen erzählten, zu welchem Schluss wir gekommen waren. Ich konnte sie davon überzeugen, dass ich eine größere Möglichkeit hätte, ein Geständnis zu erhalten als sie, auch wenn das vor Gericht niemals Bestand hätte. Vor allem Kyrkjebø lehnte meinen Vorschlag ab, aber wir einigten uns dann darauf, dass ich nach Hause fahren sollte, was ich ohnehin vorgehabt hatte, um dann mit meiner Familie zu Abend zu essen, und derweil würden die anderen – Mork, Kyrkjebø und Ole Hoff – vor dem Haus in einem Auto sitzen und darauf warten, dass ich sie hereinholte.

Nach dem Essen fragte ich Tobias, ob er mit mir Playstation spielen wollte. Wir hatten das lange nicht mehr gemacht. Der Psychiater im Krankenhaus hatte befunden, dass mein Bruder nicht mehr selbstmordgefährdet war. An den vergangenen Tagen hatte er auch fröhlicher gewirkt, erleichtert, als ob er alles Schlimme endlich hinter sich gelassen hätte.

Aber jetzt würde ich alles zerstören.

Während sich seine Hände ununterbrochen bewegten, sagte ich: »Ich habe vorhin mit Victor Ramsfjell gesprochen.«

»Hm?«

Mein Bruder war in die Spielwelt vertieft, die wir vor uns auf dem Bildschirm sahen.

»Mit Victor, Børres Kumpel. Dem mit den roten Haaren, du weißt doch.«

Tobias schaute mich ganz kurz an.

»Warum hast du das getan?«

»Weil ich etwas überprüfen wollte.«

Tobias spielte weiter, aber ich merkte, dass er jetzt ein wenig nervös war.

»Victor war an dem Abend selbst nicht in der Schule«, erzählte ich. »Aber Børre war doch sein bester Freund, und sie redeten über alles Mögliche. Unter anderem darüber, wann Børre dich an dem Abend oben im Redaktionszimmer der Schülerzeitung gesehen hatte.«

Tobias' Hände bewegten sich jetzt etwas langsamer.

»Du hast mir erzählt, du seist rausgegangen, um draußen auf Mari zu warten. Und hättest gesehen, wie Knut vorfuhr und ins Schulgebäude ging. Aber das kannst du nicht getan haben, jedenfalls nicht von draußen. Denn Børre hat dich oben am Fenster gesehen, als die Aufführung schon zu Ende war. Er hat dich gesehen, als die anderen aus dem Ausgang strömten.«

Tobias hörte mit dem Spielen auf und sah mich an.

Ich dachte an seinen Selbstmordversuch. Ich hatte geglaubt, er habe sein Leben sattgehabt und es deshalb getan. Und es ist möglich, dass auch das eine winzigkleine Rolle spielte, aber vor allem glaube ich, hatte er Angst, entlarvt zu werden. Alles zu verraten, wenn die Polizei ihn zur Vernehmung holte.

Ich wartete einige Sekunden, dann sagte ich: »Musste deshalb auch Børre sterben? Damit er der Polizei nichts verraten konnte?«

Mein Bruder gab keine Antwort.

»Børre konnte der Polizei sagen, dass du nach der Show noch in der Schule warst«, sagte ich nun. »In dem Raum, aus dem der Täter dann durch das Fenster verschwunden ist. Er hätte dich verraten können. Und du hättest Imo verraten können.«

Ich dachte daran, was Imo mit Ole Hoff gemacht hatte, und daran, wozu er mich zu zwingen versucht hatte. Wenn ich nachgegeben hätte, wenn wir Ole umgebracht hätten, wäre das zwischen mir und Imo später nie zum Gesprächsthema geworden. Keiner hätte es je erwähnt. Wir hätten alles getan, um es zu vergessen. Wenn in meinem Kopf irgendetwas keinen Sinn ergeben hätte, wäre ich dieser Sache niemals nachgegangen – denn dann hätte ich mir nur selber Probleme beschert. Und nachdem alles so gekommen war, dass alle Imo für den Schuldigen an den Morden an Mari, Johannes und Børre hielten, gab es keinen Grund, daran zu zweifeln, dass es sich so verhielt. Es gab keinen Grund, Tobias weitere Fragen zu stellen.

Aber ich hatte nie eine Erklärung dafür erhalten, warum Imo sich gezwungen gesehen hatte, auch noch Børre Halvorsen umzubringen. Børre hatte das mit Papa und

Cecilie nicht gewusst und dass Mari ihr Kind war. Ich begriff auch nicht, warum Mari auf die Idee hätte kommen sollen, es Imo zu erzählen, sie hatte doch versucht, zu verhindern, dass andere davon erfuhren. Nicht einmal Ida hatte sie die Wahrheit gesagt.

Warum also hätte sie damit zu Imo gehen sollen? So gut hatte sie ihn auch wieder nicht gekannt.

Imo hatte mich angelogen. Er hatte sich eine Geschichte ausgedacht.

Aber nicht, um Mama zu beschützen, wie ich zuerst geglaubt hatte.

Er hatte es getan, um Tobias zu beschützen.

Mein Bruder blinzelte, seine Augenlider schienen sich in Zeitlupe zu bewegen. Auf dem Bildschirm vor uns starb sein Avatar. Tobias holte tief Luft und schaute zur Decke hoch. Es dauerte viele lange Sekunden, ehe er sagte: »Ich wollte nur mit ihr reden.«

Wieder eine Pause, während der er nach Worten suchte.

»Ich wollte mit ihr reden, weil ich nicht kapiert habe … sie hatte sich doch zuerst bei mir gemeldet und war am Telefon nett und freundlich, und ungeheuer froh und dankbar, als ich ihr die Fotos brachte und herausfand, was Papas Blutgruppe gewesen war.«

Tobias begann, an einem Faden in seiner Jeans herumzuzupfen. Zog und zog daran.

»Und dann hatte sie doch mit dir Schluss gemacht, und da … da dachte ich, dass sie vielleicht … ich hatte nicht so ganz kapiert …«

Tobias verstummte. Ich begriff, dass er diese Szene in Gedanken immer wieder durchlebt hatte.

»Ich dachte, Mari wäre nicht wie alle anderen Mädchen«, sagte er. »Ich dachte, sie wäre nicht wie Amalie.«

Nach der Beerdigung hatte Ole mir erzählt, dass er an dem Tag, als Imo ihn niedergeschlagen hatte, in Solstad gewesen war. Er hatte mit dem Vater von Ruben gesprochen, dem Trottel, der mitten in der Nacht nach Fredheim gekommen war, um Tobias zu holen. Und der hatte Ole darüber aufgeklärt, wie schlimm dieser Zwischenfall mit meinem Bruder und Amalie damals gewesen war. In seiner Wut hatte Tobias sie gewürgt. Und Amalie hatte Todesangst gehabt.

Ole hatte gewusst, dass Mari erwürgt worden war. Er hatte bei der Polizei angerufen, aber niemanden erreicht – zu diesem Zeitpunkt wurde mein Bruder gerade im Krankenhaus vernommen. Deshalb hatte er versucht, mich anzurufen, während ich bei Cecilie war. Am Ende, nachdem er niemanden erreicht hatte, war er zu Imo gefahren, in dem Versuch zu verstehen, was wirklich passiert war. Und da hatte Imo begriffen, dass Ole ihn und Tobias entlarven könnte.

»Ich dachte, Mari kann mich leiden«, sagte Tobias jetzt. »So richtig. Aber als sie meine SMS nicht beantwortete und nach der Show nicht mit mir reden wollte, ging mir auf, dass sie nur freundlich getan hatte, um zu bekommen, was sie wollte – genau wie alle anderen.«

Tobias schaute mich an, und zum ersten Mal seit endlos langer Zeit sah ich Anzeichen dafür, dass er etwas empfand. Er sah wütend und verzweifelt zugleich aus. Wieder fragte ich mich, ob ich ihm die Wahrheit sagen sollte, dass Mari ihm nicht hatte antworten können, weil ihr Telefon defekt war, aber das hätte vermutlich alles nur noch schlimmer gemacht. Deshalb ließ ich ihn einfach weiterreden.

»Und da wurde ich so wütend, dass ich …«

»Dass du sie geschlagen hast«, beendete ich den Satz für ihn. »Zuerst hast du sie geschlagen, dann hast du sie erwürgt.«

Tobias wandte sich für einen kleinen Moment ab.

Dann nickte er und atmete heftig ein.

»Es ging so schnell, dass … ich … keine Ahnung hatte, dass …«

Er senkte den Kopf.

»Ich wollte das nicht«, sagte er. »Es ist einfach passiert.«

Ich konnte mich nicht bewegen. Keinen Muskel konnte ich bewegen. Ich hatte begriffen, dass es ungefähr so passiert sein musste, aber es war trotzdem grauenhaft, es von ihm zu hören.

»Und dann kam Imo mit dem Schlagzeug …«

Wieder holte Tobias Luft.

»Er sah natürlich, was passiert war. Zuerst wurde er total …«

Tobias schüttelte den Kopf.

»Er versuchte sie wiederzubeleben, es sah total krank aus, wie er das machte, er pumpte und pumpte an ihrer

Brust, blies ihr immer wieder Luft in den Mund. Und dann kam Johannes, und da …«

Tobias verstummte.

Ich hatte lange geglaubt, Mari sei ermordet worden, weil sie etwas über Papas tödlichen Unfall in Erfahrung gebracht hatte, weil sie Beweise dafür gefunden hatte, dass er anders verlaufen war, als Mama behauptete. Doch das stimmte nicht. Mari wollte nur so viel wie möglich über ihren biologischen Vater herausfinden. Sie hatte wissen wollen, wie er gestorben war.

Ich dachte an Børres Facebook-Post, den ich Imo an dem Tag gezeigt hatte, als er mich gezwungen hatte, bei ihm zu übernachten. Børre wäre vermutlich noch am Leben, wenn ich diesen Post für mich behalten hätte. Damit musste ich auf irgendeine Weise nun leben.

»Was ist eigentlich auf dem Weg zurück nach Fredheim passiert?«, fragte ich. »An dem Tag, als Imo dich in Solstad abgeholt hat?«

Mein Bruder schwieg lange, dann sagte er: »Er hat mit mir geübt, was ich der Polizei sagen sollte. Dass ich nur die Fotos zurückhaben wollte, damit Mama nicht total durchdreht. Das war die einfachste und beste Erklärung, die ihm einfiel.«

Ich hatte ein wenig darüber gestutzt, dass diese Bilder Tobias so wichtig gewesen sein sollten. Es war aber nun nicht schwer, mir diese Autofahrt vorzustellen, Imo, der darauf herumritt, welche Geschichte mein Bruder erzählen sollte, Tobias, der die Sache dann schließlich satthatte.

Ich dachte an den Tequila-Abend bei Imo. Mein Onkel hatte Tobias eine SMS geschickt. »Nur hören, ob alles in Ordnung ist«, hatte er gesagt. Aber vielleicht gemeint: Nur herausfinden, ob Tobias sich an unseren Plan hält und nichts darüber sagt, was er, was sie beide getan hatten. Das war die ganze Zeit Imos Plan gewesen – dafür zu sorgen, dass Tobias allein wäre und ich so betrunken, dass ich umkippte, damit er losziehen und Børre umbringen könnte.

»Wie gut hast du Børre gekannt?«, fragte ich.

»Nicht sehr gut, aber ich wusste, dass er immer unter der Fredheimbrücke herumhing.«

»Und das hast du Imo gesagt?«

Tobias nickte langsam.

»Und was du mir neulich erzählt hast«, fuhr ich fort. »Das mit Knut, der in die Schule gegangen ist. Was sollte das eigentlich?«

»Auch Imos Vorschlag«, sagte Tobias. »Er hatte Knut hereinkommen sehen.«

»Aber warum?«

»Du hattest Imo doch erzählt, dass du mich in Verdacht hattest«, sagte Tobias seufzend. »Er hatte Angst, glaube ich, dass du es auch der Polizei erzählen würdest und sie mich dann noch mehr unter Druck setzen würden. Deshalb schlug er vor, ich solle dafür sorgen, dass du deinen Verdacht gegen Knut richtest.«

»Damit ich dich nicht mehr verdächtige?«

Mein Bruder nickte.

Das hatte ja auch geklappt. Für eine gewisse Zeit jedenfalls.

Ich hatte vielleicht geglaubt, dass ich viel wütender auf Tobias sein würde, aber einem winzigkleinen Teil von mir tat er dann doch leid. Sein ganzes Leben lang hatte er ein angestrengtes Verhältnis zu Mädchen gehabt, und er hatte sich abgemüht, um seinen Platz zu finden, in Solstad und in Fredheim. Er hatte nicht viele Freunde.

Aber ich würde ihm nie verzeihen oder etwas mit ihm zu tun haben wollen, wenn er seine Strafe abgesessen hatte. Er hatte Mari umgebracht. Unsere Halbschwester.

Aber ehe ich Mork hereinholte, der unser ganzes Gespräch über ein an meiner Brust befestigtes Mikrofon mitgehört hatte, wollte ich meinem Bruder einen letzten normalen Augenblick lassen, einige wenige Sekunden einer Jugendzeit, die für ihn nun zu Ende war. Deshalb nahm ich meinen Controller, nickte zum Bildschirm hinüber und fragte, ob wir fertig spielen sollten.

Tobias sah mich an. Lange.

Dann nickte er und fing an zu weinen.

37

Tobias starrte noch immer die Tischplatte an. Er wirkte viel zu klein für den großen Anzug, in den er gekleidet war. Er schien einige Kilo abgenommen zu haben, seit er von Yngve Mork verhaftet worden war. Mein Bruder hatte sich die Haare wachsen lassen. Hatte sich nicht die Mühe gemacht, seine allerersten Barthaare abzurasieren. Selbst im Anzug schaffte er es, heruntergekommen auszusehen.

Er hatte mich nie um Verzeihung gebeten. Hatte auch nie versucht, über seinen Anwalt Cecilie oder Frode Lindgren um Verzeihung zu bitten. Selbst als ich den Gerichtssaal verließ, nachdem der Richter gesagt hatte, ich könne jetzt gehen, suchte er meinen Blick nicht. Und er hatte bei den offiziellen Vernehmungen nie ein klares Geständnis abgelegt. Deshalb befanden wir uns ja in diesem Gerichtssaal.

Aber ich war jedenfalls fertig.

Mit ihm.

Mit dem Fall.

Bis zu einem gewissen Grad jedenfalls; das alles

würde mich vermutlich für den Rest meines Lebens verfolgen, ob ich das nun wollte oder nicht. Die Menschen in Fredheim würden, wenn sie mich sahen, an Imo und meinen Bruder denken, und vielleicht auch an Mama. Und ich fragte mich, ob etwas an Imos Behauptung stimmen könnte, dass Mama damals im Auto ausgerastet war und damit die Schuld an Papas Tod trug. Imo war sicher auch schon früher auf diesen Gedanken gekommen, da er an jenem Tag im Musikstudio so rasch damit bei der Hand gewesen war. Vielleicht hatte er sie im tiefsten Herzen all die Jahre über verdächtigt. Ich fragte mich, ob ich jemals die Wahrheit erfahren würde.

Vermutlich nicht.

Ich wusste jedenfalls, dass ich Mama nie danach fragen würde.

Eines späten Vormittags, nicht lange nachdem das Urteil gegen Tobias gefallen war, klopften sie an, Oskar, Kaiss und Fredrik.

»Was läuft 'n so?«, fragte Oskar, als ich öffnete.

»Nicht sehr viel«, sagte ich – ich war gerade erst aufgestanden.

»Shit«, sagte Kaiss. »Wie siehst du denn aus?«

Ich hatte noch nicht in den Spiegel geschaut.

»Als ob du mit deinen Scheißfransen in eine Trockentrommel geraten wärst«, fügte Fredrik hinzu.

Sie lachten.

Ich lachte.

»Was unternehmen, oder?«

Diese Frage stammte von Oskar. Ich kratzte mich ein wenig in den Trockentrommelfransen.

»Was denn?«, fragte ich.

»Na ja«, sagte Oskar und zögerte. »Irgendwas eben. Egal was.«

Ich überlegte.

Irgendwas.

Egal, was.

Das kam mir im Grunde wie gerufen.